THE BIG YEAR | A TALE OF MAN, NATURE, AND FOWL OBSESSIC

觀鳥
大年

MARK OBMASCIK
馬克・歐柏馬西克

各界讚譽

「能一次終結對於賞鳥人的乏味刻板形象，諸如格子裙裝扮的瑪普爾小姐（Miss Marple）入迷地看著一隻輕盈飛翔的山雀（titmouse）。歐柏馬西克妙趣橫生的敘述……揭露賞鳥這種老派消遣也能成為一種極限運動。」

——《舊金山紀事報》（*San Francisco Chronicle*）

「出色的贏家……文筆輕快生動，故事引人入勝。」

——《國家地理歷險頻道》（*National Geographic Adventure*）

「對於極限式賞鳥的翔實記述，兼具知識性和懸疑性，即使那些（如書評本人）分不出雀（finch）和叉尾王霸鶲（fork-tailed flycatcher）差別的人都能樂在其中。」

——《洛杉磯每日新聞》（*Los Angeles Daily News*）

「這本書對於賞鳥人士的吸引力毋庸置疑，然而對於不熟悉這項運動的讀者來說，很快浮現一個問題：為什麼三個男人爭取在一年內看到最多種鳥的故事，會如此緊扣人心？因為這本非小說類文學作品的核心，是一個關於百折不撓的精彩故事。」

——《丹佛郵報》（*The Denver Post*）

「猶如《蘭花賊》（*Orchid Thief*）翻版的這本書棒極了——對於賞鳥人或是無法區分卡羅萊納夜鷹（chuck-will's-widow）和毛鬚海雀（whiskered auklet）的大眾都一樣。評分：A。」

——《娛樂週刊》（*Entertainment Weekly*）編輯首選

「歐柏馬西克睿智地描繪一則趣味故事……這位獲獎的環保作家擅於描寫珍貴的自然美景、聖嬰現象、沙漠和偉大的鳥類遷徙。」

——《邁阿密先鋒報》（*The Miami Herald*）

「歐柏馬西克擁有出色的說故事能力……《觀鳥大年》像娛樂小說一般易於入口，對於我們這樣沉迷賞鳥的人來說，則是更富有深義。」

——《鳥人雜誌》（*Bird Watcher's Digest*）

「藉由訪談、田野調查和高超的說故事能力，歐柏馬西克為這則故事注入令人興奮的臨場感。」

——《南佛羅里達太陽哨兵報》（*South Florida Sun-Sentinel*）

「如果你以為賞鳥是戴著土氣帽子的古怪老年人做的老派消遣，歐柏馬西克將會改變你的想法。《觀鳥大年》寫的是從小對鳥類的熱愛混合一些雄性荷爾蒙之後，如何成為一項極限運動，將普通人（他們幾乎都是男人）變成讓人大捏冷汗的鳥迷。」

——《加拿大國家郵報》（*Canada's National Post*）

「交錯發展的故事線，充滿崎嶇的冒險、逗趣的歡樂時刻和讓人腎上腺素激升的最高規格競爭，為大受歡迎但普遍受到誤解的飆鳥活動提出有趣的觀點和見解。」

——《芝加哥太陽報》（*Chicago Sun-Times*）

「閱讀的莫大樂趣之一在於碰上沒想過會接觸的主題，接著發現探討那項主題的作者有能耐激起你的興趣……《觀鳥大年》提醒我，對某件事專注入迷的人有可能非常有趣，即便我們和他們沒有相同的迷戀。」

——美國公共廣播電台（National Public Radio）《只是遊戲》（Only a Game）節目

「就像講述迷戀的同類型故事——好比《蘭花賊》……與瘋狂只有一線之隔，《觀鳥大年》是扣人心弦的冒險故事。」

——《休閒紐約》（*Time Out New York*）

「歐柏馬西克高明地交錯融合三位主角的故事，敘述手法給人賽馬的緊張感……他的文風含蓄但是生氣蓬勃。」

——《標準週刊》（*The Weekly Standard*）

「令人焦慮的金錢危機、堅毅決心以及多變聖嬰現象如何左右鳥迷，歐柏馬西克揭露賞鳥次文化吸引人的無常特性……《觀鳥大年》妙趣洋溢、節奏快速、絕無冷場——不管你是否熱愛肉足鸌（flesh-footed shearwater）、叉尾王霸鶲或其他同樣迷人的鳥種，而決心花一整年時間去找到牠們。」

——《奧勒岡報》（*The Oregonian*）

「結合幽默和敬畏之情，歐柏馬西克引領讀者進入競爭性賞鳥的核心，在這個過程裡，將每個人潛移默化為鳥迷。」

——《書單》（*Booklist*）

「娛樂性十足的一本書……歐柏馬西克以逗趣筆法記述對賞鳥榮譽的旋風式追逐，吊足讀者的胃口。」

——《出版人週刊》（*Publishers Weekly*）

「《觀鳥大年》非常有趣。再者，它讓我們也夢想拋下慣常的生活一整年。」

——《落磯山新聞報》（*Rocky Mountain News*）

「一年內有七百四十五種非凡驚人的鳥被目擊，認真的鳥迷會歡迎這一本深入的報導。而我（一個後院賞鳥人），我讀得欲罷不能。」

——《聖安東尼奧快報》（*San Antonio Express-News*）

「歐柏馬西克對競爭性賞鳥，偶爾古怪的狂熱世界有著幽默獨到的觀察。」

——《讀者文摘》（*Reader's Digest*）編輯選書

「古怪的鳥迷是絕佳的寫作主題，尤其當他們身負重任的時候。歐柏馬西克善加利用這三位鳥迷義無反顧的衝勁，鉅細靡遺記錄他們在一九九八年嘗試締造北美賞鳥紀錄的過程，有時不乏引人哈哈大笑的逗趣細節……一部真實生動的作品。」

——《奧杜邦雜誌》（*Audubon Magazine*）

「對鳥迷和非鳥迷一樣都極富娛樂性……對相對一小部分人口的動人逗趣觀察——這一些人從

大自然得到啟迪。」

——《博爾德相機日報》（*Boulder Daily Camera*）

「令人愉快的記述……歐柏馬西克點燃不知情的讀者的鳥類狂熱，而這些人可是對勒氏彎嘴嘲鶇（Le Conte's thrasher）——那種在沙漠掘土、出了名的難以目擊的鳥——一點想法也沒有。你會興高采烈地把這本書列入自己的絕佳好書書單中。」

——《柯克斯書評》（*Kirkus Reviews*）

「這本生動翔實的報導文學作品具有高度的可讀性……歐柏馬西克為一群古怪、狂熱的族群寫出一本高可讀性的田野指南。」

——《基督教科學箴言報》（*Christian Science Monitor*）

「歐柏馬西克結合他對賞鳥的熱愛和緊扣人心的報導天賦……其簡潔明快的新聞文體如空氣一般清新單純，他所述說的故事是如此的完美。」

——《紐約太陽報》（*New York Sun*）

「紅胸鳾（red-breasted nuthatch）！暗腹雪雞（himalayan snowcock）！大斑啄木鳥（spotted woodpecker）！淡喉蠅霸鶲（nutting's flycatcher）！《觀鳥大年》是場賞鳥的碰碰拉力賽——一場歡樂、絕無冷場的橫跨美洲大陸冒險。歐柏馬西克表現出身為研究型記者的毅力，以及高強說故事者的魅力，並且對於主人翁追尋鳥類至尊的過程，表露同道中人的同情。」

——史特凡・法提西司（Stefan Fatsis），《拼字狂》（*Word Freak*）作者

「歐柏馬西克了解鳥迷，在本書裡，他勇於深入探究此項消遣，報導一種極限式賞鳥：觀鳥大年——這是最好也是最糟糕、過程艱辛、耗時一整年的賞鳥競賽；你不得不歎服參賽者所須具備的罕見熱情和全心投入。至於我們，只能滿足於做白日夢，這本書無疑地將是許多白日夢的源頭。」

——大衛・希伯利（David Allen Sibley），《希伯利鳥類圖鑑》（*The Sibley Guide to Birds*）作者

「《觀鳥大年》帶來絕大的樂趣。歡樂、挑動人心的閱讀經驗，三個男人飛躍杜鵑窩，追求賞鳥榮耀的趣味冒險會讓你歡笑連連。」

——杰・考溫（Jeff Corwin），野外生物學家、動物星球頻道《杰考溫闖天下》（The Jeff Corwin Experience）節目監製及主持人

「如果你不認為一本賞鳥書會令人不忍釋卷，《觀鳥大年》將讓你大吃一驚。歐柏馬西克掌握賞鳥最好和最糟糕的一面，以生動、精湛的史詩記述，呈現馬不停蹄追逐鳥類的喜悅和瘋狂。」

——肯恩．考夫曼（Kenn Kaufman），《考夫曼重點指南：北美鳥類》（*Kaufman Focus Guides: Birds of North America*）作者

「罕見的類型：一本有關賞鳥的作品對於那些無法區分秧雞（mudhen）和鵲（magpie）的人來說，卻一樣迷人、引人入勝並富有教育性。讀來非常有趣，我根本不希望觀鳥大年結束。當這一年真的結束，我只有一件事可說：『我把望遠鏡放哪去了？』」

——雷德（T.R. Reid），《華盛頓郵報》（*Washington Post*）落磯山分社總編輯，美國公共廣播電台晨間節目固定評論員，《歐洲合眾國》（*The United States of Europe*）作者

感謝台灣各界賞鳥人士一致好評！

丁宗蘇（臺大森林環境暨資源學系副教授）、**方偉宏**（臺大醫技系副教授、亞洲濕地水鳥普查台灣區召集人、東方鳥會台灣代表、《台灣鳥類誌》共同作者）、**王健得**（南臺灣生態攝影協會理事長、前高雄市野鳥協會理事長）、**阮錦松**（社團法人台北市野鳥學會）、**吳建龍**（資深鳥友）、**林耀國**（荒野保護協會榮譽理事長）、**馮雙**（台北市野鳥學會冠羽期刊編輯）、**潘致遠**（黑皮皮，台南鳥會資深會員、自然攝影中心網站鳥類觀察版版主）、**羅美玉**（台灣省野鳥協會理事長）

「本書鮮活的呈現許多珍貴賞鳥經驗分享，特別是那種積極求真的態度，個人多年來參與鳥會資料庫運作，深切體認業餘賞鳥紀錄在研究及保育上的價值與潛力，期待這本書能夠啟發本地賞鳥人，確實驗證自己所看到並忠實的紀錄下來，最重要的是為了公益願意將自己的紀錄分享出來。」

——方偉宏（臺大醫技系副教授、亞洲濕地水鳥普查台灣區召集人、東方鳥會台灣代表、《台灣鳥類誌》共同作者）

「此書不僅是賞鳥人間冒險與競爭故事，有趣聞、有軼事、更有來自保育鳥類的概念，瞭解這世界上，有許多愛好自然，喜愛觀鳥的狂熱者。賞鳥充滿樂趣、等待、搜尋及狂喜，樂在觀鳥趣、悠遊天地寬。在此大力推薦您《觀鳥大年》這本好書。」

——阮錦松（社團法人台北市野鳥學會）

「每個成人心中都有個天真熱情又充滿好奇心的小孩，一旦與自己心靈深處裡的渴望接軌，不論是城市鄉鎮或荒山野地裡，大自然總有著無窮無盡的神奇魅力。」

——林耀國（荒野保護協會榮譽理事長）

「閱讀了《觀鳥大年》精彩迷人的鳥人故事，在一段段的篇章中展現出飆鳥人的算計、規畫，如何蒐集資訊，如何掌握鳥況，又與鳥迷、鳥癡，以及賞鳥人共同與鳥兒相見，使在北美的這番美妙的真實故事裡，一一地讓我看見美洲各樣不同的生態環境，美麗而有特色，同時提供著各樣的鳥種棲存期間。真心的推薦臺灣的鳥友們，展讀後，讓我們一起來推展這般有趣又能更深度的認識臺灣鳥類生態的活動。」

——馮雙（台北市野鳥學會冠羽期刊編輯）

「作者不僅描述三個美國鳥人為了成為北美地區年度紀錄保持者的競爭過程，書中還介紹許多北美地區鳥類有趣的特徵習性，也把鳥人為了看到某些罕見鳥種而會做出的瘋狂舉動公諸於世。誠摯地推薦這本書給愛鳥的人、看鳥的人、以及不懂為何鳥人如此瘋狂的人！」

——潘致遠（黑皮皮，台南鳥會資深會員、自然攝影中心網站鳥類觀察版版主）

導讀與推薦

丁宗蘇（國立臺灣大學森林環境暨資源學系副教授）

經過這個「大年」，許多鳥迷看到了自己

賞鳥活動從來就是個有趣的結合，因為它混雜了狩獵、蒐集與探索的情緒元素。

狩獵充滿著不確定性，出外打獵並不一定會成功，不過一旦成功，便能得到很明確的收穫。這種不確定性下的狩獵追逐感，是根植在人類內心的原始欲望，也是讓人趨之若鶩的刺激活動。但在人類爆增、野生動物數量劇減的現在，殺害生命的狩獵已經不合時宜了，取而代之的賞鳥活動，則可說是昔日狂野狩獵的典雅轉化。賞鳥人以望遠鏡代替獵槍，以餵食台代替陷阱，以賞鳥紀錄代替獵物展示；我們瘋狂追逐不同的鳥種，這種追逐鳥種的期待感及成就感與狩獵無異，而且，沒有罪惡感。

蒐集也是人類難已戒除的癖好。有人蒐集郵票、錢幣、珠寶，餐廳品嘗、造訪國家、汽車模型或是汽車實體。有一就有二，有二就有三，有了很多就想要全部。承認吧！我們都有蒐集癖，只是蒐集的對象與範圍不一樣。你看過，我也要看到。你拍到了，我也要拍到。鳥類名錄上的一個個勾，網路相簿上一幅幅的鳥類相片，這些或許並不是很重要，但是就是會對染癖的

人帶來滿足感。鳥類物種繁多，全世界計有一萬多種；這些鳥大多羽色鮮豔、外形變化大，不難看見但也不保證一定見的到，而且各地的鳥類相又會不大一樣。鳥類，不僅是最適合蒐集的生物對象，也適合於一鄉、一縣、一國、一洲，乃至於全世界的蒐集。

大自然本身是一部還沒被完全翻譯的神奇故事書。裡面的因果趣味，不是只有科學家才能研究，我們也可以探索某些部分。觀鳥是一般人了解大自然的最佳途徑，不需要特殊設備，只要有心，只要走出門，就可以觀鳥觀自然。觀鳥可以看到鳥類間的細微形態差異、豐富多樣的鳥類行為變化、看似混亂但卻錯落有致的鳥類時空分布，還有鳥類與環境及其他生物間的互動。從一粒沙看世界，藉由觀鳥這扇窗，我們可以深刻地朗讀一篇篇大自然小故事，進而體認、敬畏大自然的整體性與神祕。賞鳥人的鳥類觀察也有很大的科學意義。鳥類，可以說是所有生物類群中，公民科學家貢獻最大的一類生物。很多關於鳥類的知識，觀鳥人所了解的，比專業鳥類學家還多還深入。在觀鳥過程中，我們探索大自然、親近大自然、了解大自然，帶給我們很大的滿足。

賞鳥有著狩獵的原始欲望、蒐集的偏執癖好、探索的好奇滿足，充分地對應了人類的天然需求，怎麼會不吸引人呢？賞鳥人常常自嘲說，我中了鳥毒了。是的，就是那種難以自拔的沉醉感。

當賞鳥活動變成競賽，那會顯得更加刺激。當賞鳥紀錄成為所有人類的最佳紀錄，那會變得非常非常刺激。我一百公尺跑十五秒，你一百公尺跑十四秒，一秒鐘卻是輸與贏的差別。同樣的，我們很久都沒有測量自己一百公尺跑多快，但是聽到一百公尺短跑世界紀錄縮短了零點零五秒，我們還是會感到高興。因為這挑戰了人類的極限。我們人類以執著努力衝破了天生限制，帶給我們對未來的無限企求與想望。

《觀鳥大年》這本書，描述了一個真實故事：三個鳥迷在同一年追逐北美觀鳥紀錄，並創下新紀錄的歷程。故事內容豐富有趣，描述忠實生動，令人讀來不忍釋手。我也好羨慕他們喔！除了羨慕他們看到那些難見的鳥種外，最令人羨慕的是，他們可以殺掉自我的平日矜持，降伏於自己的夢想，跑進電話亭，轉成自己心目中的超人，全心全意地專注在一種追求、一個紀錄、一次長征、一種耽溺、一個解放，以及心靈拼圖的完全。

任何一個成年人在長時間被同性質的事務包圍後，無論是在辦公室工作、還是在家帶孩子，大家都希望能把自己從這些例行公事中抽離出來。更奢華的野望是，能夠逃離一段長長時間，再也不需要去面對這些平凡無趣的日常慣務，可以全心全力地追求自己所長期渴望、夢想的活動。尤其是在職場生涯、家庭生活有挫敗感時，能夠把自己轉換成不同的人，專注在另一種事業上；把所獲得的成就感，療癒之前的挫折感，這又是一種神仙妙藥了。

在《觀鳥大年》這本書裡，我尤其感佩那個胖子——葛雷格．米勒。他其實是《觀鳥大年》主述的三個鳥迷中最不專注的人，因為他毫無積蓄，六張信用卡全都刷爆，除了靠借貸度日，還得拚死工作來籌措觀鳥的經費。錢，對於另外兩個鳥迷來說從來不是個問題，他們的問題只有時間與運氣。而葛雷格．米勒除了時間與運氣，還得要邊掙錢、邊追鳥，加上婚姻挫敗，他看來無非是最悲慘的人。在如此不順遂的境遇下，這個大年卻讓他重新面對自己、思考未來；大年結束後，他做了最大的生涯改變——臣服於真正的自我，去做自己想做的事。雖然米勒是這個《觀鳥大年》紀錄追逐的第二名，但我覺得他是收穫最大的人。

《觀鳥大年》描述的是北美洲賞鳥大年的競賽紀錄。那麼，世界性的觀鳥大年紀錄又是如何呢？二〇〇八年，有兩個英國人（Alan Davies及Ruth Miller）辭去工作、賣掉房子，然後把手邊所有的資源投入為期一整年、遍及全世界的賞鳥大年，最後他們看了四千四百三十一種鳥類。其實這數字本身並沒有太大意義，反正遲早都會被超越。重要的是那種拋開一切、只追求單一的想望。他們或許會回到原來的工作、原來的生活，也或許不會。但是不管變或不變，經過這個「大年」，相信對他們都是最好的選擇。

身為一個看鳥二十多年的賞鳥人，一個仔細計算所見過鳥類亞種、生涯鳥種超過四千種的鳥迷（我要不知謙虛地展示我的蒐集），以及一個以鳥類作為主要研究對象的生態學家，我很高興能先讀到這本書，並且幫這本書修訂文字。書中有一些屬於賞鳥人或是美國人的特別典故，一般人可能不易領會。我也很高興能盡量幫這本書增註補充說明，幫大家更加了解這本書，更加喜歡這本書。而我最喜歡的，是能在眼前的水泥叢林中，一邊讀這本書，一邊幫自己心中的渴望幼苗澆水，想像自己是在那樣的場域，讓自己還能保持夢想。

推薦這本書給所有喜愛大自然的朋友，還有所有希望逃離、渴望變化、想要給自己一個「XX大年」的疲憊心靈。讓我們持續耽溺、持續保持夢想。

作者的話

我第一次遇見鐵桿鳥迷的時候，壓根還區分不出山雀（tit）和黃足鷸（tattler）的不同。當時的我還是個菜鳥記者，正努力掙扎著以某種方式或者說以任何方式，脫離輪值夜班的無限循環。我如果不是在跑一些怵目驚心的車禍新聞，要不就是忙著為鐵道調車場持刀鬥毆事件裡被刺死的遊民找出親人。沒有人覺得開心。

某個晚上，一通匿名電話打進《丹佛郵報》（*Denver Post*）新聞室。來電者告訴我，科羅拉多州這裡有一位全球首屈一指的鳥類專家。他是法律教授，年事已高，您應該在他離開人世前寫寫他的事。他的名字是湯普森・馬許（Thompson Marsh）。

能夠在活人圈工作？我抓住這個天賜良機。第二天就致電給馬許教授。但馬許教授從未回電。這著實令我心煩。在我這一行，即便是哀痛欲絕的寡婦，聽過電話留言都會回電。一個領域的佼佼者當然想要高談闊論，即使他專精的領域有點瞎。我決定追蹤這個故事。

我透過他的一些友人，慢慢勾勒出他的樣貌：湯普森是瘋狂的賞鳥人。為了追逐珍稀鳥類，他可以在週末天未亮就起床。他一擲千金到荒涼的阿拉斯加島嶼度假，一邊祈禱能碰上壞天氣。他熬夜不睡等電話，然後趕往機場搭紅眼航班。放眼北美歷史，只有另外五個人比他看過更多種鳥[1]。

他一面做到這一切，一面成為精明嚴苛的律師，他教過的許多學生還震懾於他的威嚴。丹佛大學（University of Denver）在一九二七年聘請馬許，他在當年是全美最年輕的法學教授。他現年八十二歲，是全美最年長的法學教授，已任職五十八個年頭。某些日子，他仍然從家裡步行四哩到學校上課。在幾年以前，他征服了科羅拉多州境內五十四座超過一萬四千呎的高山。

不過這個老傢伙就是不回電。

去他的，我暗自決定。——直到他的妻子出其不意來電，安排我到他們家拜訪。

我準時抵達按下門鈴，他的妻子領我到沙發就座，為我倒了茶。我瞥見在她身後，面向花園的房間裡，有位滿頭銀髮的瘦高男子——正是鳥迷本人。

我站起身想和他握手，但是沒有被接受。法庭辯護大師低頭看著地板，不發一語。

他的妻子歉疚地解釋說不會有採訪。

「這一切讓他有點困窘，」蘇珊・馬許（Susan Marsh）對我說，「出於某種原因，他認為這有點傻。我不明白為什麼。」

事實上，她知道。這位教授自視甚高，對將來登在報上的訃告內容已琢磨許久，他現在不願做任何事情來改變生平事蹟。他的妻子最後對我吐實，「他想以律師身分為人所知，而不是作為一名賞鳥人。」

對未來的法官從不假以辭色的湯普森．馬許，被一個鳥記者嚇得說不出話。

我回到編輯部，寫出一篇概括報導，講述競爭性賞鳥的奇特世界，接著回頭繼續寫命案、政客和其他一些照例令人沮喪的新聞主題。但是，我不斷地想起這位知名法學教授面對二十三歲記者忸怩不安的窘態。賞鳥究竟為什麼給人莫大喜悅，也帶來不安？

我無法置這個問題於不顧。多年過去，我愈來愈了解鳥類和愛鳥人士，我興高采烈地寫一些奇聞軼事。有一隻巴鴨（Baikal teal）從家鄉西伯利亞湖泊流浪到丹佛郊外的三一（Baskin-Robbins）冰淇淋店，在國際間引起轟動。有一位生物學家為鵝群植入晶片，這樣一來用不著舟車勞頓，可以好整以暇待在家裡，透過電腦一路追蹤牠們從新墨西哥州飛到北極的春季遷徙。甚至推特上熱烈討論著一種新種松雞（grouse）——北美洲百年來首度出現的新鳥種——正在猶他州某處山區的山艾樹叢裡交配。

我逐漸但確切地明白，我所追蹤的不僅是賞鳥人的故事。我也在追蹤鳥。馬許的迷戀成為我的迷戀。鍥而不捨地追蹤某一種稀有品種的法學教授，激發我內心深處壓抑的性格特點。

我需要去看、去征服。

這不是什麼獨特超凡的渴望。在文明演進過程中，其他人也回應同樣的基本渴望，他們航

1 當湯普森教授逝世時，他在北美洲看超過八百種鳥類，是科羅拉多州看過北美鳥種最多的賞鳥人。

行在未知的海洋，攀登高山，或在月球上漫步。

至於我，我賞鳥。

現在的我漫步在公園裡，看見的不再是普通鳥兒。我看見赤膀鴨（gadwall）和白枕鵲鴨（bufflehead），如果運氣真的不錯，再一隻長尾鴨（oldsquaw）。開車旅行的時候，我抬頭看天空和專心看路的時間一樣多。只要經過污水處理池這種眾所皆知的鳥類聚集地，我總要拿出雙筒望遠鏡。有人大喊「鴨子！」的話，我會抬頭看。

稱我為賞鳥人（birdwatcher）不再準確，專業鳥友用這個字眼來指那些被動等待鳥兒的老女人和陸軍退休上校。我已經成為狂熱分子，一個鳥人——一個鳥迷（birder）[2]。

如果湯普森·馬許還在人世——他在一九九二年出門賞鳥時出車禍，以八十九歲高齡去世——他可能願意跟我交談。畢竟，他是我碰上的第一隻難纏鳥類。

今天，我可以毫不猶豫說出七種山雀種類（灰頭山雀〔Siberian tit〕、白眉冠山雀〔bridled tit〕、短嘴長尾山雀〔bush tit〕、林山雀〔juniper tit〕、純色冠山雀〔oak tit〕、美洲鳳頭山雀〔tufted tit〕、鷦雀鶯〔wren tit〕）和兩種鷸（黃足鷸〔gray-tailed tattler〕、美洲黃足鷸〔wandering tattler〕），不過我不認為對鳥類如數家珍會讓任何人佩服得五體投地，我的妻子就肯定不會。

我為什麼有此轉變，很難說得明白。談論情感喜好從來不是具有男子氣概的行為，特別又涉及對鳥類的情感。但是如果我和兩個兒子在山溪旁，驚鴻一瞥一隻白頭海鵰[3]（bald eagle）

的身影，很難分出到底誰最興奮——是四歲、七歲還是四十歲的那位。我看見一隻蜂鳥衝向家裡廚房窗外的餵食器，驚歎於牠的優雅和活力；我拿出野外觀鳥指南，書裡說，這種身體只有手指大小的生物，幾個星期前可能還在瓜地馬拉吸食熱帶花蜜，這樣的遷徙奇蹟令我震懾不已。我半夜在松林裡逡巡，把嘴湊上掬成杯形的手，發出咕咕叫聲，反覆幾次，接著靜靜的等待。我瞥見樹上有鳥翼撲動，然後是咕咕的呼應聲。是一隻貓頭鷹！怪醫杜立德靠邊閃。我在跟動物說話。

賞鳥是少數幾樣從曼哈頓摩天大樓窗口或在阿拉斯加荒野的帳篷都能做的活動之一。容易進行的這項特色，也許可以解釋它何以變得如此受歡迎。一些獨一無二的鳥類生活在聖路易市（St. Louis）的街頭，在德州的水壩下，在南加州擴張的郊區裡。全球數量數一數二龐大的某種鳥類在春季遷徙期間，每天有三百萬隻過境紐澤西州海岸高速公路（Garden State Parkway）附近。

賞鳥是不殺戮的狩獵，不會遭來懲罰報應的捕掠，不會塞爆家裡的收藏行為。帶一本野外

2 對美國人來說，賞鳥人（birdwatcher）指所有看到鳥類會感到快樂的人，鳥迷（birder）指會主動去觀察鳥類的人，鳥癡（twitcher）是指會大老遠跑去看稀有鳥種的人，飆鳥人（ticker, lister）是指會整理、計算自己看過的鳥種，並努力增長生涯鳥種名錄的人。美國漁獵署二〇〇九年估計美國有四千八百萬個賞鳥人，其中有三百萬名鳥癡。

3 白頭海鵰是美國國鳥，也是可以當成美國象徵的唯一動物，出現於美國國徽、各類紙鈔、及政府出版品。

指南走進樹林，你不再只是健行者。你是窮鄉僻壤巡邏的偵探，追蹤著近期來自墨西哥、南極洲，甚至紐約州布朗士（Bronx）的嫌犯。花時間跋涉過沼澤、攀山越嶺，或吃力穿過沙灘，你不免面對一個棘手的問題：我是來賞鳥的成年人或只是一個尋寶的小孩？

社會普遍接受某些年紀的人收集岩石，或是貝殼，或是棒球卡。

事實是，人人都有迷戀的東西。

然而，多數人設法自制。

鳥迷卻是放任自己沉迷其中。

當我發現自己在編製名冊，下載軟體來管理、分類和**計算**自己看過的鳥……很好，我已經成為無可救藥的狂熱鳥人。

又一個冬夜，我坐在爐火邊，翻看大衛·希伯利（David Sibley）的五百四十五頁鳥類指南，試著背誦北美三十五種麻雀的個別特徵，我從聚精會神轉為自我懷疑：我很奇怪嗎？我瘋了嗎？我變成另一個湯普森·馬許了嗎？

就這樣，我決定，只有一個辦法可以徹底了解自己的狀態。如果賞鳥是在靈魂的荒山峭壁扎根的狂熱癖好，我需要知道它能成長得多麼強韌。我需要研究狂熱鳥迷裡最狂熱的那些人。

我需要見一見觀鳥大年（Big Years）的參賽者。

第一章

一九九八年一月一日

January 1, 1998

山迪．柯米多

山迪．柯米多（Sandy Komito）準備妥當。離元旦的日出還有一個小時，他獨自坐在亞利桑那州諾加利斯（Nogales）一家二十四小時營業的丹尼斯連鎖餐廳（Denny's）裡。他點了火腿和蛋。然後盯著一片漆黑的窗外。

來到人生的這個階段，他認識的人要麼渴望找一個新老婆，要麼買一輛保時捷，甚至是一台遊艇。柯米多對這些都沒興趣。

他想要鳥。

即將到來的這一年，他將致力於唯一的一個目標——成為史上在北美地區看過最多鳥種的人。他曉得那並不容易。接下來的三百六十五天，他打算離家兩百七十天，在北美各地追逐飛禽。到科羅拉多州大陸分水嶺（Continental Divide）的高山凍原追蹤雷鳥（ptarmigan），在亞利桑那州的炎熱沙漠追逐蜂鳥（hummingbird）。追逐明尼蘇達州北寒林的月光找貓頭鷹，為了一睹鰹鳥（booby）在黎明時分跋涉過南佛羅里達州的沙灘。為了追逐鳥類，他計畫在加拿大新斯科舍省（Nova Scotia）乘船，在阿拉斯加州阿留申群島騎自行車，在內華達州搭直升機。睡眠不是第一優先，但是，當睡意來襲時，他會將就阿拉斯加的行軍床，在往乾龜島[4]（Dry Tortugas）的顛簸船上輾轉反側。

畢竟這是一場競賽，柯米多想要贏。

他點了第二杯咖啡，在餐墊上攤開文件。一張是從休士頓北美稀有鳥類通報網（North American rare-bird alert）網站印出的資料，另一張是亞利桑那州圖森市（Tucson）地區通報網的情報。柯米多露出微笑。上週在亞利桑那州東南部目擊到的珍稀鳥類比北美地區其他地方多。

他的肚子告訴他，連鎖餐廳是這一年的絕佳起點。多年以來，他去過這麼多家丹尼斯連鎖餐廳，壓根不需浪費時間看菜單。此外，據一些鳥迷通報，這家餐廳周圍的樹木，是當地鳥種大尾擬八哥（great-tailed grackle）和黑頭美洲鷲（black vulture）的棲息處。柯米多決定，無論看到其中哪一種，都是他這次觀鳥大年的美好開始。

柯米多望向窗外，看著地平線泛出灰色曙光。有點小感動。在餐廳的對面，一列貨運火車突然劃破寂靜。這一番騷動讓外面的某樣東西飛起，接著降落在他的窗邊。

柯米多的心跳加速：這是他這場競賽的第一隻鳥！

他趨前辨認鳥種。

4 乾龜島國家公園位於佛羅里達州西嶼（Key West）西方約一百一十公里，位於墨西哥灣中，交通極不方便，擁有數量龐大的海鳥。

圓胖……灰色……搖晃的頭。

「天殺的一隻鴿子。」他喃喃地說。

每年的一月一日，成千上百的人拋下原本的生活，加入全世界最奇怪的比賽之一。他們的目標：在一年內看遍最多的鳥種。多數參賽者只看郡內的鳥。另一些人不越過家鄉的州界。但最大的觀鳥競賽是最艱苦、最昂貴的，偶爾是廝殺最激烈的，範圍涵蓋整個北美洲。

它被稱為觀鳥大年。

觀鳥大年的規定不多，沒有裁判。鳥迷可以隨時搭機、開車或搭船到美國、加拿大的任何地點，去追逐據傳出沒的稀有鳥種。鳥迷有時候會設法拍下觀測的目標物，不過通常只是在筆記本草草記下目擊紀錄，希望其他參賽對手會相信他們。在這一年的年底，參賽者將他們自行記錄的鳥種總數寄給美國觀鳥協會[5]，協會將結果刊登在一本雜誌尺寸的文書品，它所引發的回響，要比八年級生更衣室裡的八卦閒聊還來得熱烈一些。

在好的一年，這場競爭展現出熱情、鬥智、恐懼和勇氣，想看、想征服的基本渴望結合了銳不可當的求勝渴望。

在糟糕的一年，比賽讓人散盡家產，變得一貧如洗。

一九九八年北美觀鳥大年是史上最了不起——或許也是最糟——的一場觀鳥競賽。

淡喉蠅霸鶲是一種看來平凡無奇、略帶灰色的棕色小鳥，原產於墨西哥中部。牠的叫聲獨特。牠發出「W-h-e-e-k」的音。這種稀有鳥類上一次被目擊是在北部邊境的荒野裡，那年哈利・杜魯門（Harry Truman）是總統，傑基・羅賓森[6]（Jackie Robinson）擊出他在大聯盟明星賽的第一支全壘打。但是一九九七年十二月中旬，在亞利桑那州諾加利斯附近，沿著灌溉水庫健行的一位鳥迷目擊到淡喉蠅霸鶲，他通報了鳳凰城奧杜邦學會（Maricopa Audubon）分會。

奧杜邦學會將消息公布到網路上，圖森市稀有鳥類通報網在它的二十四小時專線發布這一項消息，休士頓的北美稀有鳥類通報網開始打電話通知優先通報訂戶。

山迪・柯米多在兩千四百哩距離外，紐澤西州費爾隆恩（Fair Lawn）的家裡接起電話。正是淡喉蠅霸鶲的目擊情報，而不是其他鳥種，讓他決心從諾加利斯展開這一次觀鳥大年行程。

---

5 美國觀鳥協會（American Birding Association）是由北美洲鳥迷所組成的協會。與北美洲另一個更龐大的奧杜邦學會相比，美國觀鳥協會更加執著於飆鳥，專注於稀有鳥種及衝高鳥種紀錄，奧杜邦學會則較為溫和淡定。本書中有關競賽性觀鳥的活動，大多是由美國觀鳥協會所推動倡導。

6 傑基・羅賓森（Jackie Robinson，一九一九～一九七二）是第一位進入美國大聯盟的黑人職棒球員。

他離開丹尼斯連鎖餐廳，駕車穿梭過仙人掌和牧豆樹遍布的山丘，最後抵達巴塔哥尼亞湖州立公園（Patagonia Lake State Park）入口。

一位管理員招呼他。

「五美元，」她對柯米多說。

為了來這裡，柯米多已經在機票、租車、汽車旅館砸了數百美元。身為紐澤西州的資深工業建築承包商，他懂得怎麼搞定這種事。於是，他低沉的聲音刻意裝出甜膩，要是讓他那些在工廠屋頂幹活的工班聽見，肯定會大吃一驚。

「哦，我只是鳥迷，」柯米多告訴管理員，「我來這裡找一種鳥。我只停留十分鐘。我真的有必要付五美元嗎？」他試著利用州立公園的非明文規定，只是駕車通過，停留不到十五分鐘的話，可以免付門票費用。

管理員瞪著他看。他的談判幾乎不曾奏效，但他依舊樂此不疲。

柯米多從網路下載了如何找到這隻鳥的明確指示：「在山腳右轉，穿過露營地。轉彎處可見步道入口和約莫四個停車位。在這裡停車，步行差不多三分之一哩。左邊有湖和柳樹，鳥通常停在牧豆樹那邊。」

柯米多找到停車區，突然一反常態感到緊張。箇中的原因之一是，他的車子不對。多年來，他征戰其他州時，都租林肯豪華加長型（Lincoln Town Car）來開。這有助於他在鳥迷之間建立起名聲，一位從紐澤西州來的高調自大狂，老是開著航空母艦四處跑。不過，柯米多在這次觀鳥大年改租中型車。他的想法再簡單不過：讓旅行預算有更大彈性，他想把錢花在跑更多的哩數，而不是講究舒適程度，租平實一點的汽車比林肯車便宜多了。儘管如此，賞鳥是分類動物的活動——長耳鴞（long-eared owl）總是有長耳朵，短耳鴞（short-eared owl）總是有短耳朵——現在他突然改變了個人辨識特徵。賞鳥圈準備好接受開福特金牛座（Ford Taurus）的山迪．柯米多了嗎？

還有另一個麻煩。四個停車位都停了車，更多車子沿著園區道路的狹窄路肩停放。這些車子都貼著識別貼紙：沙加緬度奧杜邦分會，圖森市奧杜邦分會。柯米多思忖：「我來晚了嗎？希望不會太遲。」

步道不完全是步道。它看上去更像一條專供牲口走的泥土小路，聞起來也像。草地鷚（meadowlark）從樹叢疾穿而過，但是柯米多忽視牠們。他只記掛著一種鳥。

再往前走三百碼，兩名男子正在牧豆樹之間穿梭。他們看起來像在找東西，也許是不見的帽子，或許是一朵花，一隻蝴蝶。柯米多另有答案。

「你們見到鳥了嗎？」他朝他們喊。

「沒有。」其中一個人回答。

柯米多很滿意。亞利桑那州沙漠荊棘叢裡的這些陌生人，能理解他刻意含糊其詞的話，和他說著同一種語言。

雖然觀鳥大年的競爭異常激烈，柯米多仍寧可加入追逐稀有鳥種的族群。當然，跟一群人一起行動，意味著許多人會辨認並記錄相同的鳥種。但是對柯米多來說，這些人不只是鳥迷。他們是證人。頂尖鳥迷多年來密切關注彼此，許多人懷疑一些人涉嫌作假詐欺。事實上，有爭議性的目擊逐漸讓這場北美賞鳥史上最激烈、最個人性的競爭蒙上陰影。

柯米多在觀鳥大年期間可沒時間陷入這種爛泥淖，不過他多少期望跟這些可疑人物正面相遇。在一場以信任為基礎的競賽，信譽像貞操一樣——只能夠失去一次。柯米多不只想締造觀鳥大年紀錄，他希望這個紀錄經得起驗證。

在更前面一點的地方，另一些鳥迷在矮樹之間鑽動，柯米多認識其中兩位。

麥可．奧斯汀（Michael Austin）是一名家庭醫生，幾年前從家鄉加拿大安大略省搬到南德州，以便更容易目擊稀有鳥種。他的策略大為成功：以他目前看過的鳥種數量，在北美地區排名第十六名。當柯米多還在丹尼斯連鎖餐廳吃早餐、看日出的時候，奧斯汀已經來到現場搜索淡喉蠅霸鶲。

在樹叢裡奔走的另一位舊識鳥友叫克雷格．羅伯茨（Craig Roberts），是來自俄勒岡州提拉穆克（Tillamook）的急診室醫生。羅伯茨是熱情的人，每每強勢要別人聽他的賞鳥經，比如他怎麼不斷聽錄音帶來記住每種鳥鳴聲。柯米多講笑話的時候，羅伯茨會翻翻白眼。

柯米多看到某個樹叢後，有一名鳥友舉著塑膠玻璃盤；這玩意是用來放大遠處的鳥叫聲。到目前為止，運氣糟透了。柯米多仰頭掃視牧豆樹高處枝椏。他的脖子太習慣仰頭這個動作，頸圍從原本的十四吋半爆增到十七吋。鳥迷把這種奇特現象稱為「鶯頸」（warbler neck）——花太長時間仰看樹頂，尋找疾飛而過的鳴禽。

突然有人大喊，「我看到鳥了！」

柯米多往前衝。他的望遠鏡拍擊著胸口。如果鳥兒飛走了呢？他的跨州追獵剩下最後幾百碼距離。他的胃痛到糾結。他跑得更吃力。

鳥還在那裡嗎？

慢下來！

他已經離牠不遠。他可不想把牠嚇走。

氣喘吁吁、大汗淋漓，心臟還在怦怦狂跳的他，躡手躡腳地緩緩往前走。

柯米多前方二十呎處是克雷格．羅伯茨。羅伯茨前方二十呎處是一隻黃褐色的鳥，正在樹叢裡飛起飛落。柯米多快速就定位，他背對著太陽[7]，舉起望遠鏡。他了解羅伯茨，這個人有偵察最難辨鳥種的天分，不可能錯認。儘管如此，淡喉蠅霸鶲和另一種更常見的灰喉蠅霸鶲（ash-throated flycatcher）驚人地相似，柯米多就像跟監嫌疑犯的警察，匆匆搜尋顯著特徵——臉是更深的褐色，頭更圓一點，鳥喙更短一點，腹部更黃一點。

然後鳥兒發出鳴叫。

「W-h-e-e-k。」

---

7 背對著太陽才能有順光的觀察，面對太陽觀察則會逆光，過亮的背景使鳥體上的顏色與花紋難以辨識。

這個叫聲讓人確認了牠的身分。柯米多從背包裡抓出尼康（Nikon）相機，狂按快門連拍了十幾張。

這隻鳥是他的囊中物了，有證人和照片可資證明。他掏出一本手掌大的筆記本，寫下：淡喉蠅霸鶲。一九九八年一月一日。亞利桑那州，巴塔哥尼亞湖州立公園。

他想大聲歡呼，不過很有可能嚇跑鳥兒。

他的興奮心情慢慢減退。他向後退了幾步，周圍的情景讓他驚歎不已。

約莫三十位興奮激動的人從灌木叢簇擁而上，配備了全世界最精良的光學鏡頭——徠卡（Leica）、蔡司（Zeiss）、施華洛世奇（Swarovski）和日本興和（Kowa）——的一行人，團團包圍住這隻淡喉蠅霸鶲。喀嚓喀嚓的快門聲不斷，啪啪作響的閃光燈此起彼落。這隻鳥遇上了狗仔隊。

其中的反諷趣味令人難以忽視。美國司法部移民局（INS）分派了一千位邊境巡邏員在諾加利斯執勤，以阻擋墨西哥人偷渡到美國。而一隻跟朗司加（Lonsdale）雪茄相比沒大多少的孤零零移民，不過多了一對翅膀，就有數十人不遠千里從全美各地來迎接牠。

許多鳥迷仍圍在淡喉蠅霸鶲身邊，享受著目睹這種稀有鳥類的樂趣，一邊和舊識老友交換彼此的經歷。雖然目擊鳥兒之後的閒聊也是柯米多喜愛賞鳥的主要原因，但他仍瞥了一眼手表。

即使這是觀鳥大年的第一天早上，山迪．柯米多知道時間正在悄悄溜走。他擠過人群回到福特金牛座座車。

艾爾・拉凡登

艾爾・拉凡登（Al Levantin）等待這一天等了四十年。當他在實驗室裡辛勤工作，忙著混合各種化學物質，為公司贏得兩項專利時，他等待著。當他一年飛行十萬哩、奔波各地銷售公司產品時，他等待著。當他舉家搬到海外生活七年，以便管理公司的歐洲分部時，他等待著。一星期工作六十小時的日子裡，他等待著；一星期工作八十個小時的日子裡，他等待著。他等待著兩個男嬰長大成人，他等待著妻子成為祖母。

現在等待已經結束。

他的鬧鐘設在早上六點，但是他早已睡醒。他躺在床上，看向窗外。雖然月亮並不像銀幣一樣又圓又大，卻已經明亮到可以照出白楊木平台外的斯諾馬斯（Snowmass）雪山輪廓。他不想吵醒妻子，所以沒開臥室的燈。四周一片漆黑，不過他知道要往哪裡去。

今天，他將展開打破北美洲觀鳥紀錄的探險旅程。

他從衣櫃裡抓出一件毛衣，接著朝廚房走去。拉凡登居住在一幢壯觀的屋子。這幢屋子建在亞斯本（Aspen）附近麋鹿山（Elk Mountains）山脊的七畝林地上，是橫跨數個郡界的建築奇景，屋內溫馨舒適。走廊和飯廳鋪著褐色石板地板，下方埋有熱水管，即使在科羅拉多州的嚴冬，赤腳走動也感覺溫暖。走在這棟房子的任何地方——樓梯、走廊、辦公區——總會經過大玻璃窗，窗外的懾人美景盡入眼簾。挑高的拱形天花板露出厚木梁，壁爐大到能吞下一整塊圓木。拉凡登走進廚房——鋪著櫻木地板，有一個大到足以容納一輛福斯轎車（Volkswagen）的Sub-Zero頂級冰箱——啟動咖啡機。興建這棟屋子花了十八個月，比原本計畫多了六個月，但成果值回票價。有時候等待會帶來額外收穫。

他拿起徠卡雙筒望遠鏡和日本興和單筒望遠鏡，沿著有頂棚的室外通道走向車庫。昨晚沒有下新雪。從海拔九千呎的高度，星星似乎撒落在各處。

當他的奧迪（Audi）車駛近路的盡頭，大門自動打開。他催下油門，想要在陽光籠罩大陸分水嶺之前抵達某處。

整條八十二號公路只有他一輛車。咆哮叉山谷（Roaring Fork Valley）的多數人不會在黎明之前起床。一些人不到天亮不會睡覺。他們為了前方八哩處的亞斯本滑雪場而來。瑪拉（Marla）在那裡告訴伊凡娜（Ivana），說唐納・川普（Donald Trump）和她在一起，甘迺迪（Kennedy）家族成員在那裡的斜坡玩滑雪橄欖球[8]，歌蒂・韓（Goldie Hawn）、寇克・羅素（Kurt Russell）、唐・強生（Don Johnson）、梅蘭妮・葛莉芬（Melaine Griffit）、芭比（Barbi）、阿諾（Arnold）、傑克（Jack），所有人的一舉一動在狗仔隊鏡頭下無所遁形。昨晚，拉凡登跟結縭三十八年的妻子艾瑟兒（Ethel）參加一場小型晚宴。在山地標準時間晚上十點，他們打開電視看紐約時代廣場的新年倒數。他們在十一點回家睡覺。

在公路彎曲處，他的車頭燈光束掃過下方河流。水汽冉冉升騰。在北美的其他地方——德州的格蘭德河谷（the Rio Grande Valley）、亞利桑那州東南部山區、紐澤西州的五月岬（Cape May）——聚集的鳥迷多到可以讓一隻鶲的絲毫動靜透過網路傳播到全世界各地。但亞斯本是鳥迷未知的領土。拉凡登喜歡這樣。他靠自己的力量在職場功成名就，決心在觀鳥領域也自食其力。其他人在某些熱門賞鳥點展開他們的觀鳥大年行程，拉凡登堅持要和妻子一起過新年。其他人聘請嚮導以便更輕鬆地找到珍稀鳥類，拉凡登希望靠自己找到每種鳥。其他人仰賴老手的意見，拉凡登依靠自己的腦袋。如果大家同一步調，那麼想締造個人紀錄的意義何在？

夜晚的漆黑總算轉為灰色。他第一次能看到車頭燈光以外的東西，紅色河堤，梣葉槭樹（box elder）枝椏上的白雪。這時，他看見了：樹上的白色東西不全然是雪。他放慢車速，舉起徠卡雙筒望遠鏡。

是一隻白頭海鵰！拉凡登露出笑容。這不算是稀有鳥種，肯定有其他鳥迷——年老資深的那種——對這類普通鳥不屑一顧，不過拉凡登可沒有如此消極。新年第一天，一隻白頭海鵰停在咆哮叉山谷雪地的樹梢。這是何等壯麗的景象。

山谷中的灰色陰影讓位給黃色的溫暖陽光，鳥兒往光亮移動。這是個魔法時刻：河水渦流處有一隻美洲河烏（American dipper），柳樹上盤據著一隻黃昏錫嘴雀（evening grosbeak），

8 麥克·甘迺迪因此意外喪生。

紅尾鵟（red-tailed hawk）跟著暖氣流盤旋而上。喜鵲（black-billed magpie）。黑頂山雀（black-capped chickadee）。暗眼燈草鵐（dark-eyed junco）。拉凡登一一記下——今天看到的鳥今年之內不需要再看一次——但是他幾乎來不及記。美洲白冠雞（American coot），美洲金翅雀（American goldfinch），美洲隼（American kestrel）。他低頭在記事本潦草寫下鳥名。他抬起頭，看到一隻灰背隼（merlin）往下俯衝，他也記下牠。一隻北撲翅鴷（northern flicker）飛掠而過。鳥飛來的速度比他的手指動作還快。

他停筆不動。

他聽不到手機聲。他沒打領帶。他沒有任何會議要開。

在一個企業人靈魂底層壓抑了四十年的迷戀，緩緩湧入咆哮叉河的黎明薄霧裡。

艾爾．拉凡登自由了。

在亞斯本地區有兩種生活——上谷和下谷。上谷有度假村、斯諾馬斯滑雪場、阿賈克斯（Ajax）纜車、高地（High lands）滑雪場和巴特米爾克（Buttermilk）滑雪場，那裡能跟滑雪匹敵的活動只有購物，而白天名人們的空氣親吻在當晚就成為八卦小報頭條。人們都說這裡由旅遊業掛帥，唯有當地人懂得內情。房地產才是主宰。亞斯本的平均房價達三百萬美元，近十分之一的居民有房地產經紀人執照。房仲公司數量多到讓商店老闆起而抗議，說它們毀掉市中心街道的氣氛；市議會研議是否應該限制主街上房地產公司的數量。城區地段貴得不像話，人們會花四百萬美元買房子，把它拆掉，在原地再蓋一棟新屋。

當然，少數的亞斯本居民有親手拆除或蓋屋子而長繭的手。那些人，那些勞動工作者都住在下谷。在厄爾杰貝爾（El Jebel），墨西哥家庭住在月租一千兩百美元的拖車貨櫃屋裡，來亞斯本拆房子一年賺的錢，足以讓他們在邊境南方買一棟自己的房子。商店經理和廚師住在藍湖（Blue Lake），三房兩衛的同樣式住宅要價四十萬美元。咆哮叉山谷牧場區的二十六萬美元連建住宅住滿了土木工、電氣工和泥瓦工。汽車修護工倒是一個問題。丹佛的汽車修理廠每週得派出技工一次，奔波一百六十哩路來修這裡的路華休旅車（Range Rovers）。

上谷和下谷由四線道的八十二號公路連結起來。這正是拉凡登擔心的問題。再過幾分鐘，居住在下谷的女傭、餐館工和洗碗工將開始魚貫湧進八十二號公路的壅塞車流，一路開開停停前往上谷的工作地點。咆哮叉山谷尖峰時段的壅塞程度，讓科羅拉多州州警署在公路旁樹立許多宣導牌，只寫著：「路有怨氣」。這些路牌屢屢遭到沮喪的通勤者打卡。拉凡登可不想陷入那樣的車陣。於是，他飛奔到藍湖看各類的鴨，到密蘇里高地（the Missouri Heights）看老鷹，找到杜松叢、矮松叢裡的噪鴉。返回上谷之前，他記錄了三十二種鳥類。

就在厄爾傑伯（El Jebowl）保齡球館外頭——它的宣傳詞說：「穿著鞋子最好玩的事」，度假的戴安娜王妃、哈利王子、威廉王子曾來這裡打球——交通陷入癱瘓。這意味著，拉凡登必須更留意車子而不是鳥。拉凡登終於抵達木溪（Woody Creek）時，他感覺手表的滴答滴答聲像在和自己作對。返回上谷的二十五哩路程似乎無止無盡。他知道接下來是這一天的最佳時光，但他沒料到得跟時間賽跑才能盡情享受這番樂趣。

現在是上午十點半，拉凡登衝回家，往左腳套上滑雪靴，右腳還穿著鞋子。這是行之有年的老招了。他靠穿鞋的右腳踩煞車和加速，穿梭在蜿蜒曲折的融雪公路（Snowmelt Drive）——整條公路都埋設了地熱管線以預防路面結冰——最後把車子停在滑雪場入口。現在他只需要再把另一隻腳擠進滑雪靴，在舒適的家裡完成一半的工作，省去他在停車場五分鐘的笨拙掙扎。

來到范妮山（Fanny Hill）滑雪纜車基地，只見斯諾馬斯雪山各式各樣的野生雙肢動物神氣活現昂首闊步。有穿著整套史派德（Spyder）雪衣的女人殺手，怕冷的弱男子裹著羽絨外套，其中幾件甚至綴著貂皮、白鼬皮滾邊。雖然本季鮮豔色彩當道，但拉凡登穿著普通的黑褲子和暗藍色外套。唯有在脖子上掛著獨一無二的配件——望遠鏡。

拉凡登通常散發出童子軍的熱情和活力，而滑雪讓他更加亢奮。他不喜歡獨自乘坐滑雪纜車。他喜歡說故事和聽故事、和陌生人共乘纜車上山，他得以盡情沉浸在鍾愛的娛樂之一。他如此熱愛認識陌生人，從八十億美元營收公司的副總裁職位退休後，他仍然到滑雪場基地當迎賓志工。他愛開玩笑。他對年輕女子的開場白是：「我是老頭子。我不懂打情罵俏。」他六十歲，但是常被指責謊報年齡。他的臉頰泛著熱愛戶外活動的健康粉紅光彩，有一雙寶藍色的眼睛，肩膀依然有些肌肉線條，他看上去像五十歲。他的行為像三十歲。他具有非凡的魅力。

滑雪和賞鳥是拉凡登熱愛科羅拉多州的兩大原因。這就是為什麼，當他在數月前規畫這一天的時候，他決定要成為史上第一位用滑雪開始觀鳥大年的鳥迷。管其他人怎麼說。他玩得很開心。

到了半山腰，滑雪客下了纜車，滑雪區迎賓員分發免費餅乾。拉凡登拿了一片，等待著。他有一個計畫。白楊林裡確實有東西在動。一隻灰身黑翅的北美星鴉（Clark's nutcracker）撲向雪地啄食餅乾屑。拉凡登笑了。除非知道該去哪些地方找，不然北美星鴉是冬季難以得見的鳥種。

看完這隻鳥，拉凡登跳上隔鄰的科尼格萊德（Coney Glade）纜車。下方是史拜德・薩比奇（Spider Sabich），以奧運滑雪運動員為名的滑雪競技場。他死於同居情人克勞黛・朗蓋特（Claudine Longet）槍下。朗蓋特是七〇年代的O.J.[9]，只在亞斯本一間特別整修過的牢房裡服刑了三十天，隨後跟她已婚的辯護律師私奔，這些年來，《週六夜現場》（Saturday Night Live）短劇不斷拿她當揶揄對象。

纜車上到斯諾馬斯雪山頂花了十分鐘。拉凡登迫不及待地下車。他快速往左轉，將滑雪板對準下坡方向。他高抬雙肘，臉上綻開笑容，拉凡登一陣風似的滑下麥克斯公園（Max Park）坡道。他是勇猛的滑雪者，直衝下坡，每一次割轉轉彎在身後掀起一片飛濺雪花。他的風格豪

9 橄欖球明星辛普森（O.J. Simpson），一九九四年被控謀殺前妻。

爽奔放——看起來就像冰上的橄欖球後衛（fullback）。他高速滑降的實力達四十五哩時速，而且動作優美，雙膝緊緊併攏，不留讓一絲陽光穿過的間隙。凡是看到拉凡登滑雪的人都要疑惑，他為什麼有資格加入美國退休者協會（AARP）。

他在完美的時間點於烏霍夫山（Ullrnof mountain）自助餐廳前煞住滑雪板，開始有吃午餐的滑雪客端著托盤到戶外用餐區。拉凡登來看這天最先掉落在平台地板的薯條。一名用餐的客人高舉一根薯條，樹上的一隻灰噪鴉（gray jay）一陣疾風似的撲過來從他手裡搶走。拉凡登本來需要浪費大半天光陰在野地裡辛苦搜尋這一種鳥，但是何必呢？在科羅拉多落磯山一萬呎海拔處，斯諾馬斯雪山的灰噪鴉所表現的行為，跟康尼島（Coney Island）海濱散步道上的海鷗沒有兩樣。

拉凡登一路前滑，經過金恩高山餐廳（Swyn's High Alpine）和蘇珊咖啡廳（Café Suzanne）的戶外用餐區平台，卻只看見暗冠藍鴉（Steller's jay）和北美白眉山雀（mountain chickadee）。雖然拉凡登需要這些常見鳥類，但牠們並非他掛念的目標。斯諾馬斯雪場有更棒的東西。

他擠進亞當斯大道（Adams Avenue）搔首弄姿的人群回到停車處，這次他雙腳都穿著鞋子開車。是回收報償的時候了。過去兩年，只要在斯諾馬斯雪場遇見任何對鳥類有點興趣的人，拉凡登會送對方一個禮物裝點家裡——一個鳥類餵食器。一方面是因為他希望和人分享對鳥類的愛。不過他也別有用心。他想要黑嶺雀（black rosy-finch）。優秀的鳥迷都覬覦嶺雀。這種灰冠棕頂、身體呈黑色、粉紅色的嶺雀，一年裡多半時間住在非常難以到達的地方，諸如阿拉斯加凍原或落磯山脈最險峻的碎石陡坡，行蹤飄忽不定，讓人無從掌握。不過在某幾年冬天，數百隻嶺雀會聚集在較易接近的斯諾馬斯雪場緩坡。拉凡登無法解釋箇中原因。至於為什麼在另一些年的冬天，不見嶺雀出現，他也無從知曉。[10]但是，如果拉凡登持續供應餵鳥器給這一帶的居民，那麼也許，只是也許，他可以把北美最輕巧的鳥兒之一偷偷納入自己囊中。

追逐嶺雀需要某種敏銳度。拉凡登每回上街展開地毯式搜索，他會找當地鳥迷琳達．維達爾（Linda Vidal）一起同行。帶著望遠鏡的男人在別人家後院鬼鬼祟祟窺探總是顯得可疑，但是換作是一個男人和一個女人同行，被人當作變態報警處理的機率就少得多。可惜的是，維達爾今天沒空。拉凡登得靠自己，而且沒有太多時間。

拉凡登看到不遠處有東西在動。他知道該往哪裡去。

在斯諾馬斯雪場所有住宅當中，遠景路二四九號引人注目的原因在於：它很醜陋。跟戰艦顏色一樣的灰色屋子，正對著對門鄰居防熊翻食的垃圾箱，這棟房子供出租用，租客來來去去。幾年前的一位租客安置了餵鳥器。後來的租客都主動將它填滿。

---

10 在高緯度及高海拔地區，由於環境年間變化甚大、繁殖季很短，許多鳥類採行機會主義。在一個繁殖季中，如果環境穩定、食物充足，可以繁衍很多後代，但是如果天氣不穩、食物缺乏，則往往繁殖完全失敗。在其度冬地常常某些年都見不到，但在某些年則爆量出現。

現今的遠景路二四九號有葵花籽、光禿無葉的高聳白楊木，以及三百隻騷動的嶺雀。拉凡登震懾不已。在雪地裡，牠們的羽毛閃耀著迷人的虹色光輝，就像把吃了類固醇的浮腫蜂鳥一蘸上覆盆子汁、肉桂汁和黑巧克力。一些鳥迷窮其一生才找到三種嶺雀。[11]拉凡登第一天就在家鄉看到所有三種。還有更好的方式來展開觀鳥大年嗎？

拉凡登在幾個月前，已經思索過，也回答了這個問題。他趕回家，抓起手提箱，跟妻子吻別。

美國聯合航空公司下午四點的航班，將他從寒冷的亞斯本送到能穿短袖的南德州。他的隨身行李裡有一份名單，記錄著這天所見的四十五種鳥。他滿意今天的紀錄。他滿意他開始觀鳥大年的方式。

葛雷格．米勒

葛雷格．米勒（Greg Miller）獨自一人坐在他的公寓裡。現在是除夕夜，他的電視機傳出笑聲和啵、啵、啵的香檳開瓶聲。米勒難過到沒法慶祝新年。一九九七年十二月三十一日這天稍早，他拿到法院的離婚判決。

米勒知道很多婚姻經由法院判決而結束，但他還是被羞恥感籠罩。在奧羅．羅伯茨大學（Oral Roberts University）修完傳道課程之後，他在查經班邂逅了妻子，他在上帝、教會和家人面前起誓，無論如何不會與她分開。兩人從如膠似漆變到爭吵互罵的時候，米勒身兼兩份工作。他以為這就是婚姻出問題的原因，他週末為「得勝全球福音出擊」機構（the Voice of Victory World Outreach）擔任牧師，得在華盛頓特區的四間福音教會趕場講道，平日是聯邦住宅抵押貸款公司（the Federal Home Loan Mortgage Co.）的軟體工程師，常常加班。他辭去牧師兼職，試著和妻子再經營婚姻，四年期間，兩人找過三位婚姻諮商師。最後，米勒以為找到問題的根源：他太胖了。身高五呎七吋的他，重達兩百二十磅，而身為私人健身教練和有氧教練的妻子，對此抱怨不斷。因此，為了拯救婚姻，米勒決定報名參加知名的海軍陸戰隊馬拉松賽（Marine Corps Marathon）。他剛開始訓練的時候，無法跳完一堂妻子的有氧課，跑不完一哩路。但是，他慢慢開始，累的時候就用走的，逐步提升到可以一口氣跑二十哩。而他的妻子甚至從來沒有嘗試過長跑。他還是一個一百九十五磅重的大胖子——不管做多少運動，他就是戒不了麥當勞——不過他認為自己已經為馬拉松賽做好準備。比賽那天下雨。他全身淋得濕透。接著溫度驟降，他渾身發冷；跑到十四哩處，他的兩隻腳起了水泡，幾乎舉步維艱，更別提要跑步。他想退賽，但是告訴自己不能半途而廢。他花了整個夏天的週末進行訓練，他要跑完海軍陸戰隊馬拉松賽，如此才能挽救婚姻。其他跑者不斷地超過他。他痛苦得不得了。他花了六小時三分鐘挑戰完全程，比冠軍多花了兩倍時間，終點線後方幾乎空無一人，只剩他的妻子。

---

11 這三種嶺雀在美國真的很不容易見到，多只在度冬地才有機會，而且出現非常不穩定。

他發誓再也不跑馬拉松。他還是很胖，而婚姻仍舊岌岌可危。

他的妻子甚至沒有出席最後一次庭訊。米勒則早已搬到一百哩外的馬里蘭州盧斯比鎮（Lusby），在卡爾維特崖核能發電廠（Calvert Cliffs Nuclear Power Plant）繼續做軟體工程師。他一天工作十、十二、十四個小時，一方面為了忘記還未審結的離婚官司，一方面為了避免待在家裡。他家公寓的前身是雙車位車庫，大門是曾經供車子進出的玻璃門，地板鋪著焦橘色長絨粗毛地毯——沒厚到讓盤子掉下時不碎裂；這並不是說他常用盤子。由於爐子和烤箱故障沒法用，米勒靠微波食物維生。他家小冰箱的冷藏庫塞得下一人份披薩，或是兩袋熱口袋（Hot Pockets）微波食品。他的體重再次直線上升。離婚官司讓他失去所有家具，但是新家臥室的一整面牆——從地板到天花板——堆滿還未拆封的紙箱。客廳裡只放了一台十九吋彩色電視機和懶骨頭沙發。他花了很多時間窩在懶骨頭裡。

現在是除夕夜，一份文件宣告他十年的婚姻在這天正式結束。四十歲，單身，沒有孩子——他從未想過會有這種人生。他無法停止思索自己的人生現況。他不知道是否該打電話找人聊聊，但是妻子離開他了，朋友們出門過節，而他的父母……嗯，他的父親是俄亥俄州一座艾米許人小鎮的虔誠基督徒，那裡也是米勒的出生成長地。米勒想讓心情好過一點。他不認為打給父親會讓雙方誰的心情好一點。

電視螢幕不停地展示時代廣場上迎接新年的群眾。米勒的冰箱裡沒有香檳。他關掉電視裡的迪克·克拉克（Dick Clark）和雙雙對對的幸福人們，在晚上十一點上床睡覺。

在他工作的核電廠，米勒被稱為「焦特小子」（Jolt Guy）。沿著辦公隔間板，他擺放了一整排最愛的飲料焦特可樂（Jolt Cola）的空罐。每一罐據稱有可口可樂或百事可樂「該有的糖分」和「高出它們兩倍的咖啡因」。米勒每天至少喝一罐，在精神格外不濟的日子一天三罐，他的工作空間成為六十個紅金相間可樂罐圍繞的城堡。[12]身在一片呆伯特式灰色隔間的辦公環境，米勒這個新人樂於被最好的破冰利器包圍。核能電廠裡有一座焦特可樂罐高塔，很難無視這種反諷趣味。不過，偶爾會有人提醒他少喝點，每罐焦特可樂含有的咖啡因相當於三杯咖啡，可能對健康不太好。米勒不喜歡別人提醒他的健康。

事實是，米勒喜歡放縱無度。他享用美食大餐，他跑馬拉松。現在他瘋狂投入工作。

米勒的工作是確保數百萬行程式能安然度過千禧蟲危機。多年以前，電腦程式人員想永久執行某些程式或測試時輸入代碼00。然而，00，或說西元二〇〇〇年，離目前只剩不到兩年時間。米勒得趕在千禧年以前抓出00代碼和其他所有千禧蟲。因此，他測試幾千行程式，喝幾瓶焦特可樂。這是不容出一點錯的枯燥工作：核電廠之所以成為媒體報導千禧蟲危機的典型範例，並非沒有理由。雖然米勒常常開玩笑說自己沒有社交生活，但他愈來愈不覺得這句話有何

---

12 焦特可樂（Jolt Cola）是電腦程式設計師的典型飲料，在電影侏儸紀公園中的電腦室內也有類似場景。

詼諧逗趣可言。

是鳥，或者說是想著鳥，讓他得以沒被工作逼瘋。從他三歲辨認出第一隻鳥——鵲鴨（American goldeneye）開始，身為鳥迷的父親對他教導有方。米勒喜愛看鳥。賞鳥時間是自由的時間、玩樂的時間，他和父親在樹林裡走走逛逛、聊聊天，然後又累又開心地回家。然而這些日子以來，米勒只覺得累。不過他的福特探險家（Ford Explorer）後車廂一直放著雙筒和單筒望遠鏡，以備他在路上遇到值得一看的鳥。當然，每天日出前就踏進沒有窗戶的辦公室，日落之後才下班回家，他實在不知道什麼時候或者如何才有可能真正看到一隻鳥。說不定會有一隻貓頭鷹飛下來。

米勒盯著電腦螢幕。更多的程式，更多的檢查，更多的測試。他已經一連工作了十四天，光是這一週就工作七十九小時，今天是星期天。眼前的數字一片模糊。他今天起碼得花六小時看程式抓蟲。但是他幾乎沒法想任何事。

事實上，他可以想。

他推開椅子站起來，穿上外套。他沒有時間用走的過去，但是只要開車開得夠快，說不定可以趕得上。他急得差點忘記戴上克利夫蘭印第安人隊（Cleveland Indians）棒球帽。

他趕到辦公室半哩外的排水口，俯瞰核電廠廢水流入切薩皮克灣（Chesapeake Bay）。冷卻塔排出的廢水比海灣海水溫暖十度，誘餌魚聚攏過來取暖。海鳥在魚群上方盤旋。牠們餓了。

核電廠的冷卻池並未列名在美國奧杜邦協會推薦的熱門賞鳥點，但是米勒把握現有的資源。海鷗在尖叫。他瞇起眼湊近單筒望遠鏡。要把臉湊得夠近以便看清楚並不容易，但是隔的距離正好不至於讓鏡片因體熱而起霧。

從鏡筒望出去，看見的是熱鬧的鳥況。有銀鷗（herring gull）、笑鷗（laughing gull）、大黑背鷗（great black-backed gull），還有……哇！這是什麼鳥？灰色翅膀和深色嘴尖，肯定是海鷗，不過，那可不是一個深色耳斑嗎？是笑鷗嗎？可能是幼鳥？不對，這隻的體型太小，頭部有斑塊而不是條紋。小鷗（little gull）嗎？不對，體型太大了。紅嘴鷗（black-headed gull）嗎？不對，牠的腿是粉紅色，並不是橙色。

毫無疑問：是博氏鷗（Bonaparte's gull），以偉大征服者拿破崙的侄子為名的鳥。不錯的一種鳥，一向定期來到大西洋中洋脊，儘管如此，要辨認出來仍是一項高難度的挑戰。

米勒放下望遠鏡。他在呼吸，真正在呼吸。他脹紅了臉，於是把外套解開。

他還記得這種感覺：他回到狩獵現場。

他弟弟在聖誕節送了他一本賞鳥的書，但是米勒拆都沒拆就直接塞到某個箱子裡。他害怕那本書。他已經為工作廢寢忘食，沒時間做別的事。

他回到辦公桌前，叫出更多的程式，但是他心不在焉。今天晚上，他對自己說，我會找出那本書，我要讀一讀。

第二章

鳥迷誕生

A Birder Is Hatched

我和柯米多初次會面才沒過幾分鐘，他已經在盤算著詭計。

他開著心愛的林肯豪華加長型房車，載我到他最喜歡的牛排屋，餐廳是位於紐澤西州郊區的獨立建築，車子大排長龍等候代客泊車服務。這觸犯了他的兩個地雷。他不喜歡等待，他不喜歡把車子交給陌生人。

所以他清了清喉嚨，把手伸到置物箱，拿出一個殘障人士告示牌。柯米多身上沒有任何創傷，事實上，跟他做了數小時的電話訪談之後，我認為他的體格說不定比我還勇健。但是他把有輪椅圖樣的藍、白色標示牌掛到後視鏡上，把車子停進餐廳大門旁的空車位。

我震驚得說不出話來。只見他大搖大擺地經過仍在苦等代客泊車的長龍，我試著跛著腳走路。柯米多向餐廳領班微笑。我掌握了一個基本事實：

山迪．柯米多壓根不在乎別人怎麼想。

他的妻子在多年前因為嚴重背痛領到傷殘卡，但是她目前與朋友出城去了。柯米多認為，一個有代客泊車服務的地方設了殘障人士專用車位，本身就是可笑的事。為什麼要因為妻子出城度假，就把取得最佳停車位的利器擱在置物箱裡？

我要難為情地承認，柯米多幾乎說服我相信了，這樣利用傷殘卡制度是天經地義的事。他就是具有如此強大的說服力。他的天藍色雙眸直勾勾地盯著我，用令人安心的低沉聲音減輕我的罪惡感，接下來我只知道，他讓我覺得自己是全宇宙最重要的人。

然後服務生來了。柯米多點了切碎沙拉菜。我也一樣。

我沒有吃下一吋平方大小的沙拉菜葉。我不知道誰會吃這種東西。但是柯米多有他自己的飲食品味，而且我發現跟他共處，就像在遊樂園搭摩天輪——很好玩，只要你下來後不會暈到想吐。柯米多用餐的時候，服務生似乎為了聽他的故事，故意流連在他的桌邊。他是誇張演技派，而且引以為榮。他像奧斯卡．麥迪遜（Oscar Madison）一樣厚臉皮，也跟菲利克斯．昂格爾（Felix Unger）一樣愛挑剔[13]。

跟他到野外賞鳥時也很有意思。我倆第一次的賞鳥行，他帶我到他家幾哩外的哈肯薩克濕地保護區（Hackensack Meadowlands）。自從紐約市往西開發工業區以來，這塊著名的沼澤地就成了傾倒垃圾的掩埋場。哈肯薩克濕地保護區是神奇的地方。鳥類在四處飛竄——燕鷗（tern）在天際翱翔，白鷺（egret）涉水而行，鷦鷯（wren）在鳴唱，燕子（swallow）俯衝飛行。柯米多卻一臉不快。紐約市政府幾年前在濕地上蓋了一棟豪華的婚禮玻璃屋，目前工程師刻意將濕地的水位維持在高點。對幸福的新娘來說，這意味著在婚禮照片背景裡會有許多優雅的疣鼻天鵝（mute swan）增色。但是對於柯米多來說，它是可笑的人工產物。疣鼻天鵝是外來鳥種。他希望沼澤維持原來的自然樣貌——臭氣四溢的泥地聚集著大批輕巧飛掠過水面的水鳥（shorebird）。

我告訴柯米多，哈肯薩克濕地保護區無疑冒犯了我的嗅覺神經。他勃然大怒。他說：

13 尼爾．賽門（Neil Simon）劇作《單身公寓》（*The Odd Couple*）的兩位主角人物，性格截然相反。

「才不是沼澤的氣味。是山上的垃圾掩埋場。要不然，就是吉米．霍法（Jimmy Hoffa）[14]的臭味。」

我們在濕地堤防上繞過幾個彎，發現了美妙驚喜——一大片沒遭到工程師干預的低窪積水區。數百隻水鳥聚集在此。半蹼鷸（dowitcher）的鳥嘴有節奏地鑽入泥水，鷸（sandpiper）在搶奪蝸牛，鷺鷥（heron）逡巡覓食蝙蝠魚。柯米多正在教我分辨大黃腳鷸（greater yellowleg）和小黃腳鷸（lesser yellowleg）時——大黃腳鷸的喙稍長一點，而且有點彎曲——發生了一件驚人的事。全部的水鳥突然飛了起來。

我目瞪口呆站在那裡，看著數百隻，不，幾千隻鳥從我根本看不到的地方展翅飛起。柯米多把我喚回現實。

只有一種生物可以嚇走這麼多水鳥，柯米多說，就是遊隼（peregrine falcon）。

果然，十秒以後，一隻又大又黑的猛禽從高處俯衝而下。正是遊隼來抓遲來的午餐。

現在柯米多跟我一樣張口結舌地站在那裡。這樣的自然現象，他早已看過幾百次，但是他依然流露出敬畏之情。他保有十歲男孩的熱情。

葛雷格．米勒也一樣。但是沒等到我自己發現，他就先告訴了我。

我到他家跟他會面時，裡頭到處堆著紙箱。有的紙箱被當作儲物櫃，其他一些被當作桌子和大衣衣架。我知道他過去幾個月不曾搬家。米勒顯然看到我迷惑的表情，因為他開口對我解釋：

「我很久以前就決定，只有十歲的孩子才會把自己想做的事放在優先。你十歲時，一整天都想玩。你知道每個人都有一些義務和工作要做，但是沒關係。玩樂優先，再來才是工作。」

米勒認為拆封紙箱是工作。他抓起擱在紙箱上的望遠鏡和三腳架。

「我們去玩吧。」

米勒的車最近壞了，所以我們開我租來的車。我們驅車前往他家附近有樹林的原野，停好車。我邁出駕駛座，砰地關上車門，米勒這時說，「美洲雀（dickcissel）。」

咦？在哪裡？

「在那裡，五十呎外的原野裡，那株高大的乳薊草旁邊。」

我正舉起雙筒望遠鏡，米勒又突然開口。

「那邊有鷦鷯（house wren）。那些橡樹上有主紅雀（northern cardinal）。路對面有靛彩鵐（indigo bunting）。歌帶鵐（song sparrow）就在牠旁邊。」

似乎有點可疑。米勒根本還沒舉起望遠鏡。

他用耳朵賞鳥。[15]

---

14 美國工運名人。

15 在陸地——尤其森林內——調查鳥類，由聲音辨別鳥類是非常重要的能力。野外有很多躲藏著的鳥類個體，要一一找出來目擊辨認，不僅很難也很容易遺漏鳥種，由聲音過濾出稀有鳥種，再進一步找出來，才會有效率。在森林內找鳥，耳聽比目明常常更加重要。

起初，我懷疑他在耍我。但是他耐心地陪我站在原地，等我笨拙地舉起雙筒望遠鏡，對準他先前聽見的鶯鷦鷯、主紅雀、靛彩鵐和歌帶鵐（午後陽光下的靛彩鵐是鮮藍色，我一眼就發現，謝謝，不用勞煩）。

在我耳裡平凡老掉牙的叫聲，在他聽來顯然是棕頂雀鵐（chipping sparrow）。幾隻鶯還離得很遠，我還看不出辨識特徵，他已經喊出鳥名。我放下雙筒望遠鏡看著米勒。他的耳力好得不可思議。他一一聽辨出每個鳥叫聲，只有被汽車或噴氣引擎尖嘯干擾時才暫停。我想帶他去聽交響樂演奏會，看看他能否辨認出助理首席那把史特拉第瓦里（Stradivarius）琴的製造年份。

米勒具有帶動別人熱情的渲染力。看我對他的聽聲辨鳥大感驚奇，他變得更興奮，堅持立刻就教我分辨長嘴沼澤鷦鷯（marsh wren）的刺耳鳴聲和短嘴沼澤鷦鷯（sedge wren）的啁啾聲有何不同。他有耐心。他開朗逗趣。他不會咄咄逼人或給人壓迫感。他是那種自然而然就得到許多擁抱的人。

他的目標是從生活裡盡可能擠出一點歡樂。我們有一天沒賞鳥，而是去一家印度餐廳吃飯，他點了菜單上最辣的一道菜，辛辣咖哩雞肉。服務生問米勒是否確定要吃這麼辣。是的，他想。米勒告訴我，他從小吃的淨是清淡溫和的食物，他現在想把錯過的彌補回來。果然，送上來的食物辣得不得了。他吃到咳嗽，眼淚、鼻涕直流，光禿的額頭滲出汗珠，臉頰脹得通紅。坦白說，我開始擔心。

「你沒事吧？」我問。

他幾乎說不了話。他點了點頭，又吃了一口。

我有種感覺，一旦葛雷格・米勒開始一件事，不完成絕不罷休。

至於艾爾・拉凡登，我面臨的挑戰是跟上他的步調。

出了他家家門，沿著私人道路往上走，拉凡登在海拔九千呎依舊健步如飛。來到第一個轉彎處，他指一個鶲鷚巢給我看。第二個轉彎的啄木鳥洞裡有一隻燕子。再往上走，一隻山藍鴝（mountain bluebird）疾飛而過。

我無法判定拉凡登是否聽聲辨鳥。我耳裡只聽見心臟大聲狂跳。他昨天騎自行車騎了三十哩，前天去登山健行。他比我的父親年長，我卻在他後面追到腿軟。

我們終於抵達山脊頂。往下望去，融雪奔騰而下湧入咆哮叉河。我們身後是陡峻的一萬四千呎海拔頂峰（Capitol Peak）。亞斯本在右方遠處，左方可見雄偉索普利斯山（Mount Sopris）的潔白雪峰。拉凡登起碼來過這裡一百萬次。他卻像第一次來一樣，咧嘴笑得開懷。

拉凡登就是這樣：他喜歡鳥，也熱愛有鳥的地方。如果你曾經成天西裝筆挺地在職場打拚，黎明時分在高山樹林裡看到鷚（pipit）的感覺更為美好。他為了到野外賞鳥而活。他可能不是全世界最專業的鳥迷——他幾乎分辨不出鳥的叫聲——但他顯然是精力最充沛的鳥迷之一。我們在乾草地穿過鼠尾草叢追逐某一種麻雀。我們一靠近，牠就飛起。再靠近，又飛起。我們一次前進三十呎，就這樣你追我跑，追了至少四分之一哩。我們還是沒能靠近到足以辨識出這隻鳥。但是拉凡登整乎一路都在笑。我提醒自己：這個男人曾經掌管全球知名公司的重要部門。而一隻鳥令他吃吃傻笑。

拉凡登可以同時又講話又大笑。一個精采故事講到結尾，話聲突然轉為笑聲，彷彿舌頭被威力更強大的幽默感擊敗。他健談。他會說笑。他是你想邀請來參加雞尾酒會的人。

他甚至有真正的勇氣。雖然我們敗給鼠尾草叢的那隻麻雀，我發現拉凡登攜帶望遠鏡的方式很奇怪。他把它當袋子一樣斜背。為什麼呢？讓我告訴你一個故事，拉凡登這麼說，每次他打算自嘲一番，就會用這句開場白。拉凡登有一天起床時，覺得右手很不對勁，幾乎動不了。手無法握拳，沒法提筆寫自己的名字，甚至沒辦法跟人握手。他馬上就醫，醫生研判是中風。不過檢查結果並不是。他擔心是肌無力症。雖然沒有具體證據。因此，拉凡登做了核磁共振檢查，結果發現他的頸椎第七節受損。醫生們大惑不解。病人脊椎曾受過傷嗎？然後拉凡登想起來：他剛結束一趟旅程，做了每個認真鳥迷會做的事，一路從費城開車到科羅拉多州，追蹤三條不同的候鳥遷徙路徑，他全程都把望遠鏡掛在脖子上。拉凡登甚至讀到一本賞鳥雜誌的報導，確知了病名——望遠鏡頸[16]！

「你瞧！」拉凡登大笑，「我冒著癱瘓的危險賞鳥！」

這是一個風和日麗的夏日，在這座白楊林裡，極目所及看不到任何危險。拉凡登居住的斯諾馬斯雪山有幾座商場大亨的私家豪宅。出了他家大門往左，就抵達邁可·艾斯納（Michael Eisner）的神奇王國；往前直走是《國家詢問報》（*National Enquirer*）發行人遺孀的宅邸；可是路過時，拉凡登沒有探頭張望。到當地的餐廳用午飯時，我和拉凡登目睹十來個人擠向我們對面的桌子。拉凡登不斷打量他們，不斷打量，最後終於瞧出名堂。他伸手越過桌子，拿起我的筆和拍紙簿，寫下幾個字：傑里．瓊斯（Jerry Jones）[17]，達拉斯牛仔隊（Dallas Cowboys）老闆。

拉凡登看上去很興奮，我還以為他會過去要求握手。但我誤會他了。拉凡登是費城老鷹隊（Philadelphia Eagles）的鐵桿球迷，他想嘲笑這位瓊斯。

不過沒有。拉凡登或許是狂熱球迷，但他也謹守適當的社交禮儀。當然，如果是山迪．柯米多在他鄰桌，這位牛仔隊老闆可會有大麻煩。如果是葛雷格．米勒的話，我猜他會過去要簽名。

我懷疑有哪場比賽的參賽組合會比觀鳥大年這三位——山迪．柯米多，葛雷格．米勒，艾爾．拉凡登——更不搭軋。當然，他們都擁有孩子般驚人的熱情。不過我無法想像紐澤西州工業建築承包商、核電廠員工和企業執行長之間的共同點。

如果你這一生有一年可以隨心所欲做自己想做的事情，而且一整年只能做那件事，你會做

---

16 是的，長時間掛著望遠鏡賞鳥，很容易讓脖子痠痛。脊椎能承受很大的上下壓力，但是長期的側面推力，可能會讓脊椎受傷。很多有經驗的賞鳥人會用胸帶、側背、斜背、或重量較輕的望遠鏡。

17 傑里．瓊斯是美式足球達拉斯牛仔隊的老闆，他親自主控球員與教練的人事與選秀，做風強硬且具爭議性。達拉斯牛仔隊在他的帶領下，於一九九〇年代八次打進季後賽，獲得三次超級杯（Super Bowl）冠軍。

什麼？這三個人都選擇了賞鳥。想必是過往的成長經歷，啟發他們對鳥類無可救藥的熱愛。

對於山迪．柯米多來說，一切要從經濟大蕭條期間，紐約布朗士區他家的早餐桌開始。他的父親，一週收入八美元的印刷工，出門工作去了。他的母親製作女帽賺食物費。柯米多穿著燈籠褲上學，因為在貧民救濟處已經拿不到長褲。等柯米多長大了穿不下，就換弟弟。六個月以來，他們一直住在這間位於一樓的「減租優惠」公寓——除非屋主提供六個月免租金優惠，不然沒人想租的房子。如果父親不盡快找到一份工作，全家人恐怕得半夜潛逃，再另找一間減租優惠屋。柯米多有過經驗。他們不想再經歷一次。

父親怕丟臉。他出生於奧地利，第一次世界大戰期間淪為戰俘——他是戰敗國的軍人——接著他搬到美國，渴望有一個全新的開始。現在，他連香腸也買不起。一個大男人受屈辱已經夠糟糕了，但是他的兒子，兩個年幼的兒子，他們值得更好的生活。雖然兩個孩子可能永遠不會有足夠的錢到世界各地旅行，他們至少可以學習這個世界上的一種東西。

所以全家人吃麥片早餐時一起玩一個小遊戲。父親起頭說出一種鳥。接著柯米多講出另一種鳥。再來輪到他的母親（柯米多的弟弟年紀還太小）。就這樣輪流下去，說不出鳥名的人就被淘汰，說出最多鳥名的人就是贏家。

為什麼是這說鳥名的遊戲，柯米多毫無頭緒。他的父親對鳥類，似乎不會比對哺乳動物或魚類更感興趣。他甚至不是喜歡戶外活動的人。但是在布朗士區某處，柯米多每天早上一邊吃早餐一邊玩說鳥名的刺激遊戲。他父母偶爾會讓他贏。

柯米多還不滿意。有一天，他翻開家裡最厚的書，一本字典，找到一個配著插圖的字，那是一種他沒看過的鳥。第二天早上，全家人開始玩遊戲的時候，他先讓它按著慣常的方式進行。「麻雀」、「鴿子」、「海鷗」、「知更鳥」、「老鷹」等等，簡單的鳥名都說完了。然後柯米多嚷出辛苦找來的鳥名。

「寒鴉（jackdaw）。」

「什麼？」他的母親問。

「寒鴉。」男孩重複一次。

「這不是鳥，」父親罵他，「你亂謅的。」

柯米多得意洋洋地秀出字典。寒鴉也是一種真正的鳥，一種歐洲的烏鴉。書裡這麼寫。他的家人從來沒聽過這種鳥，可是沒有人可以反駁他。

即使才六歲大，柯米多無法忍受輸掉跟鳥有關的比賽。

全家人在布朗士區反覆又搬了三次家。等父親總算找到工作，他一週出門工作六天甚至是七天。然而工作時有時無，孩子們必須幫忙家計。冬天的時候，柯米多祈禱著下雪，幫店家鏟人行道的雪，可以賺二十五分錢。這種錢很好賺。其他季節，他在地鐵高架車站前跟附近的小孩爭搶最好的位置，做擦鞋生意，擦一雙鞋可賺五分錢，一邊希望再拿五分錢小費。生意不錯的星期六，他可以賺十塊，而其中七塊半直接進了父母的口袋。他只有一件襯衫，一件白襯衫，他每晚都親自清洗。等他厭倦在地鐵站搶位置時，他就到市場當送貨小弟。每送一次貨到無電梯公寓的五樓，可以賺到五分錢小費，但是時局這麼艱難，叫貨的這些媽媽常常假裝不在家。柯米多學精了，先把貨品放到公寓門口，然後故意踩踏樓梯，製造已經離開的假象。幾乎屢試不爽，門這時就開了。幾乎每一次，柯米多都讓困窘的媽媽心不甘情不願地拿出五分錢小費。有一次，剛搬來這區的人犯下錯誤，問柯米多平均拿多少小費。一角錢，他告訴她。就柯米多所知，她是布朗士區史上第一位付一角錢給市場送貨小弟的媽媽顧客。他馬上辭職不幹。在那一天，他的平均小費確實是一角錢。

柯米多十二歲的時候，已經懂得如何賺錢。他還知道自己想要不一樣的東西。同樣的早餐麥片，同樣的襯衫，同樣的街道，同樣的壓力。一定要這樣嗎？他發現自己花愈來愈多的時間流連在布朗士區的綠色之島——馮科特蘭公園（Van Cortlandt Park）。在那裡，他見到可以隨心所欲離開這個城市的生物。

牠們不是街上的鴿子或麻雀。這些是野生鳥。

在一九四四年二月十九日，山迪．柯米多寫下生平第一次賞鳥紀錄（他到今天仍然留著做紀念）。他用男孩子的潦草大寫筆跡寫下：加拿大雁（Canada goose）。綠頭鴨（mallard duck）。北美黑鴨（black duck）。

有一天柯米多在公園閒蕩的時候，看到一個男孩張嘴望著天上的雲。

——望遠鏡。男孩把自己珍貴的道具遞給柯米多。他深深吸了口氣，舉起鏡筒對準天空，看到了一隻王者氣勢的鳥伸展著獨特的黃棕色雙翅在天際翱翔。這是柯米多初次瞥見一個新的世界。

望遠鏡男孩叫哈羅德・范伯格（Harold Feinberg），他是布朗士區童軍團團長。柯米多立即採取行動。他加入童軍團，發現裡頭的男孩也對布朗士區以外的生活和野外生活感興趣。在童軍團裡，只要能辨識四十種鳥，就可以得到一枚徽章。柯米多認得一百種鳥。他就此開始競爭生涯。

他常到公共圖書館看書，把羅傑・彼得森（Roger Tory Peterson）的《鳥類野外圖鑑》（*A Field Guide to the Birds*）背得滾瓜爛熟（有次交讀書報告，他洋洋灑灑寫了一大篇閱讀這本書的心得，讓他的老師印象深刻，直到她發現了這本書有一半是圖片）。柯米多存下擦鞋收入，花三十塊買了一支二手雙筒望遠鏡。他搭電車到佩勒姆灣（Pelham Bay）看生平第一隻斑背潛鴨（greater scaup），搭火車轉公車到瓊斯海灘（Jones Beach）看生平第一隻北美翹嘴鷸（American avocet），搭公車到哈德遜河河畔的帕利塞公園（Palisades）看生平第一隻遊隼。有一年冬天，他搭地鐵到大西洋海灘賞鳥，發現擱淺的漂浮物裡有一隻死掉的大黑背鷗。他無法置之不顧。他把牠帶回家，除去內臟，把五呎高的羽皮吊在床的上方。行經戴維森大道（Davidson Avenue）的人會停下腳步，從窗口探看那隻死去的海鷗羽皮。柯米多毫不在乎。有東西能在街道上空自由自在翱翔，而他每晚看著貨真價實的物證入睡。

就算他的父母擔心大兒子突如其來的改變，他們也並沒有說什麼。說鳥名遊戲轉變為尋兒大作戰。柯米多老是出門賞鳥。但是他在學校的成績很好，他仍然把打工的錢帶回家，所以父母任由孩子沉浸在嗜好裡。

不過，等到臥室裡的海鷗屍體開始生蛆，母親再也忍無可忍了。

不久後，柯米多開始覺得自己的賞鳥範圍僅限在紐約地鐵系統可達之處。在十六歲那年夏天的某天，他在雜誌上讀到緬因州離岸小島的報導。他和一位愛釣魚的朋友開始搭便車往北走。他們花了三天時間，在凌晨兩點鐘抵達緬因州羅克蘭（Rockland）。窮到沒錢住旅館，累到不想打開睡袋，兩位少年走進大門洞開的龍蝦罐頭廠，蜷縮起身子取暖。守夜人在幾分鐘之內趕到，將他們送交給夜間巡警。巡警讓兩位少年睡在監牢裡，而牢房門開著。早上六點半，男孩們沒吃東西就離開，搭上一位捕龍蝦漁夫的船——老討海人可以理解一個想要抓鱈魚的孩子，但是摸不懂另一個想看鳥的孩子——船乘著北大西洋海浪前行三十哩，抵達馬丁尼庫斯島（Matinicus Rock）的海岸巡防碼頭。柯米多就像來到了天堂。馬丁尼庫斯島的每個岩石縫隙都藏著北極海鸚（Atlantic puffin）。這一種看起來像企鵝，有橙色大鳥喙的海鳥，為了繁殖後代，一年上岸一次。柯米多激動得不得了：生平看的第一隻遠洋海鳥。海岸巡防員挺喜歡這對布朗士區的哈克（Huck Finn）和湯姆（Tom Sawyer），讓他們睡在一座老燈塔的營房。不過，在第一夜，柯米多不斷聽到令人毛骨悚然的噓噓聲。他走到外面一探究竟——結果被一隻白腰叉尾海燕（Leach's storm-petrel）迎頭撞上。鳥兒昏厥在他腳邊。而柯米多的頭部遭到撞擊，但是他感覺像是被封了爵位。他跪下來，默記這隻海燕的羽毛外觀和位置，鳥身八吋長，翼長二十吋，一直到牠再次起飛，回到夜空。

柯米多從這次緬因州之旅學到，最棒的冒險往往不期而至。他喜歡臨時起意去一些地方。他對自己處變不驚的能力引以為傲。

他在韓戰期間參軍入伍，花了一年半時間在德州接受訓練。那裡的鳥非常棒，原野裡到處有擬鸝（oriole）、鵐（bunting）和噪鴉，全是他在紐約時只在書上讀到的鳥。不過賞鳥是殘酷的。其他士兵嘲笑他：只有娘娘腔、戴大軟帽的老婦人、還和母親同住的單身漢才會賞鳥。柯米多覺得苦惱。南德州應該是鳥迷的伊甸園。誰料得到在布朗士區還更容易出門觀賞鶯鳥？他把望遠鏡藏在野戰服小腿口袋，順利捱過了軍旅生活。

一九五七年一月，他到布朗士區參加好友的婚禮，注意到宴會廳另一頭的伴娘。他跟她說了一些故事，逗她發笑。他邀請她下週六一起到曼哈頓參加另一位朋友的婚禮。但是，他們到達時，才得知婚禮實際上是在星期日舉行。因此，星期六晚上，兩人身在市區，而柯米多沒錢來一場真正的約會。作為娛樂活動，他帶她到法院旁聽刑事庭，然後步行到唐人街吃炒飯。她覺得他風趣、正直又勤勞。然而，她的朋友們卻不敢太肯定。柯米多總是直言不諱，有時並不太得體。一位朋友告訴她，如果讓戴爾．卡內基（Dale Carnegie）遇見山迪．柯米多，他肯定束手投降。不過跟一個過度直率的人在一起永遠不會無聊。兩人相愛了。相遇十一個月之後，山迪和芭比（Bobbye）共結連理。

他念過紐約市立大學夜校，但是覺得不適合。教得太慢，內容不夠實用。他進入一家工業用品公司，在短短三年內，成為一百五十人銷售團隊裡業績第一的頂尖業務員。他跟老闆要求抽佣，老闆卻要他滾開別找麻煩。所以他聽話照辦。在紐澤西州郊區家裡的車庫，柯米多開始自行混合環氧樹脂和密封劑。他訂了十噸沙子做地板材料，把沙子堆在門前車道。等鄰居開始探頭探腦，柯米多就把車庫窗戶漆成黑色。他早上六點就進車庫，很多時候，他一直待到晚上十一點才離開。工業翻新有限公司（Industrial Resurfacing Co.）於焉誕生。

頭三個月他有合作夥伴，但是後來鬧翻，因為柯米多不停地對他下命令。柯米多採購、混合材料，打電話給紐約、紐澤西州、康乃狄克州的每家工廠和倉庫自我推薦。柯米多拒絕加入工會組織，嫌它規矩太多。柯米多拒絕接曼哈頓的案子，因為太費唇舌。柯米多拒絕用體育比賽門票或晚餐應酬經營客戶關係，覺得太過昂貴。紐澤西州的黑道和貪腐政客尤其希望能撈點油水，但是柯米多拒絕行賄。有位商人告訴柯米多，沒有人可以不靠賄賂就接到工業屋頂工程，柯米多厲聲反駁，「只有不相信自己的人才會這麼想。」他不是瞎扯。如果有客戶不付兩千四百美元的帳單，柯米多願意花一萬三千美元聘律師和這個傢伙周旋到底。他喜歡被當作瘋子。工業翻新有限公司是山迪個人秀，你要麼接受，要麼不相往來。由於寫了非常多客戶信，他練到每分鐘能打八十個字。他的妻子試著幫忙，寄開發信給潛在客戶，卻被柯米多一連撕掉幾十個信封。是芭比的錯：她沒把郵票準確貼到離信封邊緣正好八吋的位置。留下第一印象的機會只有一次，柯米多責罵她，客戶最先看到的是信封正面。

他是極端完美主義者。會把家人逼瘋，可是也讓他們變得富有。

雖然成為一個工業工程承包商不是他小時候的夢想，他仍學會去享受這個工作。他想要成功，不過認為輕鬆的行業已經被人捷足先登。屋頂、地板和防水工程是幾樣最難經營的生意。在八月的炎炎夏日，在哈肯薩克濕地保護區附近的某家化學工廠屋頂待上一整天，沒有人敢叫你娘娘腔。有一次，一位身高六呎九吋的大學橄欖球前鋒走進柯米多的公司大門，他想來當屋頂工人，以便在休賽期間保持身材。他只撐了一天。柯米多起初試著雇用傳統的屋頂工人——重罪犯、哈雷飛車黨之類——但是他們老是無故曠職，讓他愈來愈困擾。他需要更可靠的人，不過只有走投無路的人才會接受這種又熱又髒又艱苦的工作。他開始雇用拉丁裔工人。很快的，柯米多的工班成員，幾乎人人都說西班牙話；柯米多的西班牙話有布朗士區口音。他給他們一整年不間斷地工作，和所有他們可以承受的加班工時。

一年的某些時節，他會帶著望遠鏡登上附近工廠的屋頂。有時候，他想看看員工有沒有在偷懶。有時候，他尋找遷徙中的水鳥。

不過，他通常在推銷業務。柯米多熱愛銷售。他這個人，可以像雷射光一樣精準對焦，穿過祕書、工程師、中階主管的層層屏障，找到有權力雇用他的關鍵人物。論纏功、論厚臉皮程度，無人及得上柯米多。他的座右銘是：銷售從拒絕後開始。他每個月寄一千封信，期望得到二十個回覆。提供相同服務的競爭對手可能有幾十家，然而即使面對最難纏的工廠經理，柯米多有自己的祕密武器——不按牌理出牌的幽默——來軟化對方的態度。

柯米多早期的某次陌生拜訪，一家小工廠的經理甚至不應門鈴。但柯米多不斷、不斷按門鈴，直到對方終於從二樓窗口探出頭來。

「你想幹什麼？」對方厲聲說。

「你的屋頂有問題，你甚至都不知道，」柯米多對他大喊，「讓我跟你說明。」

「我什麼也不會買。」

「我真希望有一百個像你這樣的客戶。」

經理凌厲的目光和緩下來。「你為什麼希望有一百個像我一樣的客戶？」

「因為我有一千個！」

經理讓柯米多進門——最後給他工程做。

如果柯米多走進經理辦公室，看到桌上擺了打高爾夫球的照片，柯米多會說，「哦，你打網球。」看到牆壁上男人和魚兒的大合照，他會問對方打獵的事。對駕駛遊艇的人，他則問說：「高爾夫打得如何？」

柯米多總是想要得到一個回應。一個蹩腳的玩笑會讓他們大吃一驚。對方愈是不滿，他愈開心。他試圖給人留下印象。也許下一次他們會記住他。

他是出身布朗士區的超級工作狂，他能搞定難纏客戶，成交大筆生意。而他依然喜歡鳥。

在八〇年代初期，柯米多啟程去追逐牠們。

每逢週末都到澤西海岸（Jersey shore）、牙買加海灣（Jamaica Bay）和五月岬旅行，柯米多是美國東北部鳥種的專家。他曾經拖著芭比和三個孩子到佛羅里達州、德州和亞利桑那州「度假」，次數多到足以讓他熟悉那裡的本地鳥種。所有這些知識和經驗讓他累積出傲人的賞鳥紀錄，看過的鳥種數量名列全國鳥迷的前百分之十。

而柯米多就是柯米多。他並不想名列前百分之十。他想看到所有的鳥，就這樣。這並不是容易的事。所有頂尖的鳥迷似乎各自隸屬某個菁英同好會，柯米多並不是團體成員。有一次，一隻西方岩鷺（western reef-heron）——一種難以觀察到的歐亞大陸鳥種——出現在麻州，等到《紐約時報》（*New York Times*）在鳥兒離開多月之後做了報導，他才得知消息，令他大為惱火。

他有錢。他只缺技能。

柯米多很幸運。就在他更迷於看鳥而不是做生意的時期，一位富有創業精神的鳥迷鮑柏·歐得（Bob Odear）為他持續增加的財富找到新用途。歐得創辦北美地區第一個稀有鳥類通報網。有史以來第一次，鳥迷能透過付費來獲取罕見鳥類的目擊情報——包括鳥種、位置和怎麼去——只要哪裡有人看到了稀有鳥類。這項嶄新的服務徹底革新了賞鳥活動。在北美稀有鳥類通報網成立以前，菁英鳥迷花費數十年培養、建立關係網，只要有某種奇怪鳥類出現，隨時能得到線民來電通報。這需要花心力經營。然而北美稀有鳥類通報網，將全北美境內最熱門鳥種動向的第一手內幕消息，當作商品一樣販售。對口袋裡有現金、卻完全缺乏交際天分的柯米多來說，這不啻是天賜良機。他不需要為了看想看的鳥，去諂媚討好任何人。長久以來，柯米多經營生意一向遂行己意。有了北美稀有鳥類通報網，意味著他不必只為了賞鳥改變自己。

拿到第一手情報的柯米多，以經營生意的方式賞鳥：他毫不懈怠。一隻曲嘴森鶯（bananaquit）溜進美國佛羅里達州肯德爾（Kendall）的幾座花園，柯米多到現場直擊。在明尼亞波里斯市有猛鴞（northern hawk owl）棲息，柯米多駕車穿過雪地去看。他甚至搭紅眼航班到楠塔基特[18]（Nantucket）去看小時候提過的寒鴉。

孩子們長大成人。生意蒸蒸日上。妻子很高興。

而建築包商已經成為鳥人。

葛雷格．米勒在俄亥俄州霍姆斯郡（Holmes County）的諾得之地（Land of No）成長，那裡居住著全球最大的艾米許聚落，這些艾米許人堅信〈約翰一書〉第二章第十五節的字面意義：不要愛世界，和世界上的事情；他們循著教義過生活。對米勒的一萬五千位鄰人來說，這意味著不開車、不用電、不做任何彰顯個人主義的行為。米勒學校裡的艾米許女孩不戴首飾、不化妝、不剪頭髮，頭髮綁成包頭或梳成辮子，穿著樸素的粉彩色過膝洋裝。男孩們不穿球鞋、牛仔褲、T恤，回話一律是：「是的，先生」，「不是，先生」，讓教師們毫無還嘴的機會。由於〈出埃及記〉第二十章第四節的教誨：不可為自己雕刻偶像，所以他們從不拍班級大合照。

拜這個普及全郡的教派所賜，在霍姆斯郡沒有電影院，沒有保齡球館，商店週日不營業。沒有高中橄欖球隊。餐廳不供應酒。少男少女不牽手。

雖然霍姆斯郡一半的人口是艾米許教徒，米勒的家庭並不是。他家是它的姊妹宗教——門諾派教徒，就宗教信仰部分，幾乎完全相同，但是門諾派相信一個家庭可以接受現代文明而不違背聖經教義。門諾派教徒開汽車，不駕馬車。他們穿Levi's牛仔褲。他們使用電腦。但依舊是堅定的傳統保守派。米勒高二的時候，一位非新教徒同學請他抽人生的第一支菸。他拒絕了。他從沒見過毒品。海蘭德高中（Hiland High School）禁止學生跳舞，對畢業舞會籌辦者構成不小挑戰。學生們用接力式晚餐派對慶祝——到一位同學家裡吃開胃酒，到下一家喝湯，到另一家吃主菜，如此接力下去，最後是非常特別的一個人被授予準備甜點的殊榮。諾得之地居民對派餅毫無招架之力。有胡桃餡餅、蘋果餡餅、南瓜餡餅、大黃餡餅、櫻桃餡餅，任何可以用高奶油含量麵皮包裹住的東西，都可以成為餡料。霍姆斯郡的居民很少自吹自擂，但是他們樂於高談闊論居住在全球派餅之都的喜悅。沒有人指控他們吹牛，他們做的派餅說明了事實。如果某戶家庭有新生兒誕生，鄰居會送上一塊派餅。有人家裡的牛難產嗎？送他們一塊派餅。有人家裡的狗兒驟逝嗎？一塊派餅能幫助減輕哀痛。這些派餅肯定有助於凝聚社區向心力，但是也讓當地的醫生煩惱到胃痛。霍姆斯郡居民欣然擁抱的唯一罪孽是貪食。這裡的居民普遍肥

18 在麻州鱈魚角外海的一個小島。

胖。星期日上完教會後的晚餐尤其豐盛，有麵條、馬鈴薯泥、肉汁、自製的手工麵包、烤牛肉和照例不可少的派餅。葛雷格．米勒培養出愛吃的習性。

在霍姆斯郡，唯一會改變的東西是腰圍尺寸。事實上，當地居民對這座物換星移也始終不變的綠洲引以為傲。人們還在談論的最大變動可遠溯到第一次世界大戰期間。由於德皇威廉二世發動戰爭，任何和德國沾上邊的東西都是不愛國，距離米勒家鄉最近的城鎮，俄亥俄州的柏林鎮，發音從重音在前面的柏林（Ber-lin）改成重音在後面的波林（Ber-lin）。即使在六〇年代，文化颶風鋪天蓋地席捲全國，霍姆斯郡仍然風平浪靜。這裡沒有人擁抱性愛、藥物或搖滾樂。在六十哩外的肯特州立大學（Kent State University），俄亥俄州國民警衛隊槍殺四名越戰示威者，但是在米勒家的波林鎮門諾派教會，爭議焦點是如何妥善處置教徒捐贈的管風琴。教會規定在週日禮拜不得演奏樂器。然而，教會長老不願冒犯捐贈人。

最後談妥折衷方案：在教徒魚貫入場時奏管風琴，但是禮拜開始以後就停止演奏。外人可能認為這是拘束的生活，不過米勒不作如此想。是的，他小時候會惋嘆鎮上沒有麥當勞。但是鎮上也沒有犯罪、暴力和貪污。孩子們可以在任何時間出門玩耍。小孩想自己走到鎮邊去找玩雪橇的好地點，沒有人會多想三秒鐘。他知道艾米許教徒受到嘲笑，因為他們都穿相同的衣服。但是，米勒每次開車到郡外，看到穿著喇叭褲、打赤腳、留長髮的青少年，他心裡不免要疑惑，究竟穿一模一樣制服的人是誰？

米勒有耐心關注的對象，正是很不一樣的一個人。比他晚十一個月出生的弟弟布倫特

（Brent），患有重度智能障礙和自閉症。他不會說話。他不會穿衣、吃飯或自己洗澡。他的家人從來無法確知他的認知能力。有些專家建議他們把布倫特送到教養機構，但全家人從不接受。他們不管到哪裡都帶著布倫特。不管到哪裡，人們都瞪著他們看。多年來，全家人只是視而不見。等到葛雷格、弟弟奈德、妹妹安步入青春期，他們更敢於挑釁回擊。如果餐廳裡有陌生人盯著布倫特看，米勒家三個孩子會靠攏在一起，轉頭回瞪。

重度智能障礙的孩子可能會造成某些家庭分崩離析，布倫特卻讓米勒全家的關係更緊密。他們住在二〇一號郡道旁的三房屋子，車庫裡有一輛旅行車，孩子們共享有兩張雙層床的房間。

因為宗教信仰和布倫特的關係，米勒家沒有多少奢侈享受。不過他們會排出時間做消遣活動。

在葛雷格．米勒有記憶以前，他已經是一個鳥迷。

他家人最津津樂道的故事之一是：米勒三歲時，被帶到離家幾哩的農場玩。他的父母享受寧靜的自然環境；米勒繞著農場池塘邊追鴨子。回家的路上，他們到一位鄰居家拜訪。脖子上掛著迷你望遠鏡的米勒，慢慢走下家庭旅行車。「你用望遠鏡看到什麼了嗎？」鄰居問他。米勒露出微笑。「鵲鴨，雌的。」小小的孩子回答。無比明確的答案讓所有人大吃一驚，除了他的母親以外。身為幼稚園老師的她，早就知道這個兒子與眾不同。不踩踏泥水坑玩的小男孩，她只見過他這麼一個。

米勒的父親在附近的農場長大時已經熱中賞鳥。他平日在俄亥俄州獸醫處工作，診療艾米許教徒的牛、馬、羊隻，但是下班後的時間全留給鳥類。米勒的父親也有非凡的耳力。有一次全家出外旅行，他希望能找到神出鬼沒的黑紋背森鶯（Kirtland's warbler）[19]，這是聯邦保護的瀕危鳥種，冬天生活在巴哈馬群島，夏天會到密西根州北部的短葉松林築巢。在初夏時分，美國上中西部地區的森林，迴盪著至少三十五種森鶯（wood-warbler）的鳴唱。有些鳥種，比如橙頂灶鶯（ovenbird），牠們的叫聲僅有兩個音調，即使是新手也容易辨別。其他多數的鳥叫是極其難以區分；辨別其中差異，就像只聽引擎的隆隆聲就知道汽車型號[20]。然而，在樹林裡的那一天，米勒的父親不知怎地聽出一種沒聽過的鶯叫聲。果然，在離道路不遠的松樹枝頭，停著一隻沒有特徵的黃、灰色鳴鳥，正是黑紋背森鶯。什麼樣的鳥迷能夠因為一隻鳥的叫聲跟其他三十五種鳥不同，就辨別出牠的身分呢？米勒肅然起敬。

父親出外賞鳥時幾乎每次都帶著長子同行。等米勒上了高中，他也學會聽聲辨鳥。一些青少年可以聽前三個和弦辨認出是披頭四的哪一首歌，米勒可以辨別中西部區三十五種森鶯的鳴唱聲。米勒偶爾青出於藍勝於藍。他父親正打算觀賞電視轉播的大學橄欖球賽，米勒拿出《北美鳥類圖鑑》（*Golden Guide Birds of North America*），要求來個即席測驗。他的父親翻了翻白眼，隨便挑一種鳥，大聲念出特徵敘述。米勒必須不看圖猜出來。等到這種方式變得太容易，米勒要求父親一次只念出幾個字。挑戰是：從最少的字猜出鳥種。等到這種方式變得太容易，米勒再次提高測驗難度。父親說出一種鳥，米勒必須說出圖鑑同一頁的其他鳥種。雖然他的父親幾乎不曾承認——他其實很想看球賽——男孩快速累積的鳥類知識遠比俄亥俄州立大學七葉樹隊（Ohio State Buckeyes）的伍迪・海耶斯（Woody Hayes）和「快三碼揚塵回」（three-yards-and-a-cloud-of-dust）更讓人驚歎。

身為政府雇員的父親，每年有三個星期休假。從七〇年代開始，他在奇數年不休假，以便在偶數年連休六個星期的長假。然後一家人出發去長途旅行：父母把四個孩子塞進六九年的龐蒂克（Pontiac）旅行車，掛上露營拖車，往西邊開去。原來的想法是四處遊覽——去大峽谷、老忠實噴泉，帶孩子們去露天汽車電影院——不過，他們也看到很多鳥。後來，在阿拉斯加公路一百零一哩處，車子的車軸斷裂，全家人在公路旁的小村落困了十二天，才等到人來換車軸。有一天早晨，一隻飢餓的成熊把頭探進露營車，但是米勒的父親，身為大型動物獸醫的他，往牠的鼻子揍了一拳，把牠嚇得落荒而逃。米勒驚駭萬分。他比較喜歡跟北美三趾啄木鳥（three-toed woodpecker）一起玩。

回到俄亥俄州的家以後，他帶著望遠鏡上學，放學後一下公車，就到對面的樹林看山雀和鶯。其他孩子取笑他，叫他「鳥腦袋」、「鳥鼻子」，最糟糕的綽號是「簡・海瑟薇小姐」

19 黑紋背森鶯分布範圍非常狹窄，數量非常稀少，一九七〇年代的數量估計低於五百隻。

20 一個優秀的鳥類觀察者，的確可以僅憑音色區分鳥種間的差別，就像不同樂器吹奏同樣曲調仍可用音色辨別一樣。

（Miss Jane Hathaway）——影集《比佛利山人》（Beverly Hillbillies）裡喜愛觀鳥的古怪老處女。米勒不喜歡惡意的玩笑話，不過他沒有花太多時間擔心這件事。如果你十五歲的弟弟還在包尿布，你會專注在重要的事。

他家人開始全神貫注在聖經。米勒家在西部露營旅行其間，遇見了形形色色的基督教派信徒，靈恩教派就跟門諾教派大不相同，他們相信靈洗。米勒全家擁抱靈恩派的個人屬靈經驗，在家裡開辦起查經班，每週四有十五到二十人在客廳一起研讀聖經。有些靈恩派信徒會預言；另一些信徒傳智慧。米勒自己講方言。到了週日，全家人不去波林鎮的門諾教會做禮拜，而是開三十哩路的車到坎頓鎮（Canton）的福音派教會。

到了上大學的年紀，米勒選擇就讀奧克拉荷馬州的奧羅·羅伯茨大學。離他家很遠，卻是一所正規的基督教學校，在《美國新聞與世界報導》（*U.S. News and World Report*）的美國大學學術聲望排名，也有不錯的名次。雖然聖經和福音布道課程非常出色——米勒學會讀希臘文——奧羅·羅伯茨大學並不完全符合米勒的期待。他發現，許多家長讓孩子就讀宗教學校的理由，跟把他們送入軍校的原因一樣——矯正孩子的驕縱習性。第一次離家生活的米勒，周遭有同學吸毒、喝酒、有婚前性行為。米勒提高警覺，並保持距離。不過，米勒大四那年，羅伯茨告訴全世界，說看到九百呎高的耶穌在圖爾薩市（Tulsa）顯靈，指示他募款興建醫院。在基督信仰圈，羅伯茨以信仰療法而聞名於世。但是所謂九百呎高的耶穌——比諾亞方舟還大，比華盛頓紀念碑還高——讓羅伯茨在全球更大範圍的觀眾面前留下惡名。奧羅·羅伯茨大學宿舍的許多學生感謝九百呎高的耶穌，並祈禱捐款開始源源不斷湧入。米勒卻感到困窘。他相信，籌建醫院是值得追求的目標，但非得和九百呎高的耶穌扯上關係嗎？羅伯茨募到資金，建造了醫院。米勒帶著聖經文學學位和高度懷疑論，從奧羅．羅伯茨大學畢業。

連他的家鄉也在改變。觀光客發現霍姆斯郡的艾米許教徒。主要大街滿是麵包店和古里古怪的手工藝品店，而且波林鎮必須設立有史以來第一個交通號誌燈。有些當地居民痛恨被當成動物園裡的動物看待。不過米勒這些年跟布倫特在一起，已經習慣於這種注目禮。再說，他有助學貸款要還。一連兩個夏天，米勒在新開幕的觀光景點「艾米許農場」打工，駕駛一次要價五美元的觀光馬車，載家庭遊客從克利夫蘭繞行綠草地一圈。在馬車行進中，米勒會提醒這些都市佬，說他們吃的漢堡肉來自海弗牛（Herefords）；至少會有一個孩子發誓戒掉快樂兒童餐。

米勒開始在俄亥俄州一所社區大學教數學，一方面為了支付生活開銷，一方面為了上電腦程式設計課。寫程式跟賞鳥有點像：既需要精確指令，也要創造性的解決方案。米勒喜歡這項挑戰，等他搬回到奧克拉荷馬州從事第一份電腦相關工作，他也喜歡上賺錢。為了維持信仰生活，他開始固定參加查經班，在班上遇到了一位身材健美的女人，一如米勒對鳥類的熱愛，她熱愛運動。她教他如何鍛鍊身材，運動讓他生畏。他教她如何賞鳥，她覺得無聊。不過他們墜入愛河，深深相愛，所以結了婚，辦了一場沒有酒、沒有跳舞的婚宴。他們搬到華盛頓，因為那裡很缺電腦工程師和健身教練。他對週末的福音布道工作引以為傲，這個經歷後來卻讓離婚的痛苦更為難耐。在星期日講道談婚姻失敗的原因已經困難重重。親身經歷婚姻破裂更非易事。

離婚後某天晚上，他和小弟奈德在餐廳吃水牛城辣雞翅，聊起自己失敗的婚姻。他弟弟遞上一支香菸。米勒吸了一口，開始狂咳，咳到雙眼鼓起，鼻涕直流，差點就嘔吐。這是他第一次抽菸。

他三十九歲。他準備嘗試新東西。不過，在那之前，他先撚熄了這根冒著臭氣的香菸。

艾爾・拉凡登的人生從幾乎一無所有開始，不久後，僅剩的甚至又更稀少。他兩歲的時候，當燈具推銷員的父親拋家棄子出走。拉凡登和他母親被獨自留在了一間只有一房的公寓。父親答應給小孩扶養費，但是不曾履行。他從此下落不明。那是經濟大蕭條期間，艾爾的母親和蹣跚學步的幼兒相依為命，房東來敲門催繳房租時沒錢可付。於是，她在曼哈頓成衣區的一家內衣製造場，找到全職簿記員的工作，搬回布朗士區娘家，和父母同住。外祖父母在平常工作日負責照顧孫子。但是，艾爾四歲那年，外祖母過世。祖父隨之在幾個月後離開人世。艾爾的母親得繼續工作。她別無選擇。她得趕搭D線地鐵上班。每天早上，她把午餐袋交到兒子手裡，把公寓鑰匙塞進他口袋，然後出門去上班。男孩每天自己上學。在艾爾・拉凡登學會識字閱讀之前，已經學會自理生活。

對於一個五歲大的男孩來說，誘惑無處不在。每天早上九點，拉凡登得走下三層樓樓梯，沿著伊斯特本大道（Eastburn Avenue）走到P.S. 70學校。轉角就是市場。市場是一個問題。他望進窗戶，看見裝著恰奇棒棒糖、巧克力、葡萄乾和堅果的糖果盒固定擺放在櫃檯的顯眼位置。他每天都經過這扇窗，他每天都往裡面瞧。拉凡登的朋友會走進去買棒棒糖。

下午放學以後，拉凡登得做出選擇：他可以回到空蕩蕩的家，做一做個位數加減算術，或者他可以到外面玩。拉凡登通常選擇玩耍。他比大多數的鄰居孩子高大，他學會利用身材優勢搶籃板球和補灌籃。可是有個問題：他自己沒有籃球。連棒棒糖也買不起的家庭，更不可能有錢買籃球。如果拉凡登想打籃球，他得學會跟那些擁有籃球的男孩子友善相處。於是拉凡登成為籃球好手。

他還擅長最終極的紐約街頭遊戲——棍球。在一七五街和大廣場街（Grand Concourse）一帶，拉凡登享有「第二溝小子」的名號，他揮動掃帚，就能一桿把粉紅塑膠球打到第二個下水道的孔蓋。極少數的人可以一桿將球擊到第三個下水道，但是這些強擊手無法精確瞄準擺在汽車之間或防火梯上的射門目標——一顆斯伯丁（Spalding）籃球。

下午六點半，他媽媽搭著D線地鐵回家。母子一起吃晚餐，然後在同一個房間各自的床上睡著。在拉凡登的世界裡，男人是存在於別處的生物。他的母親幾乎不曾跟人約會，家裡沒留下任何和父親相關的蛛絲馬跡。拉凡登甚至不知道父親的長相。

有一天拉凡登回家時談到想加入童子軍。他的母親大為激動。她的獨子在童子軍團裡，可能可以找到敬仰的對象。此外，童子軍在本地的伊甸山會堂（Mount Eden Synagogue）集會——加入童軍團幾乎不需要花錢。

加入童子軍改變了艾爾．拉凡登。他第一次知道露營、健行、釣魚和游泳，看天空的星星，找泥土裡的礦物。這一切活動都在布朗士區外的某個地方進行。在他過去的人生，只曾有一天跨出布朗士區範圍，到紐澤西州看親戚。而拉凡登可以在童子軍手冊讀到布朗士區以外的生活。所以他讀著手冊，做著夢。

有一天，不可能成為可能：拉凡登離家參加童子軍夏令營。他從來不知道這是如何發生的。他不認識什麼人，他母親沒有錢。拉凡登不敢去問清楚原因。一九四五年夏天的整整兩個月，他生活在羅納恰卡營地（Camp Ranachqua）。搭巴士只需要三小時車程，他卻覺得像是來到另一個星球。在羅納恰卡營地，童子軍手冊寫的內容不再只是文字。這是拉凡登第一次在布朗士區以外的地方過夜。他睡在星空下，在湖裡游泳，到卡斯基山（Catskills）健行。這裡沒有警鈴聲。沒有喊叫聲。他在伊斯特本大道可以把球擊得很遠，而在羅納恰卡營地，他射的箭飛得更遠。他學到豐富的鳥類知識，拿到一枚徽章。在夏令營的第一天，他誰也不認識。結束時，他交了幾十個朋友。他不想離開。

等他回到家裡，他已經是瘋狂入迷的賞鳥人。每天下午，母親還在內衣工廠裡處理帳目，拉凡登能自由運用時間，他到布朗士植物園和馮科特蘭公園看麻雀和鶯。就讀德維特克林頓高中（DeWitt Clinton High School）的時候，拉凡登第一次參與奧杜邦聖誕節野鳥調查，這才知道許多人並不是為了童子軍勳章才賞鳥，僅僅因為他們喜歡鳥。他跟兩個同伴，馬歇爾（Marshall）和阿諾德（Arnold），在紐約市四處遊走——他們也是山迪．柯米多的野外賞鳥夥伴。柯米多的家離拉凡登家只有一哩遠，他就讀德維特克林頓高中一九四九年班，比拉凡登高一屆。兩人相信他們少年時肯定一同賞過鳥，只是彼此都不記得對方。這可能是柯米多第一次也是唯一一次，在賞鳥時沒讓別人留下深刻印象。

拉凡登的學業成績和考試成績相當優秀，他拿到紐約市立大學的全額學費減免，進入化學系就讀，因為這是離他家最近的校區。大學畢業後，他立即被召募入伍，到阿拉斯加服役十六個月，擔任氣象員，開始在紐約以外的地方過生活。然後，他進入堪薩斯大學攻讀化學博士學位，但是受不了紙上談兵的學術研究。一年後他放棄博士班學業，但是成功學會騎單車。他當時二十四歲。

跟來自皇后區的艾瑟兒第三次約會時，他建議去瓊斯海灘。她以為他想看她穿泳裝，他帶著望遠鏡，並試著教她賞鳥。她在乎他，而不是鳥類。他們在一九五九年結婚。

他接受在費城的一份工作，擔任全球化學製造業龍頭羅門哈斯（Rohm and Haas）公司的實驗室化學家，這家公司的宣傳口號說：雖然鮮少消費者知道我們，卻只有少數業界人士不知道我們。兩年時間，他開發出防止汽車烤漆被刮落的塗料，幫公司獲得兩項專利。他對工作充滿熱情，然而實驗室的化學物品很快就帶來傷害。拉凡登失去了嗅覺能力。幸運的是，上司們知道拉凡登擁有一項罕見的技能，他對化學品有一套，不過交際能力更出色。他們開始派他到各地拜訪客戶。他的收入變得優渥，只是每年得旅行五萬、六萬、七萬哩路，留兩個兒子和妻子單獨在家。頻繁出差讓他感到內疚，週末不敢再出門賞鳥。他帶兩個兒子到紐澤西州布里根泰國家野生動物保護區（Brigantine National Wildlife Refuge），試著教他們辨認沼澤地裡的所有水鳥種類，但是男孩只想在瞭望塔玩耍。他帶他們到阿倫敦（Allentown）附近的貝歐諾伯（Bake Oven Knob）看老鷹的秋季遷徙，但是男孩們開心地攀登岩石。只有全家人到海邊的時候，他可以盡情待在遮陽傘下，舉起望遠鏡賞鳥。

拉凡登慢慢停止賞鳥。他沒有時間，也沒有人可以同行。他與兒時嗜好的聯繫只剩下訂閱的《觀鳥》（*Birding*）雜誌，他搭機時，或是在家等兒子們入睡後，會拿出來閱讀。他還收集過去三十年全國各地的聖誕節野鳥調查報告。雖然厚達六百頁的文件只記錄了基本資訊——十二月二十九日，北達科塔州，米諾特（Minot），十三隻普通朱頂雀（common redpoll）——不過的確讓他知道在萬物蕭條的冬季，去哪些地方才能看到最多鳥種。也許有一天，他會有時間去。他從書本上學到愈來愈多知識，而他的生涯鳥種紀錄卻停滯不前。

於此同時，他在羅門哈斯公司的職位節節高升。在產品開發的經驗，讓他升為開發部部長，然後是聚合物、樹脂和聚合物單體的經理。接著外派他掌管有八家主要化學工廠的歐洲分部，以及來自英國、蘇聯、瑞典、南非的業務團隊。拉凡登舉家搬到倫敦，他工作的時數愈來愈長，出差到更遠的地方。為了加強親子關係，他到西班牙工廠出差時帶著長子同行，不過離開西班牙時，孩子深信父親為環境污染者效命。

全家人在一九八五年返回費城的時候，拉凡登的海外業務經驗是一項吃香的技能。他被力邀加入費城CDI公司的董事會，這是一家急於在歐洲擴展的獵人頭和短期派遣公司。拉凡登從未擔任過董事會職務，所以對這個新經驗深表興趣。

過了幾年，羅門哈斯公司開始裁員。已任職三十三年的拉凡登，以加領三年薪資的優退條件提前退休。艾爾．拉凡登在五十九歲的年紀停止工作。

他的退休生活只持續了六個月。CDI公司說服他接掌虧損的文書行政人員派遣部門。這是拉凡登頭一個也是唯一一個跟化工不相干的工作。他再次穿上西裝，打上領帶，再次長時間投入工作。他收購了一家競爭對手，合併業務，讓這個部門創下一百七十五萬美元年營收，首次開始獲利——一切只花了十八個月。他為自己感到驕傲。他再次停止工作。

他的第二次退休歷時不到三年。拉凡登已經搬到科羅拉多州，這時他又接到CDI公司的來電。這一次，他協助變身的子公司今日人力（Today's Staffing）需要一位執行長來指揮人力換血計畫。這一次，拉凡登每週到達拉斯住兩天。這一次，他工作了兩年。

在一九九七年十月，拉凡登再次退休。夢想中的房屋已經建造完成，艾瑟兒已經準備好享受生活。她曾經拿出一些旅行紀錄，並做了一些算術，得到一個驚人的結論：儘管艾爾和艾瑟兒已經結婚三十七年，他們從來沒有——從來不曾——連續三十天同住在一起。艾爾四處旅行的那些日子裡，艾瑟兒重返校園拿到碩士學位，並以婚姻諮詢師身分執業。她發現自己也有工作狂因子。

現在，艾爾第三次退休。以前孩子滿屋亂跑，她心力交瘁，而艾爾又在出差的夜晚——艾瑟兒一直在等待這樣的時刻，兩人終能獨處的日子。不過，艾爾一直也在等待別的東西。

等到拉凡登告訴妻子，說他想再次上路，花一年時間去賞鳥，她不知道該說些什麼。但是她知道，他們已經維繫婚姻三十七年。很多朋友沒做到。她認為，也許美滿婚姻的關鍵是維持新鮮感，讓其中一方離家追逐夢想，再把成果帶回家，讓兩人一起慶祝。

「去吧。」艾瑟兒對艾爾說。

有這句話就夠了。

第三章
賞鳥先鋒
The Early Birds

結。

觀鳥大年的概念醞釀了超過一個世紀。事實上，觀看和征服北美鳥類的渴望始於拿破崙情

矮子將軍率領大軍橫掃歐洲和中東地區的時候，一位名為尚雅克·奧杜邦（Jean-Jacques Audubon）的年輕男子為躲避徵兵，從法國逃到美國。

身為一個法國船長和他女僕情婦的私生子，奧杜邦對自己的出身感到羞愧。抵達新世界後不久，他改名為約翰·詹姆斯·奧杜邦（John James Audubon），但是屢屢錯過每一次新生良機。他接管父親在賓夕法尼亞州的地產，因為管理不善而不得不脫手。他在肯塔基州和密蘇里州開設貿易站，但是以失敗告終，在紐奧爾良做進口業務，也同樣一敗塗地。他在俄亥俄河畔開鋸木廠，那裡對木材的需求量並不大，工廠想當然爾關門大吉，讓他宣告破產。在一八一九年，他只帶著衣服和他的槍——水彩筆刷——從負債人監獄離開。

奧杜邦所擅長的事是繪畫。少年時期在法國，如果父親又開始強迫他進軍校，奧杜邦會帶著粉蠟筆和畫紙溜進樹林裡散心。喜歡幻想的他沉浸在大自然美景裡。而大自然最美麗的一面，他認為是鳥。

奧杜邦迷戀鳥類。在事業起始時，他畫鳥，在事業失敗時，他照樣畫鳥。許多人懷疑他對鳥太癡迷才是破產的真正原因。奧杜邦的妻子露西（Lucy）曾經在寫給姊姊的信裡感嘆，「每一隻鳥都是我的對手。」奧杜邦第五次東山再起，再次以失敗收場。他在野外遊蕩時發現幾十種鳥類，卻從未碰上一隻會下金蛋的鵝。

絕望帶來靈感創造力。一八二〇年十月十二日，奧杜邦在辛辛那提的俄亥俄河畔登船，展開一趟偉大的觀鳥冒險。他的目標：為新世界每一種鳥繪製實物尺寸的畫像。他的旅程最後帶他沿著密西西比河一路往下到紐奧爾良，經過南方到佛羅里達州的乾龜島，沿著大西洋海岸到加拿大拉布拉多省（Labrador）的岩岸，接著沿著密蘇里河上行到達科塔州的大平原（Great Plains）。

他的繪畫成為一本劃時代的出版品。他的旅行路線成為觀鳥大年的基礎。《美國鳥類圖譜》（*The Birds of America*）掀起國際轟動。奧杜邦以四百五十幅描繪蠻荒新世界生物的華麗水彩畫，為野生動物藝術帶來革命性變化。他的畫風強烈、大膽，而且生動異常。奧杜邦掌握自然環境裡鳥類神韻的天分，讓他有別於其他藝術家，一幅作品的完成卻需要巨大的犧牲。要完成一幅手繪圖，奧杜邦得射殺一大群鳥——幾十隻褐鵜鶘（brown pelican），好幾個布袋的鶩——只為了挑出一兩隻羽毛最鮮明的樣本。他接著用鐵絲穿過鳥屍，把牠們的姿態調整成彷彿還活著一樣，比如在枝頭飛來飛去、反芻食物餵食另一半。

奧杜邦的男子氣概名聲，也足以媲美他的藝術家名聲。英國新崛起的實業家們貪婪地閱讀詹姆斯．費尼莫．庫珀（James Fenimore Cooper）的最新著作《開拓者》（*The Pioneers*），奧杜邦看來是荒野美國活生生的具體展現。身著鹿皮大衣、神氣活現的拓荒者，有神槍手的銳利眼睛，頭髮用熊脂抹得油亮，倫敦報紙連載他那些匪夷所思的遭遇，歐洲觀眾讀得津津有味。和印第安人短刀相見，和丹尼爾．布恩（Daniel Boone）在荒僻的狩獵小屋過夜，最出奇的是鳥類，或奇特，或美麗，或嬌小，或高大的這些生物，向歐洲實業家證明，美國這個地方不只有棉花、菸草和貿易利潤。在多年貧困的生活以後，奧杜邦現在是衣著光鮮的上流人士，終於得以回報他的支持者。他以自己早期贊助人之一，紐澤西州農民愛德華・哈里斯（Edward Harris）的名字，命名了哈氏鷹（Harris's hawk）和哈氏帶鵐（Harris's sparrow）。當時的美國領袖也注意到他。白宮的紅廳（Red Room）裡仍然懸掛著繪於一八二六年的奧杜邦畫像，畫裡的他長髮及肩、眼神凌厲，端著長槍準備射擊。

令人難過的是，奧杜邦最初畫過的一些鳥——大海雀（great auk）、旅鴿（passenger pigeon）、卡羅萊納長尾鸚鵡（Carolina parakeet）、黑胸蟲森鶯（Bachman's warbler）、拉布拉多鴨（Labrador duck）、象牙嘴啄木鳥（ivory-billed woodpecker）[21]——由於棲息地遭受破壞，以及人類為了食物和娛樂的大量獵殺，現今已滅絕。奧杜邦自己是喜愛血腥運動、射擊神準的獵人，但是鳥類滅絕的事讓他大為震驚。有次到大湖區旅行，看到一些人隨心所欲射殺動物，奧杜邦警告他們，水牛就像大海雀一樣瀕臨滅絕。

奧杜邦於一八五一年去世。他的妻子多年來擔任教師養家，她教過的一位學生，正準備舉起保育大旗。隨意殘殺野生動物的行為令身為《森林和河流》（*Forest and Stream*）雜誌編輯的喬治・格林尼奧（George Bird Grinnell）[22]大為驚駭。一八八六年，他呼籲讀者加入全國第一個鳥類保護團體，為了向心目中的英雄致意，他將它命名為奧杜邦學會。在短短的三個月內，超過三萬八千人報名加入，格林尼奧因為不堪重荷解散了學會。但是自然主義精神存續下去，麻州有一群婦女厭惡鳥類大屠殺，特別是為了帽子裝飾就殘殺鷺鷥的作為，她們重新成立了奧杜邦學會。現今的美國奧杜邦學會是全球最重要的環保組織之一，有五十五萬會員，在美國全境有一百多個分會。

儘管在二十世紀之交，未開墾的荒野已成往事，一項昔日的娛樂依舊存在：許多美國人仍然以狩獵競賽來慶祝聖誕節，看誰在一天內射殺的鳥類數量最多。這類「分隊狩獵」有時是個人之間的競爭，有時是一群人各自組隊對抗。但這些比賽都以相同的方式結束——腳邊散布著成堆的羽毛和鳥類屍體。

在一九〇〇年聖誕節，奧杜邦學會的一位鳥類學家法蘭克·查普曼（Frank Chapman）想出了一個更好的點子。查普曼宣布，戶外休閒愛好者應該以統計鳥類數量取代射殺。當年的十二月二十五日，從加拿大新布倫瑞克省（New Brunswick）到加州蒙特利郡（Monterey County），來自美國十三州、加拿大兩個省，共計二十七位愛鳥人士參與統計——到野外去。他們找到九十種鳥，鳥數一萬八千五百隻，不過最重要的是，這些愛鳥人士找到彼此。第一個

21 象牙啄木鳥在本書出版（二〇〇四）後有數次目擊報告。但是在重金懸賞下，截至二〇一二年仍無任何可供確認的相片、影片、或標本證明仍有象牙啄木鳥存活。

22 喬治·格林尼奧是個人類學家及歷史學家，以保護印地安人文化及美洲野牛著稱。他的堂弟，約瑟夫·格林尼奧（Joseph Grinnell）是專精鳥類的動物學家，開創加州柏克萊大學的脊椎動物博物館，並引用ecological niche（生態棲位）一詞。

洲際觀鳥網絡就此誕生。

起初，奧杜邦學會的聖誕節鳥類調查（Christmas Bird Count）是鳥迷們結識彼此的方式，見一見其他擁有相同古怪迷戀的人。透過一年一度針對北美地區的鳥口調查，聖誕節調查者自認在進行嚴肅的鳥類學調查。就技術層面而言，的確是事實。大學的生物學家會仰賴奧杜邦學會鳥口調查報告來提出鳥種長期族群趨勢分析[23]，聖誕節野鳥調查也成為激發鳥迷競爭因子的溫床。不久以後，一些聖誕節調查隊伍開始彼此競爭，看哪一隊能回報最多的鳥口數，一些調查者也開始和隊友比賽，看誰能回報最多的鳥種。現今的聖誕節野鳥調查已經成為傳統的觀鳥活動，跟候鳥春季遷移一樣有號召力，每年有超過五萬兩千人參與，範圍橫跨整個北美大陸，完成計數的地區有一千八百個。

無可避免地，一些鳥迷等不及到聖誕節就展開競爭。開始有觀鳥日比賽。午夜即起床，打著燈籠出門找貓頭鷹，黎明時分在樹叢裡找鳴禽（songbird），中午掃視各個湖泊找雁鴨（waterfowl），在日落時分又跋涉過另一個鳥類棲息地，觀鳥日參賽者得結合策略和耐力，在二十四小時內盡可能看到最多的鳥種。第一次世界大戰結束當年，一天看一百種鳥，相當一世紀的數量，是值得吹噓的紀錄。

接著出現了羅傑·托利·彼得森這號人物。一九三四年，二十五歲的他將賞鳥活動從特殊的消遣轉變為大眾化的娛樂活動。

彼得森撰寫的口袋書《鳥類野外圖鑑》以一百六十七頁篇幅介紹北美東部地區所有鳥種，

徹底改變美國人看待戶外活動的方式。在彼得森的書問世以前，獵鳥人仍然透過獵槍槍管看獵物，將鳥屍握在手裡是辨別出各種鳥類的唯一方法。彼得森詳加解說如何從外表和叫聲分辨出活鳥，鳥種辨識不再是分類學家實驗室才能做到的事，普通人也能學會。他將外表相似的鳥種放在同一頁，然後強調各自的辨識特徵——意即區別每一種鳥的視覺特徵。四頁彩圖保留給最鮮豔的鳥種——鶯、冠藍鴉（blue jay）和猩紅麗唐納雀（scarlet tanager）——而大多數鳥種配上黑白插圖，再以箭頭指出每種鳥的標誌性身體特徵。在彼得森的書問世以前，許多不帶槍的愛鳥人士只能判定麻雀就是麻雀而已。而《鳥類野外圖鑑》提供必要的建議：尾部外側有白羽毛的是栗肩雀鵐（vesper sparrow），胸部中央有大塊斑的是歌帶鵐，下體無條紋的是黃胸草鵐（grasshopper sparrow）。鳥類辨識知識從自然歷史博物館的枷鎖被解放出來。

在經濟大蕭條時期，彼得森這本森林綠封面，書名下面有白枕鵲鴨翱翔圖案的書，出版一個星期就銷售一空。再版也一樣。再次再版也立即售罄。最後這本圖鑑銷售了超過兩百萬本。彼得森變得非常有錢，富裕到可以不用再工作。[24]

---

23 奧杜邦學會的聖誕節鳥類調查，可說是最早的公民科學（citizen science），由社會大眾一起參與科學研究的始祖。由這些難得的歷史資料，可以精確比對鳥類族群數量及分布範圍的時空變遷。

24 彼得森的《鳥類野外圖鑑》，在一九八〇年代以前一直是北美洲最暢銷的鳥類圖鑑。同時，他那一頁文一頁圖的編排方式，也成為最流行的圖鑑編排方式。

但是他繼續工作——一直一直工作。他用辨識特徵區分鳥種的點子擴展到野花、蝴蝶、爬蟲動物、貝殼、岩石——總計出版超過四十本圖鑑。彼得森的野外圖鑑系列成為有史以來最暢銷的非小說類書籍之一。很快地，鳥迷不再討論帶哪種野外圖鑑到野外；他們就帶著這本彼得森。

當然，彼得森並不僅僅是畫圖和寫作。他還傳福音。他在奧馬哈（Omaha）傳賞鳥福音，觀眾席一千兩百個位置座無虛席。在堪薩斯城，有一千六百人來聽布道。在底特律，市政府官員擔心觀眾擠爆大廳，因此演講日前一天才貼出公告，試圖藉此控制聽眾人數，但還是有超過一千人到場。這些鳥迷口袋裡攢著彼得森的圖鑑，脖子上掛著望遠鏡，他們環顧座無虛席的大廳，了解到：嘿，有很多人就像我一樣。

在彼得森的演講會場，許多鳥迷也看到了自己。

身為瑞典移民之子的彼得森，小時候就因為對自然的「瘋狂迷戀」被恥笑。他開始寫《美國的鳥類》（*Birds Over America*）一書時，還在家裡引發衝突：

「所以，你又出門追鳥了！」我的父親哼了一聲。「你以前不是全看過了嗎？看看你的衣服，任何正常人不會在外頭淋雨。」他困惑地搖搖頭。「我發誓，我不了解你是怎麼回事。」他又責備地說。

我從來沒法向他解釋我為什麼做這些事，因為連我自己也不是很清楚。

彼得森的父親查爾斯（Charles）是高級家具木匠；彼得森卻連一棟鳥屋也不會蓋。他的父親喝酒喝得兇，罵自己的兒子「蠢蛋」，用剃刀的磨刀皮帶抽打他；彼得森害怕變得像父親一樣，十幾歲時，他試圖用頑癬藥膏揉頭皮來避免禿頭（所幸他的頭髮倖免於難）。

他成長在紐約州詹姆斯敦（Jamestown），一個被稱為「綠色瑞典人」的家具製造小鎮——據說這裡的移民蠢到會吃綠色香蕉——經常跟義大利移民搞幫派火併。他的朋友很少。他古怪到錯過有第一架飛機降落在家鄉小鎮的歷史時刻，因為他正在看蚱蜢交配。彼得森心愛的七年級老師布蘭奇·霍恩貝克小姐（Miss Blanche Hornbeck），是詹姆斯敦當地青年奧杜邦學會會長，所幸有這個學會，讓他從鳥類找到慰藉。

彼得森說這些故事的時候，觀眾們露出認可的微笑。是的，這是棄兒的故事。但是聽眾席的這些人，有類似生活經歷的他們，也全是被遺棄的孩子嗎？

總之，彼得森浪漫化了自己的邊緣者經歷。一九五三年，他和英國最著名的博物學家詹姆斯·費雪（James Fisher）展開橫越新世界的三萬哩長征。從加拿大紐芬蘭省（Newfoundland）三趾鷗（kittiwake）的聚集地，展開長達百日的冒險旅程。兩人在旅行車上載了幾個行李袋、一個攜帶式遮陽簾，還有一個有擴大鳥聲效果的巨大拋物面反射器。

然後開車上路。

成群飛越北卡羅來納州藍嶺山脈（Blue Ridge Mountains）遷徙的森鶯令他們發出驚歎。他們踏尋奧杜邦的足跡，穿過佛羅里達州乾龜島的烏領燕鷗（sooty tern）。看著一度瀕臨滅種的鷺鷥神奇復返，飛往路易斯安那州愛佛瑞島（Avery Island）的飛行花園（Flying Gardens），令他們欣喜陶醉。一路上，他們痛快暢飲一種叫可口可樂，令人上癮的混合飲料。深入美洲大陸的最大博物館，履足瀕危物種的棲息地，身為鳥類學偶像的彼得森和費雪並沒有年長到失去小男生的熱情；兩個男人第一次看到大峽谷時，整整十分鐘說不出話來。費雪第一次看到加州神鷲（California condor）展開十呎長翅膀在沙漠天空優雅盤旋，他轉頭對彼得森大喊，「發現目標——難以置信——你看！」為期三個月朝夕相處的旅行，兩人表示只有過一次爭吵，那是在亞利桑那州一條人煙罕至的山路上，彼得森在某個急轉彎差點撞上另一輛車。長途跋涉最後結束在有兩百萬隻海鴿（murre）的阿拉斯加海象島（Walrus Island），他們出版了名為《荒野美國》（*Wild America*）的書和同名紀錄片，述說這段長征故事。

《荒野美國》的一段小附註令某一類鳥迷心癢難耐。「附帶一提，」彼得森在頁底以星號標記了一行小字。「我在一九五三年總共看了五百七十二種鳥。」

正是這行字句讓鳥迷們走向戶外，不再安於坐在家裡閱讀、看電影或聽演講。不久以後，數百人想要追隨彼得森的足跡。他們不願再抑制對鳥的迷戀。他們希望看北美地區的鳥。他們想要花一年時間看鳥。

《荒野美國》在一九五五年出版。隔年，甫從牛津大學畢業，二十五歲的英國人史都華．凱思（Stuart Keith）對這本遊記如此入迷，決定自己親身走一遍。一手拿著彼得森圖鑑，另一隻手帶著《荒野美國》，凱思開著他的五三年福特旅行車啟程上路。在德州路邊尋找鐵爪鵐（longspur）時，他被一群牛仔嘲笑。他最愉快的回憶之一，是從加州聖博納迪諾（San

Bernardino）開到帕薩迪納（Pasadena）的六十哩車程——今天南加州都市擴展（sprawlurbia）的中心地區，沿路只聞到橙花的甜香。凱思在這一年的旅行愛上美國，因此搬到大西洋這一頭定居。有件事促成他的決定，聖誕假期，他在加拿大亞伯塔省（Alberta）埃德蒙頓（Edmonton）觀察到一隻黃連雀（bohemian waxwing），那年總計看到五百九十八種鳥——比彼得森的紀錄多二十六種。

觀鳥大年的標準再次提高。

對凱思來說，高處不勝寒。凱思為某期《奧杜邦》雜誌寫的報導，表示他看過的北美鳥類已達到六百二十五種，僅次於彼得森的六百三十三種。「我認識的鳥迷裡，沒有人看過超過六百種北美鳥，看過超過五百種的人，只有三個。」他寫道。

糟糕！一九六一年這篇文章面世後不過幾週時間，凱思收到數十封鳥迷的來信，他們自豪地表示已看過超過五百種鳥。事實上，有十九個人說看過至少六百種鳥。跟這些人的紀錄相比，凱思頂多只排到第十位，而且一位原本匿名的鳥迷，來自華盛頓特區的伊萊·格布爾森（Ira Gabrielson），提出看過六百六十九種鳥的北美生涯紀錄。甚至比彼得森本人還多。凱思在一九六三年的《奧杜邦》雜誌發表了一篇文章〈六〇〇俱樂部：全美頂尖鳥迷〉[25]，他承認

---

25 隨著新紀錄鳥種的出現，現在美國鳥迷大多以在北美地區看過七百種鳥為頂尖鳥迷的界線。這難度大約是在台灣看過五百種鳥的狀況。

青出於藍而勝於藍。而他也覺得有義務為生涯紀錄辯護，因為嚴謹的鳥類學家認為，逐一記錄看過的鳥種是愚蠢、白費力氣和自貶身分的行為。

「記錄鳥類是一項運動。」凱思寫道，「正因為如此，它不會比棒球或保齡球更需要正當性。花一整天看世界棒球大賽的人不會感到心虛，打一個晚上的保齡球也不會被視為浪費時間。那麼，人們為什麼要擔心自己每天的紀錄能否對鳥類學有任何貢獻呢？」

全國首屈一指的環保雜誌首次為鳥迷的生涯鳥種紀錄提出辯護，還列舉擁有傲人紀錄的佼佼者。這一項運動也不時有最新進展。明尼蘇達州卡爾頓學院（Carleton College）的動物學教授奧林．佩汀吉（Olin Pettingill）開始撰寫北美地區賞鳥最佳地點指南書。密西西比河以東的鳥類追蹤指南厚達六百五十九頁，以西地區達七百零九頁，佩汀吉承諾，他「對鳥類棲息地的全面介紹，可望讓鳥迷學生把這本書視為鳥類學的唐肯．海恩斯（Duncan Hines）評鑑」。海恩斯是當時著名的旅行推銷員，專門評價餐廳並給予個人的認可推薦。海恩斯最後把名字使用權出售給蛋糕粉製造商，而佩汀吉的比喻結果證實有先見之明：競爭賞鳥的鳥迷如遵照食譜步驟一般，一步一步奉行佩汀吉的每個賞鳥指示。想要看滑嘴犀鵑（smooth-billed ani）？到佛羅里達州的洛薩赫齊國家野生動物保護區（Loxahatchee National Wildlife Refuge）。想要看銅尾美洲咬鵑（elegant trogon）？到亞利桑那州的洞溪峽谷（Cave Creek Canyon）。要看烏林鴞（great gray owl）嗎？冬天到明尼蘇達州的薩斯星姆沼澤（Sax-Zim Bog）。

佩汀吉一旦開始餵養資訊給飢餓的鳥迷，他們只會哭喊著要更多——更詳細，更多的指示，更多的當地聯絡人訊息。吉姆．連恩（Jim Lane）以州別或是州裡的某個特定地區分類，推出一系列的兩百頁指南填補此一需求。佩汀吉的指南只說，科羅拉多州、堪薩斯州和奧克拉荷馬州的大平原交會處和是找到小草原松雞（lesser prairie chicken）的好地方，連恩的指南會指示鳥迷：「從坎普（Campo）沿礫石路往東走八哩。往右轉或往南走兩哩，接著向左或是再向東。再過三哩路，你會看到右手邊有一座電視塔。繼續往前走一點三哩來到一座小橋。在過橋前右轉到一條泥土路，沿著溝壑西側走一點三哩。求偶場就在您右前方一百碼處。留在車子裡。再說一次，留在車子裡，不然鳥兒會飛走。」

不再只有鳥類學家和頂尖愛好者賞鳥，現在度假者也做得到。如果說追逐罕見鳥類的神祕感和冒險性因此消失大半，佩汀吉和連恩的指南倒是讓人們不需經過太多的跌撞失誤，甚至是擁有鳥類的基本常識，就能達成數量龐大的個人觀鳥紀錄。雖然這些鳥種在許多地方都找得到，這些指南促進一種填圖式的賞鳥方式，多數人認為沒必要在繪好的線條之外尋找鳥。

一場資訊革命就此的誕生，爭議也隨之而來，這是賞鳥，還是比賽？

數百人，然後是成千上萬的人樂在其中，他們根本不在乎。理解到美國奧杜邦學會對倡導環境保護更感興趣，而不是賞鳥數量，最死忠的鐵桿鳥迷在一九六九年成立美國觀鳥協會。協會的聚會讓人聯想到匿名戒酒集會，差別在於，在這裡大家對自己的鳥癮感到自豪，巴不得更沉溺其中。

大家交換彼此經歷。分享公路旅行的故事。密切留意競爭對手的動靜。

美國觀鳥協會很快訂出賞鳥倫理準則：「碰到的鳥必須是活的，野生，不受束縛」[26]，才能列入紀錄，同時確立賞鳥紀錄的地理範圍。以觀鳥大年的賞鳥計數來說，範圍是墨西哥以北的美國，加上加拿大和離岸兩百哩的海域。巴哈馬群島、夏威夷和格陵蘭被排除在外。[27]

彼得森仍舊是鳥迷的守護神。距他穿越荒野美國的劃時代旅行還不到二十年，鳥迷們前仆後繼駕車飛馳在北美大陸各地，他的觀鳥大年紀錄不過是後視鏡裡的小點罷了。

沒有人的速度贏得過泰德·帕克（Ted Parker）。帕克拿到駕照時，他在青少年鳥迷的地下世界已是神一樣的存在：他不只記得大部分北美鳥種的辨識特徵，還會打籃球。一九七一年，僅剩一學期就能從賓夕法尼亞州東南部麥卡斯基高中（McCaskey High School）畢業的帕克，認為自己還待修的最好課程是北美地區的鳥類。他連續翹了好幾次週五的課，利用為期三天的週末看完距家三百哩方圓內所有過境避寒的水鳥鳥種；他把野外賞鳥行程擴展到加拿大安大略省和伊利諾伊州、南卡羅來納州，看到烏林鴞、大草原松雞（greater prairie chicken）和紅頂啄木鳥（red-cockaded woodpecker）。幸運的是，這位拖把頭十八歲少年還找到四十八歲的財務主管哈洛·莫林（Harold Morrin）當監護人，陪他進行這些長途旅行（就像兒子對鳥類狂熱一樣，帕克的父親熱愛高爾夫球，他留在家裡打高爾夫）。莫林和帕克同樣熱愛鳥類和公路旅行，但年長的老師很快就對他的年輕朋友肅然起敬，少年有驚人的耳力，透過鳥聲就幾乎能辨識出每一種北美鳴禽。[28]認真、熱情、充滿幹勁的帕克在同年九月進入圖森的亞利桑那大學就讀，也將西南地區和太平洋海岸幾十種特有鳥種收入個人紀錄。他在一九七一年結束時以六百二十六種鳥，二十八種鳥的差距，打破史都華．凱思維持十五年的紀錄。觀鳥大年已經成了年輕人的遊戲。

賞鳥圈得知區區一名少年締造了北美觀鳥大年的新紀錄，許多人有同樣的反應：嘿，我也能做到！

博士生弗洛伊德．梅鐸（Floyd Murdoch）打算為他的鳥類保育歷史論文，探訪數十個國家野生動物保護區。高中中輟生肯恩．考夫曼（Kenn Kaufman）想要搭便車環遊美國。兩人在一九七三年決定進行觀鳥大年。

他們在一月初次會面，在新罕布夏州乘船出海二十五哩，雙方對彼此的印象都不佳。三十一歲的梅鐸最近才離婚，身無分文，得靠一輛六四年別克世紀（Buick Century）藍鵐周遊各地。他才開始對自己的悲慘境遇感到難過，考夫曼就出現了，這位來自堪薩斯州威奇塔

26 這原則也是國際賞鳥人的普遍原則。死鳥、籠鳥都不算分。外來種鳥類，大多也不列入計算。但是，美國觀鳥協會的規則是，已歸化的外來鳥種也可以列入紀錄。

27 夏威夷屬於大洋洲。美國與加拿大之間，兩國國民不需簽證（在過去也不需護照），可自由出入國境。格陵蘭與巴哈馬群島雖然屬於北美洲，但是分屬不同國家，出入較不方便。

28 泰德．帕克的確是非常強悍的傳奇性觀鳥者，深具才華且充滿幹勁。他大學時便常常前往中南美洲觀察鳥類，深入人跡罕至之地，畢業後以鳥類嚮導為業。他在鳥聲辨識上非常有名，能辨別中南美洲叢林內的所有鳥聲，曾錄製超過一萬五千筆的鳥類鳴聲錄音。但是，可惜於一九九三年以四十歲之齡，墜機死於厄瓜多森林內。

（Wichita）的十八歲少年有失業的父親，習慣把喜躍（Little Friskies）醬肝口味貓罐頭倒進沒加熱的蔬菜湯罐頭，就當作是一頓晚餐。梅鐸相貌堂堂，衣著乾淨整潔，戴著教授形象的金邊眼鏡；考夫曼留著一把亂鬍，不只看起來像，有時候聞起來也活脫是睡在垃圾箱裡的流浪漢。雖然梅鐸最初認為他的觀鳥大年堪比大衛和巨人的搏鬥，但他赫然發現自己被分派了錯誤的角色。他不喜歡。從乾龜島回大陸的顛簸航程，梅鐸發現身旁的考夫曼嚴重暈船——以這種黑暗方式結束比賽倒是有趣。「為了顯示友好情誼，」梅鐸後來在《觀鳥》雜誌寫道：「肯恩俯在欄杆時，我幫他抓住腰帶。只是舉手之勞，還能怎樣呢？」

考夫曼的流浪癖迅速攫取賞鳥界的想像力。考夫曼靠搭便車周遊北美，走了六萬九千二百哩路，他在維吉尼亞州因為拒付車費入獄兩天；在奧克拉荷馬州被痛恨長髮男的牧場主人持獵槍威脅；在阿拉斯加諾姆（Nome）街上遭到一位爛醉的採金礦工毆打；在斯州碼頭被瘋狗浪捲入墨西哥灣。他沒有駕照——反正，在一九七三年阿拉伯石油禁運期間，汽油太昂貴了——然而疲憊的旅人仍然接受這位骨瘦如柴的便車旅行者，讓他代為開車穿越十二個州和兩個省。（考夫曼在路易斯安那州撞壞一輛福特都靈〔Torino GT〕新車，在育空〔Yukon〕地區開的一輛福斯露營車打滑衝入水溝）。他窮到得賣血掙錢、賣壽險保單換現金。他露宿在公路橋梁下。他時常在交通船碼頭吃貓糧，鳥迷們都要懷疑他的真正目的是博取某位有錢鳥迷的同情，幫他買了一張昂貴的船票。不可思議的是，考夫曼觀鳥一年的花費不到一千美元。

不只如此。梅鐸最後以六百六十九種鳥刷新北美觀鳥大年紀錄贏得比賽。比考夫曼多三種

（考夫曼那年其實看到最多種類的鳥類，但是多出的這幾隻出現在他穿越邊境到墨西哥下加州的路上）。在《觀鳥》雜誌的賽後報導，梅鐸懊悔沒有更自私一點。「我有自己的計畫，但是一再以別人的興趣為優先，」他寫道，「由於花時間幫別人找鳥，而不是找自己需要的鳥，我至少錯過了五種鳥。這個故事給我的教訓是：**要貪婪**！你會失去很多朋友，樹立很多敵人，但是你會記錄下更多的鳥種。」

考夫曼樂觀得多。在觀鳥大年期間，他在北達科塔州肯梅爾（Kenmare）北美觀鳥協會第一屆大會遇見未來的妻子——「在那個場合，賞鳥英雄的地位高過搖滾樂偶像、足球明星和政壇名人」——並且躍升為北美地區的頂尖賞鳥人。考夫曼將觀鳥大年的經歷寫成《霸鶲公路》（*Kingbird Highway*）一書，搖身一變成為對抗賞鳥傳統的神話英雄。[29]

一些人欽佩考夫曼；另一些人受到啟發。一九七六年，達特茅斯學院（Dartmouth College）的大三生史考特．羅賓森（Scott Robinson）眼看同學休學一年去歐洲旅行、到落磯山（Rocky Mountain）滑雪場打工，或在華爾街當實習生。羅賓遜決定把這一年時間貢獻給鳥類。祖母資助他兩千五百美元和一輛棕白色相間的道奇（Dodge）廂型車，命令他去追逐自己的夢想，羅賓森大半路程循著慣常的環遊路線——沿著東海岸南下，穿過灣岸（the Gulf）到

29　考夫曼之後於二〇〇〇年出版《北美鳥類圖鑑》（本書的參考書目內有介紹），也是北美洲賞鳥人常用的鳥類圖鑑。

德州和亞利桑那州，再沿太平洋海岸北上——彼得森和費雪在《荒野美國》率先走過的路線。五月初，他公布了驚人的鳥種紀錄，六百種，跟梅鐸締造紀錄那年的同時期相比，多了將近一百五十種，不過他有一個問題。就在候鳥春季遷徙的高峰期，他暫時擱下觀鳥大事，答應一位教授幫忙他的研究計畫。整整兩個半月，他和教授一起待在新罕布夏州中部，顯然不見任何鳥蹤的白山山脈（White Mountains）。等羅賓森終於再次上路，他以一個簡單的點子徹底扭轉觀鳥大年的概念：他停止傳統的野外賞鳥行程，開始追逐稀有鳥種。羅賓森在這一年前半段的旅程裡，遇見不少鳥迷，得以成為某個非正式罕見鳥類通報網絡的一員，那像是賞鳥版本的浸信會代禱圈，北美地區罕有鳥種的各種目擊情報在這個圈子裡互相流傳。羅賓森買了一張五百美元的美國東方航空機票，可以不限次數搭乘任何航班，飛往美國的幾乎任何地方，他開始逐一搜羅各種珍稀鳥種——在佛羅里達列嶼（Florida Keys）看圓頭王霸鶲（loggerhead kingbird），到大蘇爾（Big Sur）看流蘇鷸（ruff），在亞利桑那州看彩鶉（Montezuma quail）。他刷新了北美觀鳥大年紀錄。[30]

如果一個大學生都擬定得出計畫來締造新紀錄，一個貨真價實的生意人能做什麼？詹姆斯．M．瓦德曼（James M. Vardaman）反覆思量這個問題。在密西西比州傑克森市（Jackson）擔任木材買賣顧問的瓦德曼，自認只是普通的賞鳥人。但是他懂得做生意——他的中間名字母M事實上指的是Money（錢）（據他說是家庭姓氏）——而他的生意需要廣告宣傳。他得出結論，參與觀鳥大年競逐，將是詹姆斯．M．瓦德曼有限公司在全國擴展知名度的最便宜、最簡單，也是最有趣方式。

身為企業顧問的瓦德曼，堅信有必要擬下書面計畫，並嚴格付諸執行。只剩一個障礙：他對賞鳥的所知不足，無法自行擬訂計畫。因此瓦德曼聘請了幾位賞鳥界名人來密西西比州加入他的軍師團。現在住在圖森，一九七三年的便車旅行者考夫曼；來自德州麥卡倫（McAllen）的約翰．艾文（John Arvin），此人精通格蘭德河谷的鳥種；來自芝加哥的賴瑞．巴奇（Larry Balch），他在當地經營阿拉斯加賞鳥團，擁有傲人的賞鳥紀錄；來自緬因州海豹港（Seal Harbor）的威爾．羅素（Will Russell），他經營了一家東北地區賞鳥行程公司；來自加州因弗內斯（Inverness）的瑞奇．史塔格（Rich Stallcup），著有《加州蒙特利灣的遠洋鳥》（*Pelagic Birds of Monterey Bay, California*）一書；來自佛羅里達州德拉海灘（Delray Beach）的保羅．賽克思（Paul Sykes），美國漁業和野生動物局的瀕危物種專家。瓦德曼表示，他不僅想聘請最優秀的專家，而是從各個觀鳥地區聘請當地最優秀的人才，他們隸屬當地的罕見鳥種通報網絡，一旦有稀有鳥種出現立即能得到情報。

儘管如此，瓦德曼擔心他雇來的軍師團仍有可能錯失某些罕見鳥情報。為了以防萬一，他

30 史考特．羅賓森後來獲得普林斯頓大學博士，成為一位鳥類生態學家，任職於伊利諾州及佛羅里達州博物館。他曾與泰德．帕克於在一九八二年於祕魯的Explorer's Inn創下一天內看到三百三十一種鳥類的觀鳥大天（Big Days）紀錄。

拿到北美地區八百五十個鳥類俱樂部的地址，加上美國觀鳥協會和美國奧杜邦學會三百位頂尖會員的名單。他定期向這些人寄發《瓦德曼的黃金報》（Vardaman's Gold Sheet），彙報自己的觀鳥大年進展。雖然這份通訊記載了他最新的賞鳥探險過程，實際目的是一個方塊裡的呼籲請求：請撥打對方付費電話601-354-3123，要求找鳥人。

瓦德曼創立了北美第一條觀鳥熱線。拜這條熱線所賜，他多看了二十種鳥。

任何計畫都可能生變。五十八歲的瓦德曼環遊北美大陸觀鳥一整年，而妻子薇吉尼亞（Virginia）跟六個孩子被留在家裡，孩子最小六歲，最大十七歲，其中包括兩對雙胞胎。瓦德曼到北極圈看矛隼（gyrfalcon）、藍喉歌鴝（bluethroat）和鳳頭海雀（crested auklet）的時候，薇吉尼亞曾經告訴《華爾街日報》（*Wall Street Journal*）的記者：「我才不在乎他跑到阿拉斯加，一去就是好幾個星期，留我和孩子們孤零零在家。」到了年中，只要瓦德曼打電話回家，他的孩子不再說：「我們想念你」，而是劈頭就問：「看了幾種？」

瓦德曼起初就做出聰明的決定，要讓這個紀錄完美無可非議。他每看到一隻鳥，一定確保有目擊證人在場。瓦德曼不厭其煩向所有人展示證人名單和鳥種紀錄。即便如此，許多鳥迷厭惡這種業餘菜鳥的公開表演——由於頻繁搭機，他已經是達美航空（Delta Air Lines）的尊爵會員——他豪擲千金去看鳥，有時卻無法憑自己能力辨認出一隻鳥。考夫曼帶瓦德曼到鳳凰城外看勒氏彎嘴嘲鶇，一種出了名難以目擊、會在沙漠挖土的鳥，他興奮地把鳥指給瓦德曼看，開始調望遠鏡焦距以便看得更清楚。「哦，不用了，沒關係。」瓦德曼對考夫曼說。一筆將牠從待看鳥類名單劃掉。該繼續找下一種鳥了。

瓦德曼結束一九七九年觀鳥大年時，達成幾項重要成就。他以六百九十九鳥種數打破觀鳥大年紀錄。他也打破觀鳥大年的開銷紀錄，總計支出四萬四千五百零七點三八美元，其中包括導遊費一萬零一百五十七點一二美元。每種鳥的成本是六十三點六七美元。他也證明了一件事，未必得有賞鳥技能才能締造傲人的賞鳥紀錄。也許最重要的是，這位詹姆斯．錢．瓦德曼先生惹惱了北美觀鳥組織。

鳥迷們早就絞扭著雙手辯論賞鳥嗜好究竟是一項科學或是體育運動。然而，瓦德曼以歷時十二個月的突襲行動，將它變為賓果遊戲。賓果遊戲是給穿網球鞋的老太太玩的。這也算賞鳥嗎？

絕對不成，守舊派鳥迷做出決定。

捍衛競爭性賞鳥榮譽的重責大任，落到一位笑口常開的田納西人班頓．巴沙姆（Benton Basham）身上。身為美國觀鳥協會創始會長的巴沙姆是麻醉護士，對賞鳥有諾曼．文生．皮爾（Norman Vincent Peale；正向思考激勵專家）式的熱情，他靠詼諧風趣、自我宣傳、甜言蜜語，一路躋身到這項運動的前排位置。這位具有傳道士般熱情的招聘高手，在一九七三年協助說服梅鐸參加觀鳥大年競逐。

到了一九八三年，輪到巴沙姆親自上陣。

美國觀鳥協會既有巴沙姆參賽，理事們可不願聽天由命。瓦德曼在一九七九年寄送他的

《黃金報》給北美賞鳥俱樂部和三百位精挑細選出的鳥迷，藉此得到稀有鳥種的出沒情報；巴沙姆和他的美國觀鳥協會夥伴進一步擴展情報網絡。他們寄信給協會的四千名會員，告知巴沙姆想奪回北美觀鳥大年紀錄的企圖心，促請他們在目擊任何稀有鳥時來電通報。

這個請求沒有表面上簡單。雖然許多鳥迷認得家鄉周圍的鳥種，他們幾乎不清楚這些鳥在整個北美版圖的定位。例如，北美蠣鷸（black oyster-catcher）在麻州是驚人的稀有鳥種，在太平洋海岸卻很常見。巴沙姆也不願大半夜接到來電，對方通報的鳥種卻是某地常見的鳥類；他想要真正的奇特鳥種。於是，他發明了一套代碼系統，以優先順位排列北美鳥種。代碼1是最常見的鳥，像椋鳥（starling）和家麻雀（house sparrow）之類；代碼2是經常看到，但缺乏可預測性的鳥，比如遊隼；代碼3是較為少見的鳥種，諸如紫冠蜂鳥（violet-crowned hummingbird），必須在短暫的觀察季節專程到某個地區才能看見。代碼1、2、3總計涵括六百七十五種以北美為繁殖、遷徙基地的鳥。巴沙姆假定這一年必然會在某時、某地看到這些鳥。發現這些鳥不需緊急來電通知；巴沙姆希望得到代碼4和5的鳥種情報，那種在目擊者家門前草地遊蕩，從美洲以外大陸來的意外、古怪訪客。這些鳥是巴沙姆優先想看的鳥，有了牠們，他才可望打破瓦德曼的觀鳥大年紀錄。

為了確保各地鳥迷會記得巴沙姆的請求，《觀鳥》雜誌持續報導他的觀鳥大年斬獲，就像《體育畫報》（*Sports Illustrated*）一貫保留版面給挑戰貝比．魯斯（Babe Ruth）全壘打紀錄的亨利．阿倫（Henry Aaron）。「一九八三年七百零三種」，一篇賽前文章以此為開場白，描述巴沙姆想以七百零三種鳥，從瓦德曼那個有錢的門外漢手裡，奪回大年紀錄的心願和計畫。「班頓．巴沙姆繼續朝他的目標邁進，」《觀鳥》雜誌再次更新消息，「現在看來，只有奇蹟能止住他的勢如破竹之勢，他的紀錄即將超越七百種。」當巴沙姆最後以七百一十一種鳥從瓦德曼手裡奪回北美觀鳥大年紀錄寶座，《觀鳥》雜誌推出長達八頁的專題報導以表慶祝——封面是巴沙姆的照片，他以征服者的姿態站在一扇門上方，比著不容入侵的手勢。這是《觀鳥》雜誌鮮有幾次不在封面放鳥的特例。

賞鳥菁英展開慶祝：滿身銅臭味的瓦德曼被擊敗。巴沙姆讓真正的鳥迷重回頂峰。尊卑秩序回到正軌。

他的勝利可不便宜。雖然巴沙姆堅決不透露為了一年花費的確切金額，他也承認，用相同的一筆錢，他可以蓋一幢很不錯的房子，順帶買一輛好車。雖然是以田納西州的物價計算。

對死忠的鳥迷來說，巴沙姆的新紀錄是世紀性創舉：生活在北美地區的鳥差不多有六百七十五種，他設法多看了另外三十六種。從搭乘美國東方航空追鳥的羅賓森開始，奔波各處追逐稀有鳥的遊戲被徹底玩翻天。其他人試了，但無法擊敗巴沙姆。

不過到了一九八五年二月，巴沙姆在德州克林（Clint）自家的客廳裡撒下自我毀滅的種子。巴沙姆正等著看一隻據說出沒在某戶人家後院餵食器的紫背冠鴉（purplish-backed jay），這是首度在北美出現此一鳥種。他才一屁股坐進客廳的沙發上，就有陌生人來敲門。這名男子跟巴沙姆一樣，留著鬍子，說話滔滔不絕，而且對賞鳥極度認真。兩人交談，巴沙姆從陌生人那裡得到三個承諾：1.加入美國觀鳥協會。2.花五千美元買一支全新、頂級的魁星（Questar）賞鳥望遠鏡。3.至少撥出三個星期前往阿留申群島，到名為阿圖島（Attu）的荒涼邊陲之地追逐罕見亞洲鳥種。

等到紫背冠鴉終於降落在那個餵食器旁，來訪的男人山迪．柯米多，已經是滿載對鳥類渴望的火藥桶。班頓．巴沙姆剛替他劃了火柴。

兩年後，在一九八七年，柯米多正在環遊全美，作為一九八八年觀鳥大年的熱身練習。但是在八月，巴沙姆說服柯米多掏出幾千美元來一趟露營之旅，搭乘螺旋槳小飛機到北極圈以北的凱利河（Kelly River）和諾阿塔克河（Noatak River）交流處，追捕西伯利亞山雀。這趟旅程成功結束之時，柯米多已經看了六百六十種鳥——他預感應該把練習賽轉為真實的成績。十一月六日，他在德州格蘭德河獵隼水壩（Falcon Dam）下看到一隻紅面番鴨（Muscovy duck），鳥種數打破巴沙姆的紀錄，他乘勝追擊，到了除夕夜，一隻長耳鴞讓他的紀錄累計到七百二十一種。

柯米多花了六萬美元。他一共旅行了兩百二十天。他是北美觀鳥大年比賽毫無疑問的新科冠軍。

他仍有遺憾之處。首先，他至少錯過了三十種鳥，包括在阿圖島的白尾海鵰（white-tailed eagle），在亞利桑那州的角咬鵑（eared trogon），在俄勒岡州、加拿大曼尼托巴省（Manitoba）和阿拉斯加的楔尾鷗（Ross's gull）——他本來可以看到。他花了寶貴幾天千里迢迢到北極繁殖地去看一些鳥，但是原本只要多一點組織規畫，就能在大平原和灣岸輕而易舉看見牠們。他也還不夠深入賞鳥圈核心，沒能真正成為全國稀有鳥類通報網絡的一員（跟巴沙姆那時大張旗鼓的炫耀式宣傳截然相反，《觀鳥》雜誌甚至隻字未提柯米多的觀鳥大年紀錄；柯米多最後自費出版《觀鳥的印第安納．瓊斯》（*Birding's Indiana Jones*），講述一九八七年創下的紀錄）。

柯米多知道他可以做得更好。更糟的是，他曉得別人也可以做得更好。他甚至認識他們。比爾．瑞迪爾（Bill Rydell）醫生是柯米多最好的賞鳥夥伴之一。他們在阿圖島同住一間房，瑞迪爾覺得柯米多是理想的室友，因為他不打呼、不喝酒，不會把沾滿泥濘的靴子穿進房間。和瑞迪爾坐在火爐邊打橋牌和撲克牌的時候，柯米多娓娓道來一九八七年的觀鳥經歷。瑞迪爾專心聆聽，並且從中學習。

到了一九九二年，瑞迪爾準備從拉斯維加斯的外科醫生崗位退休。但是他還無法靜心安享退休生活，他的妻子瑪麗（Mary），也還沒有準備好面對丈夫整天在旁邊打轉的日子，特別是她正在裝修兩人在加州圓石灘（Pebble Beach）的新家。所以瑞迪爾準備了五萬美元和十張免費酬賓機票，動身展開他的觀鳥大年旅行。

在阿拉斯加北部的凱利河和諾阿塔克河，瑞迪爾和柯米多一樣，搭上螺旋槳小飛機去看西伯利亞山雀。瑞迪爾看到柯米多紀錄裡的兩個困難鳥種，長耳鴞和紅面番鴨，跟他朋友在一九八七年的目擊月份相比，提早了十個月。在急診室待了四十年的外科醫生看到巴哈馬小嘲鶇

（Bahama mockingbird）和拉氏蠅霸鶲（La Sagra's flycatcher）興奮過頭，不知怎麼地在同一天把鑰匙鎖在汽車兩次——分別是在加州的佛羅里達礁島群和大蘇爾。瑞迪爾也準備給老牌友顏色瞧瞧：搭乘加州百萬富翁的私人遊艇，到太平洋海岸外海兩百哩航行一個星期。瑞迪爾和鳥迷幾乎難以壓抑興奮之情。從來沒有一艘船開到這麼遠的地方，航行這麼長時間，只是為了看鳥。誰知道在那邊有什麼稀有鳥種呢？

事實證明，沒有多少。雖然船駛離舊金山灣的第一天，瑞迪爾就發現一種熱門鳥種，一隻紅尾熱帶鳥（red-tailed tropicbird），航程其他天沒多大斬獲。瑞迪爾返岸時只看了五種新鳥，除了熱帶鳥以外，其他都是常見的鳥。觀鳥大年終究是分秒必爭的比賽，瑞迪爾已經浪費整整寶貴的七天。當一隻珍稀的鶴鷸（spotted redshank）在十二月二十一日偶然在紐約現身，瑞迪爾寧願待在家裡與家人共度聖誕節。他那年看了七百一十四種鳥。

柯米多的紀錄仍然安然無恙；瑞迪爾的紀錄比他少了七種。不過看到一位好友以相同預算，旅行到相同的地點看相同的鳥，柯米多內心的某樣東西重新熊熊燃燒。他想念競爭性的賞鳥活動。柯米多知道他的紀錄勉強逃過一劫。他料想終有一天會有人打破它。如果不是瑞迪爾，那麼是誰呢？柯米多考慮了種種可能性，卻不斷得到同樣的結論。

他想要再來一次觀鳥大年。

但是，從來沒有人競逐兩次。他有時間和金錢。可是體力呢？耐力呢？為了單一目標的狂熱奉獻呢？

是再來一次的時候了，柯米多做出結論：由我跟鳥類比賽。他甚至從來沒有考慮過，它也可能是男人對男人的比賽[31]。

31 這是性別歧視。全世界鳥人中，生涯鳥種最先超過八千種的人是位美國女性，Phoebe Snetsinger。她在被診斷為癌症末期後，全心全意至世界各地看鳥。癌症從未能奪走她的性命，她多活了十八年。一九九九年，她到馬達加斯加看鳥時，因車禍喪生。死時她的生涯鳥種是八千三百九十八種，是當時全世界看過最多鳥種的人。

第四章
戰略
Strategy

葛雷格・米勒直奔臥室，翻找弟弟送的聖誕禮物。他藏起這個禮物的理由跟減肥的人藏起巧克力沒有兩樣——讓自己難以找到。不過米勒已經擺脫罪惡感。他想要那本賞鳥的書。

東翻西挖幾分鐘以後，他找到了，栗色和金色書皮，封面是一隻鳴禽。是《霸鶲公路》（*Kingbird Highway*），肯恩・考夫曼在一九七三年的觀鳥大年征戰故事，米勒斜臥在臥室地板的懶骨頭沙發上，貪婪地一口氣讀完全書三百一十八頁。米勒不敢相信，一個人花不到一千美元就可以看到那些鳥、走過所有那些路程。也許觀鳥大年並不是那麼難以實現。米勒開始思考。離婚後他還保有福特探險家座車，所以他不需要仿效考夫曼搭便車環遊美國的壯舉。但是米勒真的負擔得起觀鳥大年的旅行嗎？

他打開一張藍色金屬摺疊椅，擺到膠合板電腦桌前。他直接連上旅遊網站 www.travelocity.com，驚奇地發現各種促銷機票。他掏出威士信用卡，開始不斷點擊滑鼠。

一小時後，米勒已經訂好廉價航空公司西南航空（Southwest Airlines）的來回票，在二月前往亞利桑那州、德州和明尼蘇達州；三月到奧克拉荷馬州和加州；四月再回德州。六趟旅程的票價總計一千美元，差不多是考夫曼在觀鳥大年一整年的花費。

還沒完呢。

多年來，他一直夢想在五月前往阿圖島，那是認真鳥迷的尋找聖杯之旅。這座寸草不生的阿拉斯加礁島離安克拉治一千七百哩——國際換日線事實上迂迴繞過小島，避免北美境內出現不同的日期——白令海峽的風暴太強烈的時候，亞洲稀有鳥種會降落在阿圖島。在阿圖島待上兩星期，加上花一個星期到其他幾個阿拉斯加小島轉轉，要花費五千美元，比這間車庫改裝的兩房公寓一整年的租金還要高。米勒知道他負擔不起阿圖島之旅。但是他也無法放棄原來的決心，回到工作和絕望當中。前往阿圖島將是畢生難忘的旅行，只要他能撐到五月。他付了五百美元訂金，買了一張往阿拉斯加的機票。

他從來不曾預訂過這麼多旅行。他從來不曾如此興奮。他全身戰慄；他幾乎以為一抬頭就能看到一隻博氏鷗飛進他的電腦螢幕。

米勒拿出最喜歡的參考書《國家地理北美鳥類圖鑑》（*National Geographic Field Guide to the Birds of North America*），並試圖回到冷酷的現實問題。在工作方面，他還有成千上萬的千禧蟲要解決；在家裡，他沒多少錢。如果他在春季遷徙時期錯過任何一種鳥，他不會有時間或金錢到牠們的苔原繁殖地去補看。絕不可能翻山越嶺去追逐稀有鳥。他還是可能看到六百種鳥。

半夜，獨自躺在車庫公寓的床墊上，米勒仍然覺得很幸運。

觀鳥大年終究是一個數字比賽。北美地區的本地鳥種[32]有六百七十五種，有三百六十五天

32 這裡的一般鳥種是指在北美地區有穩定的繁殖、度冬或遷移族群。換句話說，就是除了迷鳥外的留鳥、冬候鳥、夏候鳥、及過境鳥。

去看牠們。每天看兩種新的鳥，你就是冠軍。

做算術很容易。親自執行可就極度瘋狂。

首先，這些鳥類不住在同一個地方。鳥類學家說，其中四百四十種生活在陸地上，一百九十種住在水岸邊，四十五種住在海上。許多鳥種對於居住地仍然十分挑剔。雖然紫濱鷸（purple sandpiper）和岩濱鷸（rock sandpiper）的外表、聲音和飛行方式近乎相同，紫濱鷸選擇只生活在北大西洋的滾滾浪濤裡。岩濱鷸則喜歡太平洋。為什麼能夠自由飛行的生物，一種要住日出這端的海，另一種選擇夕陽那端的海呢？沒有人知道，[33]不過要在觀鳥大年求勝，兩種鳥都非看不可。

問題是，棲息地會改變。季節遷徙是地球最強大的自然力量之一，每年至少有三百種北美鳥種屈服於這個力量。比如加拿大森鶯（Canada warbler），一如其名，每年五月都在潮濕的北方森林內築巢。但是到了八月，這種黃色和灰色相間的鳴禽自顧自追求安逸生活去了，牠們展翅飛向一千呎高空，前往四千哩外的度冬地——祕魯的東安地斯山脈。觀鳥大年的參賽者只有五個月能在北美地區看到加拿大森鶯。幾乎每個人都看到了：加拿大森鶯在遷徙時那麼醒目，它被視為「容易入手」的鳥種。

許多鳥種則不是。穗䳭（northern wheatear）看起來像顏色淡一點、體型小一號的知更鳥，不過牠有一種怪癖：只在阿拉斯加和拉布拉多省北部岩石滿布的苔原交配、誕生雛鳥。然而經歷過北極圈的夏日之戀，穗䳭不再追求愛情，改而渴望某些種類的甲蟲。因此，穗䳭離開西半球——阿拉斯加的鳥取道西伯利亞，拉布拉多省的鳥取道格陵蘭——飛往甲蟲產量豐富的非洲仙境。由於遙遠的遷徙路線，穗䳭成為鳥迷難以目睹的夢幻鳥種，但是觀鳥大年參賽者非看不可。

就這樣。每一個鳥種各自有不同的難題。為了獲勝，競逐觀鳥大年的鳥迷必須研究北美地區的六百七十五種本土鳥種，並且摸清何時、何地，以及如何才能看到每種鳥。這種鳥的遷徙時間是早或晚？取道陸地或是海洋？是哪種飛行路線——大西洋、太平洋、密西西比河，或中央河谷？單獨遷徙或是其他鳥種同行？牠會在美國南部過冬？或是完全離開北美大陸？

有許多鳥種，一旦錯過就再也看不到。

戰略是王道。

擬訂計畫是困難的事。[34]

挑戰在於，得依照鳥類的遷徙時機擬定一整年的旅遊計畫。對觀鳥大年的參賽者來說，春季遷徙是一次輕鬆看幾十種鳥的最好時機。春天時節的賞鳥行動多數集中在所謂的候鳥聚集區，遠渡重洋的疲勞候鳥休息的綠洲地。對鳥迷而言，這些是神奇的地方——德州高島（Tex.

---

33 紫濱鷸與岩濱鷸是姊妹種（sister species）。這些姊妹種原本都是同種鳥類，但因為地理隔離產生生殖隔離，演化成不同的物種。這樣的情形，在鳥類及其他生物很普遍。

34 在這樣的賞鳥競賽中，擬訂計畫常常比辨鳥能力更加重要。擬訂一個好的計畫，需要對鳥類出現的時空分布有很好的掌握。

High Island）、阿拉巴馬州的多芬島（Dauphin Island）、安大略省的皮利角（Point Pelee）是三大知名地區——那些匯聚了北美大陸形形色色鳥種的聚寶盆也位在主要機場附近。只要在候鳥聚集地看過某種鳥，就無須再跋涉到難以到達的繁殖地去追逐牠；觀鳥大年的鳥迷千方百計去看任何得以見到的鳥。在五月中旬的皮利角，只有賞鳥新手才會在日出後姍姍來遲，還奢望找到一個停車位。

第二個遷徙潮在秋天來臨，這是最後奮鬥的機會。這時需要看到的鳥種是錯過春季遷徙，又錯過築巢季，也錯過整個夏天的鳥種。這些鳥種如果又錯過秋季遷徙，那麼就得跟觀鳥大年的勝利說再見。競逐觀鳥大年的鳥迷不喜歡仰賴秋季遷徙。

在這兩大季節遷徙之間，參賽者得妥善安插其他地點以增加鳥種：到南佛羅里達州看熱帶鳥種和水鳥；到明尼蘇達州北部看貓頭鷹和其他渴望寒冷的鳥種；到西德州看沙漠特殊鳥種；到亞利桑那州東南部看蜂鳥和夜鷹（goatsucker）；到大平原看鐵爪鵐和內陸麻雀；到阿拉斯加海岸看歐亞鳥種；到科羅拉多州看艾草松雞（sage grouse）和其他野雞；到加州和北卡羅來納州看海鳥和其餘沒看的陸地鳥。

在對的時間去了所有對的地點的鳥迷，可望看遍北美六百七十五種本地鳥。問題是：觀鳥大年的紀錄是七百二十一種。在只有六百七十五種本地鳥的大陸，要怎麼樣才能看到七百二十一種鳥？得靠迷鳥（vagrant）和意外鳥種（accidental）。

鳥類在遷徙過程中會迷失方向。一些鳥被颶風或颱風颳離遷徙路線。另一些鳥，就像家庭公路旅行裡的一家之主，拒絕停下來問路。雖然結果是相同的：不屬於北美的鳥最後來到北美。這些迷途的鳥種迅速被分類：迷鳥是飄離慣常遷移路線的鳥；意外鳥種是從遙遠地方來的稀客，被觀察到的機會少之又少。迷鳥和意外鳥種可厲害了，能讓觀鳥大年的參賽鳥迷不遠千里爭相一睹。

山迪．柯米多比任何人都了解那樣的緊急應變程序。一九八七那年，為了省錢，他提前很久就預訂好前往經典賞鳥熱點的機票。他正要按計畫搭機出發的時候，意外得知有人在某處目擊到迷鳥或意外鳥種。他應該繼續遵照計畫去看十幾種本地鳥？或是放棄這張廉價機票，把握機會去看十年僅出現一次的意外鳥種？這個左右為難的困境總是讓柯米多胃部灼熱，腎上腺素上升。

這一次，在一九九八年，第二次挑戰觀鳥大年的柯米多準備停止苦惱。他打定主意，優先追逐稀有鳥種，稍後再擔心開銷。儘管如此，柯米多可沒大方到讓百元美鈔平白蒸發。此外，比起找到更好的解決之道，有幾件事能帶給他更多的樂趣。柯米多開始行動。

首先，他把錢悉數奉獻給美國大陸航空（Continental Airlines），他們販售一組九百九十九美元的長者優惠套票。每組套票包含八張機票，每張機票可讓他任選一段航程，飛往美國或加拿大的任何地方。由於柯米多前一年累積了六萬哩里程數，多數是為了賞鳥而搭機，他幾乎總能得到免費升等待遇。長者優待票加上升等待遇，柯米多預期能程程搭乘頭等艙，看遍美洲大陸的鳥，每一趟航程平均花一百二十五美元。柯米多買了三組套票，或說二十四段航程。

柯米多也知道得到阿圖島一趟。但是他有一個問題——他跟阿圖島導遊為了四十八點零六美元一晚的旅館房間纏鬥許久，糾紛至今未解。一九九三年，柯米多和其他鳥迷準備搭程包機前往阿圖島，這時一場大風暴襲擊阿拉斯加。一行人被困在安克拉治四天，所以導遊賴瑞·巴奇，這位美國觀鳥協會前會長為所有受困的鳥迷預訂了當地的旅館。柯米多認為應該由巴奇付一百九十二點二四美元的旅館帳單，因為對方沒有問過他的意見就自行選擇了旅館。巴奇說柯米多該自己付房錢。接下來幾個月，這兩個男人透過書信展開唇槍舌劍——畢竟柯米多一分鐘能打八十個字，直到巴奇以一句話停止爭論：「礙於規定，恕阿圖旅遊未來無法接受欠款人的預約。」柯米多憤憤不平。但是沒有賴瑞·巴奇，柯米多去不了阿圖島，除非柯米多付出一百九十二點二四美元，否則巴奇絕不會讓他去阿圖島。於是柯米多開了支票。他也擔心一九九五年的噩夢會重演，當年的惡劣天氣導致所有行程都被取消。想到砸在賞鳥行程的數千美元血本無歸，柯米多不免心生畏縮。他的解決之道是：付訂金給巴奇，等到今年行程確定成行再支付五千美元尾款。五月才能前往阿圖島。在這期間，柯米多要自己專注在鳥，而不是人。

相對之下，艾爾·拉凡登沒有人際問題。多年來，柯米多和其他賞鳥菁英征戰北美大陸各地之時，拉凡登關在辦公室裡。沒有幾個頂尖鳥迷認識他。這意味著沒有任何人會在半夜致電給他，告訴他迷鳥或意外鳥種的情報。但也沒有任何人會找他算舊帳，這是明顯的優勢。

拉凡登決心單打獨鬥。他已經受夠了有助理安排午餐約會、會議、訂機位的日子。他是一位化學家。他喜歡解決問題。觀鳥大年是一個龐大的物流供給問題。

為了得到靈感啟發，拉凡登讀了瓦德曼的書《撥打對方付費電話，要求找鳥人》（*Call Collect, Ask for Birdman*）。瓦德曼跟拉凡登一樣是生意人，有的是錢，但是不隸屬賞鳥界的菁英圈。拉凡登欽佩瓦德曼的執行方法——既然不懂，就聘用最好的專家來教他怎麼做。沒錯，許多鳥迷提到瓦德曼的名字，都像病人一樣得吐口痰——你能**相信**那個傢伙幫自己**買**了觀鳥大年紀錄嗎？他**無知**到不得不雇用某個人**帶他去看**所有的鳥。但是拉凡登確實懂得辨認鳥。他不必花錢雇任何人。他想證明非圈內人也可以打破觀鳥大年紀錄，不用像郵輪旅遊的觀光客一樣被領著走馬看花。

拉凡登已經讀過柯米多自費出版的《觀鳥的印第安納．瓊斯》，因此他知道一九八七年紀錄的締造過程。身為科學家的拉凡登分析柯米多的戰略，並得出結論，做一個小變動可以讓他看到更多種鳥。

這個關鍵是坐船出海。柯米多自己承認，他在那年比賽沒有安排足夠的出海行程，以致錯過了至少六種海鳥。拉凡登不會犯下同樣的錯誤。他查看旅行社行程目錄、網站和《觀鳥》雜誌，買下所有的出海賞鳥行程船票。他在落磯山脈的家裡，準備著海上的勝利。

一切都順利——直到他實際試著訂機位。這是他最不擔心的問題。就在他從實驗室人員爬到中階主管，再晉升到副總裁、執行長，他在美國聯合航空公司的會員等級也不斷升等——從菁英會員（一年飛行哩數兩萬五千哩），再到主管菁英（五萬哩），最後升級到十萬哩菁英。

他卻依舊無法買到亞斯本出發的機位。亞斯本從一月到三月是北美地區滑雪活動（或說滑雪後活動）的大本營，幾乎每個航班都已預訂一空。拉凡登致電給聯合航空的頂級貴賓服務專線，搬出各種理由要機位：他是十萬哩菁英，不是初次搭機的觀光客。他要的是離開亞斯本的機位。他帶的是望遠鏡，不是沉重的滑雪裝備。經過幾分鐘的陳述，拉凡登意識到這樣做無異像是跟郵局要求打折——無論如何都不可能成功。拉凡登找到寥寥可數的幾個機位，振作起精神。只要小明星和富二代蜂擁到亞斯本滑雪，拉凡登恐怕很難找到迷鳥和意外鳥種。誰曾經料想到亞斯本機場——富裕、迷人、快節奏的亞斯本——竟然是這樣一個交通瓶頸？對此，他只跟妻子傾訴不滿。拉凡登知道，抱怨亞斯本在滑雪季節的生活難題，絕不可能為他贏得其他鳥迷的同情。

這樣的財富對葛雷格．米勒而言是可望不可即的夢想。在一年的開始，他支票帳戶裡有七千美元，但是這筆錢幾乎全額要用來支付阿拉斯加的大旅行。他還背了威士卡、萬事達卡和發現（Discover）卡三張卡共計一萬美元的卡債。雖然米勒痛恨每月支付百分之十九的利息，他卻沒有選擇餘地。信用卡給他財政彈性，他仍有六千五百美元的信用額度；他想辦更多張卡，但不抱太大希望。有時在瘋狂工作期，他會忘了支付一些帳單，而威士公司讓他對手上的塑膠卡片心存感激。

因此米勒在觀鳥大年過的是僅能糊口的生活。他在核電廠的時薪是四十五美元，而且身為約聘人員並沒有一倍半加給的加班工資。不過他的老闆鼓勵他加時工作。如果機票促銷大戰持續下去的話，一天十二小時的稅後淨收入可以讓他買一張邁阿密來回票。一天十四小時收入可以讓他飛到溫哥華。他計算飛往阿拉斯加巴羅角（Point Barrow）所需的工作時數，不由得顫抖起來。

如果他加時工作，他可以負擔旅行費用。但是一旦加時工作，他不會有時間去旅行。離千禧年還有兩年，程式仍然有抓不完的千禧蟲。米勒的老闆會讓他去看鳥而冒著爐心熔解的風險嗎？

不可能。米勒必須努力工作、努力賞鳥。如果這一年順利的話，他的辦公桌，他的錢包，他的夢想，都再也沒有東西會剩下來。

從來沒有觀鳥大年的參賽者還試著做全職工作。但是，米勒是挑戰極限的人。他知道自己能夠做到。

第五章

鮑德加灣

Bodega Bluff

在任何時候，有幾十億隻鳥類在數百萬個地方被成千上萬的人觀看。那麼，艾爾・拉凡登思忖，為什麼那個男人會在此時出現在這裡呢？

沒錯，日出之前半小時，山迪・柯米多登上加州鮑德加灣[35]的同一艘賞鳥觀光船。或者，正確來說，是柯米多的聲音——如雷的低沉聲音——先於他的腳步上船。

在那一刻之前，拉凡登想不出他的觀鳥大年有任何必須再進步的空間。一月才過了十九天，他已經記錄了兩百四十五種鳥，等於每兩個小時看一種新的鳥。他大受鼓舞。他已經去過三個州和一個加拿大省分。在卑詩省（British Columbia）看的鳥，一種被稱為贊氏蜂鳥（Xantus's hummingbird）的綠色微爆能量[36]極為罕見——事實上，就罕見程度，至今只在墨西哥邊境以北地區被目擊過兩次。稀有鳥是打造觀鳥大年紀錄的功臣，拉凡登希望這趟賞海鳥的海上之旅，能為他的紀錄添加更多稀有鳥種。

聲如洪雷的柯米多走進船艙。拉凡登當然知道山迪・柯米多是何方神聖。在過去兩年的春季遷徙，他倆跟一些最死忠的鳥迷，在阿留申群島某個叫阿圖島的荒僻邊陲待了數星期。經過這樣的近距離相處，拉凡登斷定柯米多富有也衝勁十足。他也知道柯米多是一九八七年觀鳥大年無異議紀錄的保持人，看了七百二十一種鳥。拉凡登曉得自己將要打破柯米多的舊紀錄。他只是不知道是否會跟對方坦言。

「大師，早安。」拉凡登對柯米多說。拉凡登在很久以前的觀鳥之旅就給了柯米多這個綽號，柯米多從來沒有真正對此表示異議。拉凡登總是興高采烈的模樣，很難判斷這個綽號有沒有諷刺意味。在財星五百大企業任職的經驗讓他學會，做生意時微笑，即使是再不愉快的生意也會長長久久。

「艾爾，你好，」柯米多回答。「你好嗎？」

決定性的瞬間。他應該告訴柯米多，說他是來打敗他的嗎？

在拉凡登還沒能開口之前，柯米多已經走開。這是今年首趟出海觀鳥行程，柯米多還看到另外五十位鳥迷。他有一堆戰爭故事可講，足以講上一整個冬天，而他這座故事活火山即將爆發。

對拉凡登來說，在這裡遇見柯米多特別奇怪。希區考克（Alfred Hitchcock）一九六三年拍攝經典恐怖片《鳥》（*The Birds*）當時的鮑德加灣，今日仍然維持原貌。那部電影讓人們重新考慮，是否該在後院放置鳥類餵食器。希區考克知道最恐怖的衝擊來自平凡事物，比如少數幾種像鳥類這樣普及，被視為理所當然的生物。因此，偉大的導演讓西美鷗（western gull）衝入孩子們的戶外生日派對，像在覆盆子汁裡泡過的家朱雀（house finch）通過壁爐湧入客廳，短嘴鴉（American crow）猛攻瑟縮在臥室一角的緹比．海德倫（Tippi Hedren）。總之，《鳥》

35 鮑德加灣是加州中部的一個凸出半島，是重要的賞鳥據點，很多美洲東岸的迷鳥會出現在這邊。這裡觀看海鳥的機會並不如下面的加州蒙特利灣，賞鳥觀光船其實很少。

36 稱之為綠色微爆能量是因為蜂鳥體型很小，但是生理反應所消耗的能量非常大。

不是這艘船上的鳥迷會喜歡的電影。他們畢生週末都在賞鳥，很清楚鳥不會攻擊人類。希區考克在演員的頭髮撒種子，這是讓烏鴉追在人後面跑的唯一辦法。為了拍攝烏鴉埋伏在舊校舍排水溝的場景，他在牠們腳下黏了磁鐵。電影裡逃離黑鳥群包圍的孩子們，實際上是踩著攝影棚的跑步機，鳥就綁在他們的脖子上。在拉凡登看來，這一切不免愚蠢。鳥類對他唯一有過的威脅是在他的院子裡拉屎。

然而，只有一個人類將帶給他更多麻煩。柯米多從船頭返回。他的步伐變得輕快？或者只是習慣了船上的顛簸？無論是哪一種，他的現身似乎伴隨著希區考克電影令人不寒而慄的陰森配樂。

「我應該告訴他嗎？」拉凡登思忖，「我應該告訴他嗎？」

柯米多像往常一樣直接切入正題：「艾爾，你最近出門了嗎？」

拉凡登心裡想的是：我最近有出門。常常出門。我看了兩百四十五種鳥，我準備打破你的紀錄。

拉凡登說：「我剛從卑詩省回來。看了贊氏蜂鳥。好鳥。」

「好鳥，」柯米多回答。「你知道，我正打算去看贊氏蜂鳥。」

奇怪了，拉凡登心想。柯米多以前就看過贊氏蜂鳥。牠名列他的生涯鳥種紀錄。為什麼柯米多打算花時間和金錢再去看同一種鳥？

如果柯米多不坦白招供，拉凡登也不打算透露任何訊息。資訊是寶貴的。觀鳥大年的主要挑戰之一是確認競爭對手。參與角逐的頂尖好手都有弱點——現金短缺、狂妄自大、不喜歡離開配偶太久——但是沒確認出敵人是誰之前，無法利用這些弱點。拉凡登不希望讓任何人，尤其是讓一位觀鳥大年冠軍得主知道他的企圖。

海浪拍擊著船身。船引擎隆隆作響。拉凡登終究無法忍住。他個性裡樂於助人，好好先生的一面轉居上風。「好吧，」拉凡登對柯米多說，「我剛從溫哥華過來，我還留著地圖和渡輪航班表。你想要嗎？」

柯米多想要嗎？這是什麼樣的問題？拉凡登剛剛提供給柯米多一張賞鳥藏寶圖。沒有拉凡登的渡輪航班表，柯米多可能得花錢買機票飛到溫哥華，然後枯坐在碼頭上等待不知何時啟航的交通船。在觀鳥大年競賽裡，沒有什麼東西比時間更寶貴，拉凡登奉上的禮物相當於第三百六十六天。

多出的一天很快就變得格外珍貴。船駛近鮑德加灣附近的港口，正是電影裡傑西卡·坦迪（Jessica Tandy）的房子遭受烏鴉攻擊的地方。超過十呎高的巨浪猛烈襲來。船長宣布為了安全起見，取消原定行程。這一天泡湯了。當船回頭往碼頭開去，拉凡登不用寫今天的賞鳥紀錄，但是確實有許多思考的時間。還沒人知道他參加觀鳥大年競逐的祕密。但是柯米多打算做什麼？他為什麼想要再看一次已經看過的鳥？柯米多也角逐觀鳥大年競賽嗎？不，從來沒有人參加過兩次。他知道柯米多是賞鳥瘋子。不過，是哪一種瘋子呢？

拉凡登感到一絲恐懼和擔憂。電影《鳥》裡出現過的潮浪餐廳（The Tides）坐落在海灣旁。西美鷗跟隨在船後方，引擎轟然作響，沒有人聽得到希區考克的音樂。

三天後，拉凡登來到加州海岸再南下兩百哩、離家三千哩遠的另一個碼頭，柯米多再次踏入拉凡登所在的遊船。實在太詭異了。柯米多有時間到卑詩省看贊氏蜂鳥——也有時間搭上這艘蒙特利灣的船？拉凡登和柯米多互道問候的時候，很難分辨哪個人以更多疑的目光打量對方。兩人仍舊隻字不提觀鳥大年，但是柯米多透露，他還沒有機會動身到加拿大看蜂鳥。柯米多似乎心事重重。他有自己的煩惱。

十一年前，柯米多第一次參加觀鳥大年的時候，曾經和這艘船的營運者黛比．謝爾沃特（Debi Shearwater）有過傳奇性的短兵相接。在賞鳥圈，謝爾沃特是遠洋的皇后，太平洋海岸出海行程，所謂遠洋海域遊程首屈一指的規畫能手，這些遊程提供鳥迷僅有的機會去觀看約莫七十五種，幾乎終生只在海上生活的鳥種。

謝爾沃特愛鳥的事實無庸置疑；事實上，她在一九八〇年正式把名字從黛比．米樂契普（Debi Millichap）改為黛比．謝爾沃特，把姓氏改為Shearwater，以對十三種鸌（shearwater）[37]——在大西洋和太平洋地區深海水域飛行的管形鼻海鳥，表示敬意。雖然她最喜歡的鳥是一種陸地猛禽，金鵰（golden eagle），但是對祖父母是瑞典人的她來說，黛比．金鵰（Debi Golden Eagle）聽起來過分帶有印第安味。

對柯米多來說，問題在於謝爾沃特不只愛鳥類。她也喜歡鯨魚和海豚，常常暫停賞鳥行程去看海洋哺乳動物。鳥迷們容忍她的作法，一方面因為她的行程讓他們看到不可思議的鳥類，另一方面也因為謝爾沃特令人生畏。在這種滿是害羞、書卷氣和彬彬有禮人士參與的休閒活動，謝爾沃特有美式足球線衛球員的脾氣和體型。她大叫大嚷。

並非所有人都畏縮不敢吭聲。一九八七年，謝爾沃特再次把船停在海上觀看幾隻灰鯨翻騰跳躍，柯米多終於忍無可忍。

「嘿，我們付錢來看鳥，不是看鯨魚！」他對她喊。

謝爾沃特不理會他。鯨魚如此美麗。

四周不見鳥影，謝爾沃特依舊沒發動引擎，繼續觀看噴水的鯨魚。柯米多無法忍氣吞聲。他一一向船上的乘客詢問一個直截了當的問題：「你想看鳥還是看鯨魚？」一群乘客在船長室外等候聲援，柯米多帶著調查結果迎戰謝爾沃特。

「船上五十名乘客，有四十七位想看鳥而不是鯨魚，」柯米多對謝爾沃特說，「現在就停止看鯨魚的無聊行為，繼續進行我們搭船的理由——去看遠洋海鳥。」

謝爾沃特很不開心。為了鳥類搞海上叛變？真有膽子！

---

37 台灣鳥人對shearwater有著另一個更加普遍的中文名，就是「水薙鳥」。「薙」字同「剃」字，也是英文shear的意思。Shearwater與水薙鳥，都是指這類鳥會以翼尖劃過海面的行為習性。

在離岸邊數哩遠的地方，柯米多發現有一個人，一個女人，其執拗程度足以和他匹敵。謝爾沃特拒絕開動船。所以柯米多將投票結果轉達給實際掌舵的船長，此人跟謝爾沃特遊覽船的多數船長一樣，習慣於載運藍領漁民，而不是挑剔成性的賞鳥人出海。

船長看著這位紐澤西州工業建物承包商，再看向把姓氏改為鳥名的女老闆。「我遵照她的指示，」船長告訴柯米多。謝爾沃特吩咐他留在原地。

所以整艘船留在原地。

之後很長一段時間，謝爾沃特和柯米多彼此沒再說過話。她敢賭，柯米多更需要她，而不是她需要柯米多。她料得沒錯。就這樣，過了十一年，柯米多又回來參加謝爾沃特的出海行程。他心知肚明，她也心知肚明，他別無選擇：如果你想看到太平洋遠洋鳥，你得到謝爾沃特的碼頭報到。

七十五呎的船啟動引擎的時候，這兩人碰面了。她會如何對待柯米多呢？如果有一隻好鳥停在船的另一側？她會為了他改變船行方向嗎？

柯米多已經看過這麼多的遠洋鳥——他看了兩百種之後就停止計算——他已經記住一般的船上安全講解。但是為了看鳥才出海過兩次的拉凡登全神貫注地聆聽。

謝爾沃特喊道：「禁止吸菸，救生衣在那邊，確保有吃暈船藥。喝大量的水，節制咖啡飲用量。如果你要吐，千萬不要去廁所，因為只會弄得一塌糊塗。也別去船頭或船側，因為會被吹回來。去船尾好嗎？有沒有任何問題？」

謝爾沃特之所以經營蒙特利灣的遊覽船有很好的理由：這裡是生物奇觀區。蒙特利灣是全世界少數幾個地方之一，正確匯集了與海岸平行的風，有一個特別深的海溝和豐富的海底生物。結果是一種被稱為「湧升流」的自然現象。

對大多數人類來說，湧升流幾乎難以辨識。由於水溫較低，是顏色稍淺的波流。但是對海洋生物來說，它就像食品工廠的開放輸送管。湧升流從太平洋深海底帶上來微生物和浮游植物，像搭電梯一路不停地直送到頂部。[38]浮游植物吸引釣餌魚，釣餌魚吸引鮪魚、海豚和鯨魚，這些魚吸引鳥。

謝爾沃特在七〇年代開始聘請漁船船長開賞鳥遊覽船的時候，她發現他們看到相同的自然現象，不過是從不同的角度。畢生在海上捕魚的船長會找「鮪魚鳥」，這種敏捷的白色俯衝轟炸機一路尾隨魚群，大啖捕食者吃剩的緹魚。謝爾沃特第一次和捕魚船長們出航到鮪魚漁場，這才發現「鮪魚鳥」是北極燕鷗（arctic tern）——賞鳥人極其珍視的鳥種，也是動物世界最偉大的遷徙者，才四盎司重的生物每年飛行萬哩，從夏季永晝的北極圈飛往豔陽普照的南方，然後再循原路折返。[39]

---

38 大洋表面陽光充足，但是營養鹽非常缺乏，營養鹽會隨生物死亡而大多沉落到海底。湧升流會從海底把大量營養鹽帶到海面，造成表層浮游生物大量增生，並不是本書所說的「湧升流從太平洋從海底帶上來微生物和浮游植物」。

39 北極燕鷗是全世界季節遷移距離最長的生物。牠們在北極圈繁殖，再飛到南極圈度冬。一年會有二個夏天，分別在北極圈及南極圈度過。

如果謝爾沃特可以教船長遠洋鳥的真正名稱，她也可以向他們展示如何替鳥迷駕船。有些鳥種，比如暴風鸌（northern fulmar）如此常見，船長有可能無視牠們呼嘯開過。但是其他鳥，像是白額鸌（streaked shearwater），值得去追逐。雄赳赳氣昂昂的漁船船長怎麼學會用鳥翼辨別出嬌小的鳥呢？謝爾沃特講他們的語言：「角嘴海雀（rhinoceros auklet）像足球在飛，卡氏海雀（Cassin's auklet）像高爾夫球在飛。」教導過程很像《窈窕淑女》（*My Fair Lady*）的海上版本，但是改由年輕女子指導老水手。慢慢地，必然地，漁人成為鳥人。

到了一九九八年，謝爾沃特每年開七十趟航班，並確定了固定路線。船首先繞經岩石區找丑鴨（harlequin duck），一種看來有自殺傾向的多彩鳥兒：每次海浪拍擊岩塊，這些鴨子潛入水裡找螃蟹和軟體動物。不知怎的，丑鴉回到海面時頭部毫髮未傷。

浪花之外有海鴿（pigeon guillemot）。這種翅膀有白斑的黑鳥似乎比丑鴨聰明，懂得避開來襲的波浪，潛入一百呎深找深海螃蟹和軟體動物。

清晨的陽光逐漸照亮海岸的時候，海獅和海豹躺在岩塊上曬太陽取暖。柯米多和拉凡登搜索鳥蹤，而不是關注彼此動靜。人生多美好。

船駛向較深的海域。蒙特利灣最棒的優點在於湧升流離海岸不到五哩遠。在一些東岸的行程，根據灣流狀態，有時得開到離岸五十哩處才能看到第一隻遠洋鳥。但在這裡有暴風鸌、粉腳鸌（pink-footed shearwater）和中賊鷗（pomarine jaeger），而陸地還在看得見的地方。

有人大叫：「牠在噴水！」就在右舷方位冒出一小群灰鯨。

柯米多振作起精神。觀鳥大年的時鐘滴答往前走。他必須把每分每秒花在鳥類身上。謝爾沃特會停船賞鯨害他無事可做嗎？

令人驚訝的是，船繼續前進。現在颳著海風，溫度攝氏十度，但柯米多感受到不容置疑的溫暖。也許，只是也許，她打算盡釋前嫌（事實是，謝爾沃特不再那麼迷戀灰鯨。她在七、八〇年代開始經營遊覽船的時候，巨型哺乳動物確實是獨特奇觀。然而經過數十年的保育，鯨魚數量終於回復，現在的灰鯨並沒有奇特不凡到足以讓她停下引擎）。

在船尾處，賞鳥人開始放餌，扔出爆米花和鯷魚吸引來一群海鷗[40]，包括三趾鷗（black-legged kittiwake）。柯米多不喜歡被鯷魚弄髒手，他認為要花一星期才能完全洗掉味道。拉凡登和其他人在放餌。拉凡登不禁又想：柯米多為什麼在這裡？海浪翻騰。船駛出海港。

受到俯衝爭食的海鷗群吸引，一隻黑腳信天翁（black-footed albatross）飛過。船上的人幾乎陷入瘋狂。信天翁一向有明星魅力：這種展翼八呎寬的信天翁無法從陸地看見，能看到牠，出海旅行的一切麻煩和費用都值回票價。

一位嚮導打開每一次遠洋之旅的祕密武器——一大罐魚肝油，倒到船頭。

鳥群變得瘋狂。

---

40 爆米花非常容易吸油，加上會浮在海面上，是美國賞海鳥船吸引海鳥的慣用味餌。遠洋海面上食物稀少，所以海鳥嗅覺非常發達。放出味道濃厚的魚油後，數公里內的海鳥大多會在十分鐘內趕到現場。

唷，魚肝油！——拉凡登已經失去嗅覺多年，但它真的很臭。

浪濤更為洶湧。

從引擎飄散出柴油味。

浪濤。魚肝油。柴油味。浪濤。

柯米多為什麼想要渡輪航班表？

他感覺到腳趾抽緊。

柯米多再看一次已經看過的鳥？

魚肝油。

拉凡登趴在船欄杆上嘔吐。

他覺得困窘，非常困窘。然而他的窘迫現在成為放餌的一部分。他踉蹌進了船艙，閉上眼睛，試著平緩噁心的感覺。他為什麼不舒服呢？是因為海浪或是神經緊張？

拉凡登沉思的時候，柯米多仍然在甲板欄杆旁，看到了卡氏海雀和短尾鸌（short-tailed shearwater）。等到拉凡登總算能站起來的時候，這些鳥都不見了。柯米多領先拉凡登兩個鳥種，口袋裡揣著找到罕見蜂鳥的方向指南。拉凡登知道必須加快腳步，只要他能維持臉色不發青的話。

第六章
旋風
Whirlwind

山迪·柯米多感到憂心。他認為自己有競爭對手，而且不是隨隨便便一位競爭對手。艾爾·拉凡登有時間、有金錢，還有賞鳥技巧，足以對他構成高度威脅。柯米多在阿圖島看過行動中的拉凡登。他知道拉凡登活力充沛，跟人們相處融洽，這樣的個性優勢，能帶來幾種別人善意指點的鳥。此外，拉凡登來自紐約布朗士區。柯米多很久以前就學會，誰要是敢忽略布朗士區出身的雄心勃勃人士，只有一個詞可以送給他。那個詞是**失敗者**。

如果艾爾·拉凡登希望有一場競爭，那麼柯米多會順他的意。兩人在蒙特利灣遊覽船相會的一個月後，柯米多迅速完成一趟不可思議又累人的旅行，這是他的挑釁式警告：

別惹山迪·柯米多。

一月二十日。吉布森斯（Gibsons），加拿大卑詩省。一千一百哩。三百六十六美元

第二街，第二街。第二街到底在哪裡？

柯米多曉得大男人不應該問路，但這不一樣。他人在國外的陌生城市，而且正下著雨。在某個地方有一種罕見的鳥，拉凡登跟他提過的這種贊氏蜂鳥，有史以來首次在加拿大出現。拉凡登告訴他，這種鳥在第二街某間房子的餵食器覓食。柯米多需要那間房子。他需要那種鳥。他需要幫助。

在這個似乎禁止老年人通行的小鎮，柯米多終於發現一位五十來歲的女人，她迎著濛濛細雨走在人行道上。一位成熟的女人，他料想她可能會明白他的處境。「請問，」柯米多開著租來的金牛座亦步亦趨跟著，搖下車窗對她喊：「能否告訴我第二街在哪裡？」

女人停下腳步。

「哦，你在找那隻鳥！」她說。

柯米多哈哈大笑。他以為絕大多數人無法分辨一般悍馬和軍用悍馬的不同。但是，他在卑詩省吉布森斯街道上隨機挑上的人，正巧就知道贊氏蜂鳥所在的確切住址。

山丘上伸入喬治海峽（Georgia Strait）的一塊狹長地，聳立著第二街二二一號房子。它目前是加拿大賞鳥世界的中心點。

杰莉和洛伊．帕特森（Gerrie and Lloyd Patterson）夫婦第一次通報說，有一隻奇怪的綠鳥把喙管伸入他們家的燈籠花（fuchsia flower），只有寥寥幾位鳥迷在推特上傳遞消息。帕特森夫婦是放了幾個餵食器的好人，不過他們不算是鳥人[41]。再說，他們描述的鳥不是北美西北區鳥種——也不是北美鳥。連當地的專家也感到困惑，所以他們請來溫哥華的傑出鳥迷，足跡遍及世界各地的邁克．圖辛（Mike Toochin）。圖辛證實：從紅褐色尾巴和淡黃色下半身判斷，牠是贊氏蜂鳥無誤。

沒有人明白牠如何來到這裡。贊氏蜂鳥熱愛陽光，本來應該到卑詩省南方兩千兩百哩遠、

41 在家中放置餵食器吸引鳥類造訪，是美國非常普遍的行為。他們大多不是狂熱的鳥迷，只是想增加院子內的風景。美國漁獵署估計美國有四千萬這樣的後院賞鳥者（backyard birders）。

北回歸線邊的下加利福尼亞南端過冬。事實上，這種鳥只在墨西哥邊境以北出現過兩次，兩次都是十年以前的事，兩次都在南加州。一些鳥類學家認為，這種鳥被某個反常的十月西岸颶風吹到北方，另一些人認為牠是從當地動物園逃脫的鳥，即使沒人通報說有贊氏蜂鳥失蹤。

一隻熱帶小鳥如何能捱過西北太平洋地區的濕冷寒冬呢？幸運的是，蜂鳥是少數幾種能進入半冬眠而熬過寒冷夜晚的動物之一；處於這種暫時麻痺狀態的蜂鳥體溫降低一半到攝氏十三度，心跳從每分鐘一千兩百次驟降到約莫五十次。[42]

這個生物學奇蹟在網路上傳播開來以後，島上這棟有一百呎車道的房子成為國際觀光熱門景點。柯米多抵達的時候，來自五個國家，美國二十八個州，加拿大八個省，超過一千四百個人簽過第二街二二一號的訪客簿。多數人都是從溫哥華搭乘早晨渡輪前來，這班船的咖啡販售處總是熱鬧騰騰。這些喝飽拿鐵咖啡的鳥迷到達帕特森家車道的時候已經夾緊雙腿辛苦憋尿。帕特森夫婦吃吃笑著——憋尿的人開始按門鈴要求借廁所。帕特森用他們留的錢租了一個行動馬桶。

柯米多知道咖啡不是用買的，而是用租的，在抵達帕特森家之前，他特別留意早晨飲料的攝取量。他簽了訪客簿，但雨滴讓他的家鄉名稱糊成一團。

六天前，拉凡登簽過同一本訪客簿。

柯米多試著和洛伊·帕特森小聊幾句，對方彬彬有禮，但是沒有蠢到離開有遮頂的門廊到攝氏十度的毛毛細雨裡迎接新來的訪客。柯米多站在雨中，在及胸高度的杉木籬笆後方，離裝滿糖水的紅色塑膠餵食器二十呎遠的地方，靜靜等待著。贊氏蜂鳥停留的時間足夠柯米多拍了幾張照片。

艾爾．拉凡登，接招吧。

一月二十一日。溫哥華。兩百哩。一百二十美元

賞鳥賞了一輩子，柯米多最喜愛回憶在野地的時光——在瀑布後方疾飛的雨燕，在北森林爆衝的松雞，在曙光中飛翔的信天翁。

這次不是這樣的時刻。

他把車停在野狼酒吧（Wild Coyote Bar and Grill），往南走向一河之隔、噴射機轟隆起降的溫哥華國際機場。來到亞瑟萊恩橋（Arthur Laing Highway Bridge），尖峰時段的公路車流川流不息。

柯米多躲到橋下面。他來到八哥（crested myna）的最後巢穴。

根據傳說，一百零一年前，某個水手或海關官員不小心打開鳥籠門，把幾隻來自中國南方的八哥放到溫哥華碼頭。鳥兒開枝散葉，不斷繁衍。

---

42 蜂鳥在白日覓食時，能量消耗非常大，身體所存的能量並不多，因此演化出晚上體溫降低的特殊生理適應。晚間的蜂鳥，如果找得到，可以用手抓到。

到了三〇年代，溫哥華的街道充斥數萬隻八哥鳥，這是一種漆黑、矮胖、知更鳥大小，有白色翼斑、額頭豎著毛的鳥。思鄉的中國勞工飼養八哥作為寵物鳥。但是更重視本土鳥種勝於異國外來鳥種的加拿大野生生物學家，將八哥視作有害動物。他們擔心這種鳥會不斷遷徙和繁殖，最後禍害整個北美地區。畢竟有過可怕先例：八哥在溫哥華被放出籠的同一時期，一百二十隻歐洲椋鳥在紐約被放生，牠們已經繁殖百萬隻，分布遍及整個北美大陸。

接著大自然以無情方式在溫哥華街頭安排了一場奇特邂逅。亞洲入侵者與歐洲入侵者相遇了。原來，八哥和歐洲椋鳥都喜歡交配（雖然不是和彼此交配）——在老舊建物裂縫、嘈雜地下道和骯髒小巷的垃圾周圍。區別在於歐洲椋鳥是更好的媽媽。每當八哥厭倦孵蛋，決定到周圍飛一飛，歐洲椋鳥馬上進占牠的棲息地，有時就在同一個巢。

歐洲椋鳥，這種活力滿滿、有害、愛交配的鳥現在獨霸街頭。柯米多到來的時候，只剩不到五十對八哥存活在北美地區。溫哥華是牠們守護的最後堡壘。雖然常有目擊者通報說，八哥在當地麥當勞的垃圾箱吃薯條，亞瑟萊恩大橋應該是這些八哥最後也是最佳的棲息地。

如果柯米多可以忍受喧天車聲的話——頭頂上方，汽車、卡車和公車急駛過橋梁的聲音大到他幾乎聽不見自己的想法，在這裡根本不可能聽見任何鳥叫聲，他的眼睛被廢氣刺激得流淚。有能耐在這裡生存的動物怎麼會在北美洲瀕臨絕種？

他查看橋下梁柱、標誌桿，就是不見八哥蹤影。或許應該到金色拱門（Golden Arches）才對。想到要用快樂兒童餐引誘鳥，他就覺得反感。

於是他沿著橋下支柱查看，從北向處走到南向處，從匝道入口處走到匝道出口處。他仰頭仰到脖子痠痛。開始覺得頭痛，而柴油臭味無法緩和疼痛。最後，從公路標誌支桿突然竄出一隻八哥[43]。然後是另一隻。

柯米多動身離開。

一月二十二日。西雅圖。二千五百哩。三百美元

有人通報說在阿拉斯加出現一隻罕見的西伯利亞鳥類。柯米多趁著在西雅圖機場短暫停留，打電話給安克拉治他認識的四個人。沒有人在家。他還是應該搭上晚上九點的班機嗎？期望抵達時鳥還在那裡？做決定，做決定，然後他想起來：從元旦以來，他在紐澤西州的家總計只待了十小時。

他飛到紐華克（Newark）。

一月二十三日。費爾隆恩，紐澤西州。

回到家裡，他支付帳單，在後院的餵食器看到一隻紅胸鳾，打電話到阿拉斯加，和妻子到餐廳共進晚餐，並且宣布他將在明天黎明離開。然後，在晚上九點入睡。

43 台灣的八哥、白尾八哥、家八哥，也會棲息在中空的道路標誌杆內。

一月二十四日。什比里亞（Superior），亞利桑那州。二千四百哩。二百六十六美元

出身蒙大拿州鄉間銅礦小鎮布特（Butte）的威廉・博伊斯・湯普森（William Boyce Thompson）少年時代在酒吧賭德州撲克。震驚的父母把他送進新罕布夏州的菁英高中菲利普艾克瑟特學院（Phillips Exeter Academy）預科班。他沒有畢業。哥倫比亞大學仍舊錄取了他。他試著修採礦學。但是念完大一就休學。他回到蒙大拿州家鄉採礦，也沒有成功。因此湯普森搬回紐約市。

在高樓大廈林立、人們搬紙張而不是泥土的華爾街，湯普森變成有錢人——擁有數千萬美元的身價。他資助西部幾個大礦坑，它們到今天成為全美最怵目驚心的有毒廢物棄置場。但是他另有建樹——一座位在鳳凰城東邊五十五哩處的巨大沙漠植物園。被礦坑驚嚇的自然主義者喜歡植物園。棕背鴝鶇（rufous-backed robin）這種偶爾偷偷摸摸北上到亞利桑那州過冬的墨西哥鳥，也喜歡它。

在博伊斯・湯普森植物園，一株標示為「柔毛斑葉朴樹」的樹木附近，柯米多看到棕背鴝鶇。威廉・博伊斯・湯普森的靈魂從環境煉獄解脫之路，又往前邁進一步。

一月二十五日。波特蘭市，俄勒岡州。一千四百哩。一百八十九美元

柯米多湊向公共電話話筒，慢慢地重複了三個字：

「長—耳—鴞。」他覺得自己像臥底探員。通關密語對了嗎？

成功奏效！他獲准進入北美稀有鳥類通報網，亦即NARBA。年繳二十五美元會費，他在任何時間或任何地點，可以立即接通休士頓的電話熱線，得知最新的稀有鳥棲息處情報。每隻鳥多付十五美元，只要有人目擊到特別鳥種，他能確保立即接到電話通知，取得鉅細靡遺的相關資訊。

當然，NARBA跟北美地區各地已經存在的稀有鳥通報網無甚差別。不過，北美稀有鳥類通報網把所有訊息放在單一地方，就像稀有鳥的一次購足服務。如此一來能大大節省時間，如果柯米多在觀鳥大年需要任何東西，那就是省下時間。

長耳鴞這個通關密語讓他謹記自己在一九八七年觀鳥大年的剋星鳥。在紐約瓊斯海灘的西頭停車場要看到那種鳥，通常易如反掌，柯米多卻一而再再而三錯過了——不論在多倫多、聖地牙哥、懷俄明州的卡斯珀（Casper）、聖路易、康乃狄克州的紐哈芬市（New Haven）和紐約植物園。他在一九八七年十二月三十一日，觀鳥大年的最後一天，終於在離家一百哩處看到牠的身影。柯米多選長耳鴞當密碼，提醒自己在一九九八年的這次競賽驕矜勿喜。到目前為止頗有效果。

一月二十六日。下克拉馬斯國家野生動物保護區（Lower Klamath National Wildlife Refuge）44，加州。六百哩。七十九美元

柯米多從波特蘭開了十一小時長途車到加州北部，隨後又循原路折返回波特蘭，他筋疲力盡到巴不得馬上躺下。但是在頭碰到枕頭之前，他得重複旅途中每晚的固定儀式——跟汽車旅館櫃檯殺價。

對柯米多來說，希爾頓飯店的櫃檯經理和跳蚤市場的飾品小販沒有任何不同。這兩種地方的標價都可以再議價。柯米多在數百間汽車旅館過了數千個夜晚。除非把櫃檯經理的開價至少砍到九折，不然他沒法睡好。

他已經歸納出一套方法。他盡可能不露疲態走進芳威飯店（Fairway Inn）大廳。他不問是否有空房，只有絕望的觀光客會這麼問。他改說，「今晚最優惠的房價是多少錢？」

櫃檯人員告訴他以後，他沒有立刻接受。他要求看房間。他拿了房卡，走過停車場時留意停放的車輛多寡。生意冷清的汽車旅館有更多議價空間。

到了房裡，他總是找得出小缺失——滴水的水龍頭、運作不靈的中央空調溫控器、長度只到窗台而不是地板的窗簾。他做好充分準備回去找櫃檯人員。

房間有問題，他告訴櫃檯人員，一邊把門卡放到櫃檯上，像是準備離開。他連珠炮的抱怨，但是對方拒絕給予優惠。他提到一半空著的停車場，然後掏出他的旅行社執照——他自己是唯一的客戶——開口要求拿同業價。

他拿到一晚含稅三十一點八美元的房價。

一月二十七日。西雅圖市，華盛頓州。一百八十哩。三百四十三美元

柯米多得去阿拉斯加──現在就去。不過，要從波特蘭到阿拉斯加並不簡單。他跟租車公司談妥不加價在其他地點還車，接著驅車前往西雅圖機場，然後再次打電話到阿拉斯加。在安克拉治的男人說：「你現在得過來。」

一月二十八日。安克拉治，阿拉斯加。一千五百哩。一百七十六美元

為什麼一隻吃蟲的鳥會在一月拜訪阿拉斯加？柯米多得承認這是一個奇怪的問題。但是不會比另外一個問題更奇怪：為什麼任何有理智的生物會在一月訪問阿拉斯加？他不想考慮這個問題，更別說是想出一個答案。

柯米多不能忽視有些通報說，一隻棕眉山岩鷚（siberian accentor），一種專吃蚊子和其他飛蟲為食的亞洲鳥，決定到安克拉治舊街區某處過冬。棕眉山岩鷚是好鳥，真正的好鳥，這種在北美地區十年僅見一次的稀客，看上去像一隻山雀，卻能讓鳥人的心臟跳得比一隻緊張的蜂鳥還快。

44 下克拉馬斯國家野生動物保護區位在加州東北部，是乾燥的內陸地區，有一些特殊的鳥種。

柯米多很幸運，他以前在阿圖島的同房室友戴夫・德拉普（Dave Delap）已經圈養這隻棕眉山岩鷚。德拉普是退休的國中生物老師，鳥兒在他前同事菲爾和卡羅琳・克萊恩（Phil and Carolyn Kline）夫婦家的後院樹上出現，德拉普第一個辨認出鳥種。克萊恩夫婦在聖誕節飛到佛羅里達州度假兩星期，出門前，他們把家門鑰匙交給德拉普。房子溫暖，又空著，客廳有一扇大窗戶，沒有理由讓鳥迷們待在外頭苦等棕眉山岩鷚。柯米多打電話的時候，屋主已經帶著一身古銅膚色返回工作崗位，而德拉普仍然持有他們家的鑰匙。

對柯米多來說，這是另一次賞鳥奇蹟。雖然他對自己銳不可當的說服力引以為傲，不過從來不曾在阿拉斯加冬天的黑暗時刻，成功騙取到陌生人家裡的鑰匙。他現在舒舒服服坐在椅子上，正對著棕眉山岩鷚將會降落的棲木。

柯米多喜歡說話。德拉普喜歡聆聽。讓他們在克萊恩家裡一起坐上好幾個小時並不成問題。於是，他們這麼做了。等待其實並不是他們的選項。柯米多想要速戰速決。然而，就是不見這隻鳥的蹤影。德拉普已經帶上百位的鳥迷看過棕眉山岩鷚，沒有一個人跋涉的距離超過柯米多。德拉普覺得非常過意不去。

安克拉治冬日的太陽在下午四點五十分下山，兩位男子結束這天的追捕行動。柯米多沒留下感謝信就離開克萊恩家。克萊恩夫婦當天返家的時候，不會知道有陌生人在他們的客廳度過一天。

一月二十九日。安克拉治，阿拉斯加。五十哩。九十六美元

是執行B計畫的時候了。有傳聞說這隻棕眉山岩鷚有時候喜歡到克萊恩家一條街外的一株白楊木棲息。德拉普轉移陣地到西邊兩戶人家外的屋子。那裡的屋主領柯米多和德拉普到院子，而不是讓他們進屋裡。所以在黎明時分，全身裹得緊緊的柯米多和德拉普在這戶人家的二樓平台下方等候。雖然這裡是一個自然的隱蔽點，之所以冷成這樣有一個原因：很少有陽光曬進來。柯米多把外套拉鍊拉到下巴。他想稍微動動腳，讓身體暖和一下，但是最後做出結論，任何一點動靜都可能把鳥嚇跑。他保持靜止不動，希望很快就有斬獲。

他把望遠鏡湊向臉的時候，鏡片因為體熱而起霧。啊，阿拉斯加的冬天。毫無疑問，對昆蟲來說過於寒冷。吃蟲的棕眉山岩鷚也覺得太冷嗎？

第一道曙光升起的時候，柯米多查看白楊木。

「戴夫，我看到鳥了！」柯米多啞聲低語。

「你當然看到了。」德拉普語帶諷刺。柯米多何時停止過胡謅？

「不，千真萬確！」柯米多回答，「跟眼睛平行的位置。水平的那根樹枝上頭。」

牠確實在那裡——五吋半的米黃、棕色身軀，有橘色眼線。他們看著牠，直到柯米多再也受不了寒冷為止。他目擊到了。更棒的是，拉凡登沒有。

兩人正走回停車的地方，德拉普留意到某樣東西，停下了腳步。棕眉山岩鷚的謎團終告破解。

二樓平台上有一個捕蚊燈。平台地板、平台下方四處散落著遭電死的蟲子屍體。他理出這個生物現象的全貌：這隻棕眉山岩鷚放棄遷徙到溫暖的亞洲，留在安克拉治吃乾燥食品維生。

那天晚上，柯米多晚餐吃七分熟牛排，並且訂好飛往南德州的機位。

一月三十日。本特森州立公園（Bentsen State Park），德州。四千哩。三百六十九美元

柯米多第一次到本特森州立公園賞鳥的時候，非常厭惡這個公園。它的大部分範圍離格蘭德河至少一哩距離，稀疏的牧豆樹錯落其間，到處都是人。在本特森州立公園，你不是在小徑賞鳥。你賞鳥的地方是鋪設了石頭的長形露營地，那裡擠滿從明尼蘇達州、達科塔州、堪薩斯州、俄亥俄州、愛達荷州和其他北方寒冷地點來的高齡人士。這些「露營者」，如果稱得上的話，在他們的維娜賓哥（Winnebagos）、艾爾史村（Airstreams）露營車和第五輪架高型露營拖車裡看電視。有些車甚至配有空調，最糟的是有捕蚊燈。捕蚊燈一直啪啪作響，哪還可能看得到大冠蠅霸鶲（great crested flycatcher）？

不過這些年來，柯米多漸漸喜歡上本特森州立公園。這些開露營車的人不是鳥迷，但是他們學會伸出援手。把半個柳橙釘在高處（吸引擬鸝）或是扔種子（吸引所有鳥）。他不得不承認：露營者相當友善。他們大體上不會嘲笑在他們營地周圍灌木叢裡晃蕩，舉著八百美元雙筒望遠鏡、一千美元單筒望遠鏡東張西望的膚色蒼白陌生人。今天，北美地區大多數的優良鳥定期會造訪本特森州立公園，將這個地點變成拜苦路驛站[45]，對認真的鳥人來說，更成了社交圈。柯米多自己起碼來了兩百次以上。他對露營區的七十八個格位熟到像他家後院。

北美稀有鳥類通報網通報說，一隻褐背鶇（clay-colored robin）固定到營區第十九號格位吃棉花糖。

柯米多到達的時候，地上有棉花糖。但是不見褐背鶇。他等了幾小時才離開。這隻鳥吃膩了棉花糖，改吃其他新鮮口味嗎？也許是Twinkies奶油夾心蛋糕，或者是夜行爬蟲？這個問題讓柯米多徹夜無法成眠。

一月三十一日。聖安娜國家野生動物保護區（Santa Ana National Wildlife Refuge），德州。五十哩。二百二十九美元

往東十五哩距離，位於格蘭德河畔的聖安娜國家野生動物保護區也傳出褐背鶇目擊報告。柯米多在丹尼斯餐廳吃早餐——像往常一樣的火腿、蛋、無油薯餅和不塗奶油的烤麵包——接著走到保護區的B號小徑。住在這裡不需要設鬧鐘；北美地區的賞鳥地點罕有像黎明時分的聖安娜國家野生動物保護區這般喧鬧嘈雜。擬八哥（grackle）嘎嘎叫，灰嘲鶇（catbird）喵喵

45 拜苦路驛站（Stations of the Cross），是指天主教有一種模仿耶穌被釘上十字架過程重現的宗教活動，會在十四處拜苦路驛站進行敬禮儀式。就像是十月的墾丁或是四月的野柳一樣，這裡是鳥人定期定點聚集的儀式地點。

叫，但嗓門最大的當屬純色小冠雉（chachalaca）[46]，這種墨西哥叢林鳥聽起來就像伊瑟·梅曼（Ethel Merman）吞下生鏽的伸縮喇叭。沒有任何生物，特別是一隻褐背鶇能在這樣的環境裡繼續安睡。他沿著小徑走了兩哩，卻毫無所獲。

幸運的是，柯米多看見另一位鳥迷，來自加州戴維斯市（Davis）的馬塞爾·霍利歐克（Marcel Holyoak）[47]，對方聲稱剛才看到了這隻鳥。霍利歐克開始給出詳細的指示——在第二座橋，察看一棵獨自聳立的棕櫚樹下——然後他停下，經過一番思索，決定親自帶柯米多過去，讓這一趟獵鳥行更為容易。

原來霍利歐克正在競逐四十八州觀鳥大年，僅限於美國本土四十八州範圍[48]的一年馬拉松賞鳥。因為他沒那麼瘋狂，對柯米多也不構成威脅。他還提供幫助。柯米多的結論是：好人。

沿著小徑走了五百碼，來到第二座橋，在獨自聳立的棕櫚樹下有一隻暗淡的黃綠色鳥兒，看起來就像一般出現在後院的旅鶇（American robin），顏色更泛白一些。這就是褐背鶇，過去半小時，牠顯然一直待在原地。

獵物入囊，柯米多的步伐輕快許多。幾星期以來第一次，他居然有時間慢慢賞鳥。目標導向的賞鳥——無視其他鳥，只看真正需要的鳥種——很有效率，卻毫無樂趣可言。他的心情變得輕鬆。

在遊客中心，他遇見推著丈夫羅恩（Ron）的輪椅的莎朗·史密斯（Sharon Smith）。受限於身體缺陷的羅恩為鳥類的自由自在驚歎不已。這是一個美好的時刻，但柯米多知道這只是一瞬間。

當這三位鳥迷仔細查看灌木叢、希望能看到卡氏鶯雀（Cassin's vireo）時，莎朗講起和羅恩被老鷹追的往事。

「也許，」柯米多打斷她，「老鷹覺得你很美味。」

她立即回擊，「少來這種紐澤西人的諂媚話。我才不吃這一套。」

「你知道，」柯米多說，「鳥是本能的動物，只受兩件事驅使——吃和交配。我讓你決定那隻鷹在想什麼。」

出於某種原因，史密斯夫婦繼續和柯米多一起賞鳥。

二月一日。阿倫代爾鎮（Allendale），紐澤西州。二千哩。

當一個男人愛一個女人，而在新年的第一個月只見到她一天，此時他會希望見她。但是，他要跟她一起做些什麼？

在家裡待了一個上午，柯米多開始煩躁，愈來愈煩躁。最後他無法忽視大自然的號召，帶

46 純色小冠雉聲音非常大，比台灣的竹雞聲音還大，聲音像牠的英文名，Cha-Cha-La-Ca。

47 馬塞爾·霍利歐克是任教於加州大學戴維斯分校的知名生態學家，專長為群聚生態學，是位狂熱的英國鳥迷。

48 美國本土四十八州代表去除阿拉斯加州及夏威夷州，其他連接的四十八個州。由於不涵蓋阿拉斯加州及加拿大，所看到的鳥種會少於北美地區的觀鳥大年。

著妻子去附近的自然保護區「芹菜農場」（Celery Farm）賞鳥，在這個觀鳥大年，他第一次看到平常的東岸鳥類，比如冠藍鴉和麻雀（tree sparrow）。他和芭比享受在戶外共度的時間。而這一天的行程也讓柯米多的大年紀錄推進到三百四十二種鳥，跟他一九八七年參賽的同一時期相較，多了近六十種。他留在家裡坐立不安的時間不會太久。

二月四日。傑里科鎮（Jerico），佛蒙特州。三百一十哩。六十九美元

柯米多在黎明之前離家，在冰風暴裡開了七小時的車來到佛蒙特州的一棟鄉間別墅，別墅後院的樹上有一大團塊狀物，沒有人回應門鈴。猛鴞應該就在傑里科鎮的某處。那一大團東西就是猛鴞嗎？

他再次敲門。始終沒有人來應門。

他已經查看過北美稀有鳥類通報網建議的所有棲木——一家五金行後方的闊葉樹，餐廳周圍的棲木，U-Store-It倉儲服務倉庫旁的樹木都不見猛鴞影子。如果他得再開車繞傑里科鎮一圈，這些小鎮的警察會開始起疑心。

他真的想要看這隻鳥。猛鴞很少冒險越過加拿大邊界南下，即使這麼做，牠們也寧願選擇窮鄉僻壤，而不是咖啡館裡有現煮低卡咖啡的古樸小鎮。猛鴞看起來像鷹與鴞這兩個名字的混合體：牠們是長尾的日間型猛禽，可以像風箏一樣懸停，在半空中抓麻雀。柯米多不想錯過這樣珍貴的鳥。

好吧，如果沒有人在家，那就沒有人會知道他闖入，對吧？處在鳥熱病發燒期的柯米多幾乎能說服自己做任何事。他希望這戶沒人應門的人家不會正好養了一隻不吠叫的洛威拿犬。柯米多在屋子側面徘徊，接著晃到屋子後方，他迅速穿過障礙物，舉起鏡頭對準那棵光禿禿的大樹。

那團東西剛動了一下嗎？是猛鴞！他拍下兩張照片以資證明。沒有人在家，沒有人受到傷害。他悄悄溜走，回紐澤西州去。

二月五日。華盛頓特區。二百五十哩。八十美元

大雨傾盆而下，接著是豪雨，各地陸續發布洪水警報。柯米多開車前往維吉尼亞州的維吉尼亞海灘，準備參加另一趟海上賞鳥之旅，天氣對他不構成困擾。他在賊鷗（SKUA）裡很安全。

他這輛林肯車掛的招搖車牌「賊鷗」顯示柯米多式的幽默。任何溫文儒雅的鳥友可能會選GULL（大鷗）或WREN（鷦鷯）或EAGLE（老鷹），[49]但是死忠的鳥人（或填字謎愛好者）

---

49 在美國可以另外付費向汽車監理單位申請特殊車牌號碼，例如美國影集《洛城法網》劇中的LA LAW。熱門車牌號碼必須年年續約，不然會有很多人馬上填補。

才得以理解賊鷗背後的幽默意涵。

賊鷗是海上的惡霸海盜，這種桶狀胸的好鬥者，既有智力也有威嚇力，因此能在世界上某些最不宜居住的地方安安穩穩生存下來。南極賊鷗（south polar skua）在南極築巢的時候，牠們捕食企鵝蛋。牠們往北美洲海岸移動的時候，一路耐心跟著海鷗和水薙鳥，直到偷取牠們食物的時機到來。[50]除非掠奪來的食物特別豐盛，賊鷗會獨自吃掉。牠們是坐享其成的專家，專讓別人做最困難的工作。

一隻賊鷗乘著大西洋中洋脊信風飛行的時候，另一隻賊鷗沿著九十五號州際公路南下。

二月六日。維吉尼亞海灘，維吉尼亞州。二百一十哩。九十六美元

柯米多開了兩天長途車的旅程以壞消息作結：由於天氣惡劣，船公司取消出海行程。也有好消息，有人在德州的本特森州立公園發現一隻真正的稀有鳥——白喉鶇（white-throated robin）。坐享其成的柯米多訂好隔天第一班早班機機位。

二月七日。本特森州立公園，德州。一千八百哩。二百六十八美元

他從維吉尼亞海灘汽車旅館開車到諾福克（Norfolk）機場，匆匆搭上飛往休士頓的第一班早班機，接著轉機搭上飛往麥卡倫的第一班航班，抵達後，他立即租了車前往本特森州立公園。他匆忙到沒費神爭取免費入園，他在上午十一點跨進公園大門。

柯米多並不是獨自一人。白喉鶇的目擊消息迅速傳播開來，來自阿肯色州、佛羅里達州、華盛頓特區的二十來位鳥人已經抵達現場。

每個人的望遠鏡聚焦在露營區空蕩蕩的第七十三號格位，跟之前吃棉花糖的褐背鶇出沒地隔著五十四個格位。

北美稀有鳥類通報網通報有一隻白喉鶇正造訪「水滴」，這是美化的說法，翻成白話，這隻鳥在某位露營者沒關好的生鏽水龍頭旁徘徊。人群從六十呎距離外，將望遠鏡對準水龍頭。

滴。滴。滴。

灌木叢晃動了一下。望遠鏡往上舉高。

是橙冠蟲森鶯（orange-crowned warbler）。啊呼。

滴。滴。滴。

如此僵持了九十分鐘。唯一的變化：現在滴水聲間隔三秒。

柯米多意識到，他壓根不知道這隻鳥的樣子；他信賴的《國家地理北美鳥類圖鑑》裡甚至沒有牠的圖片。幸運的是，有人帶了一本墨西哥野外賞鳥圖鑑——這種鳥應該生活在熱帶墨西哥山區——因此柯米多細看了照片。坦白說，白喉鶇看起來非常像褐背鶇，有些人猜想牠說不定已經在這裡好幾個星期，但是被誤認為褐背鶇。關鍵的辨識特徵是細細的白色頸環。如果

---

50 南極賊鷗在南極洲繁殖，但是會到北太平洋度冬。

不管牠的罕見性，這種鳥看來平凡無奇。如果指給非鳥迷看，對方的反應恐怕是：「那又怎樣？」

滴。滴。滴。

「我看到牠了！」

營區以南數百呎處，有人放聲大喊。聰明人不會擋在柯米多和鳥兒之間。他跑得飛快。來到第六十一號格位，陣仗浩大的望遠鏡頭全對準一個矮樹叢。柯米多心臟怦怦直跳，快到他難以對準焦距。在三十碼的距離外，有東西衝過來咬漿果誘餌。是白喉鶇。跋涉一千八百哩，祈禱看見這隻鳥，這下願望成真。他想手舞足蹈慶祝，卻是先猛按下尼康相機快門，連拍了五張照片。這隻鳥鑽回灌木叢裡消失無蹤。

柯米多離開現場，找到最近的公用電話。

「長－耳－鴞。」

根據北美稀有鳥類通報網通報，在本特森州立公園以北一小時車程的美國七十七號國道，有一隻棕鵂鶹（ferruginous pygmy-owl），這種活力充沛的猛禽還不及一包香菸重，卻仍讓體型較小的鳴禽膽戰心驚。牠也讓柯米多的心啁啾歌唱。

他跟肉桂牧場（El Canelo Ranch）的主人莫妮卡．伯德特（Monica Burdett）在她家屋外會面。幾個月前，這個牧場聚集了一大群日付七百五十美元的獵人和許多焦躁不安的鵪鶉和鹿。但是現在，柯米多只需要付二十五美元就能看棕鵂鶹。他爽快付了錢，沒有殺價。

他只繞過草坪就看見肉桂牧場院子裡的著名鳥兒。如此輕而易舉，因此這位德州牧場主人附送更多東西。她對他指了指棕櫚樹旁邊的活動梯。棕櫚樹上面用鐵絲綁著攜帶式狗屋。

幾個星期前，三隻倉鴞（barn owl）幼鳥從這棵樹的巢跌下來。牧場主人救了牠們，但是擔心牠們會再次跌落。他們把幼鳥放進狗屋，把它吊到八呎高的棕櫚樹上，再以葉片覆蓋了整個狗屋。貓頭鷹媽媽彷彿什麼都沒有改變，繼續餵養牠的寶寶。

柯米多爬上梯子，把相機鏡頭伸入狗屋。三隻毛茸茸的倉鴞在裡頭。其中一隻對柯米多憤怒地嘶嘶叫，顯現的野生程度讓牠有資格列入紀錄。第三百六十種鳥——在狗屋裡。

柯米多走回去取車的時候，牧場主人又給了絕佳的小道消息。雷蒙維爾鎮（Raymondville）沃爾瑪超市（Wal-Mart）後面的池塘有一隻罕見的中美洲鳥。柯米多趕在日落前抵達卸貨區，成功看到一隻黑面藍喙的紅鳥。降落的雁鴨注意了：這是一隻花臉硬尾鴨（masked duck）。

從維吉尼亞州直奔德州，花一天飛速看過露營區漏水水龍頭旁的白喉鶇，到一家牧場前院看棕鵂鶹、狗屋裡的三隻倉鴞，在沃爾瑪超市後面看花臉硬尾鴨——柯米多看的不盡然是荒野美國。但是他人在這裡，而拉凡登沒有（拉凡登在一個星期後來到）。對柯米多來說，唯一重要的風景是那一些有鳥兒增色的風景。

二月八日。麥卡倫，德州。二百四十二美元

這趟旅行是一洗舊恨的機會。一九八七年的觀鳥大年，柯米多在科羅拉多州東部平原尋找過境的鐵爪鵐。他輕易就看到麥氏鐵爪鵐（McCown's longspur）、栗領鐵爪鵐（chestnut-collared longspur）和鐵爪鵐。但他從未目睹其中最機靈的黃腹鐵爪鵐（Smith's longspur），這種細喙、有白眼環，以及兩道白色尾下覆羽的鳥，總是在望遠鏡十倍變焦範圍以外起飛，讓鳥迷為之氣結。

那年春天遷徙將近尾聲的時候，他終於承認錯過了這種鳥。他只剩下一個選擇——到牠們的繁殖地去看。這意味著要去阿拉斯加。於是，他在六月花了一筆不小的錢專程跑到丹納利國家公園（Denali National Park），看一種他早該在二月，在大平原地區主要機場附近看到的鳥。

那趟阿拉斯加之旅，他忍受了雨、冰雹和冰水沼澤地，可是他沒法忍受蚊子。沒有活人忍受得了。初夏時分的丹納利沼澤：即便過了十一年，柯米多一想起來都會全身顫抖和發癢。在那些混蛋黃腹鐵爪鵐到蚊蟲遍布的北方愛窩交配之前，他得在美國本土四十八州找到牠們的蹤跡。

柯米多非常渴望，而且下定決心。他打電話給一位政治家尋求協助。

「明天到奧克拉荷馬市跟我碰面，」政治家告訴柯米多，「我們看看能做些什麼。」

二月九日。奧克拉荷馬市，奧克拉荷馬州。一千五百哩。七十美元

鮑勃．芬斯頓（Bob Funston）懂得如何做承諾。多年來身為奧克拉荷馬州參議員，民主黨州主席，甚至是民主黨州長候選人，這個人怎麼可能不懂訴諸希望和夢想的訣竅？柯米多可以相信這些承諾嗎？

柯米多和芬斯頓在當地的丹尼斯餐廳面對面坐著——柯米多挑的地方——文件資料散放在桌面。芬斯頓向柯米多指出三芒草草地。黃腹鐵爪鵐很喜歡三芒草草地。

現在是星期一早上，芬斯頓穿了一件外套、繫著領帶。任何人穿著這樣的工作服，可能增添可信度。不過同樣的衣服穿在政治家身上，柯米多不免心存疑惑。

柯米多每次碰見非鳥迷，總會聽見相同的問題：你怎麼**知道**那個人確實看到一隻鳥？你為什麼**相信**他們呢？你真的就**相信**了？柯米多一貫以同樣的方式回答問題：在賞鳥圈建立聲譽的唯一方法是努力贏得它。鳥迷和高爾夫迷多少相似：鄉村俱樂部更衣室的所有人都知道誰的高爾夫差點是真的，誰的又是假的。柯米多在兩項活動都有幾十年經驗，柯米多學會相信鳥迷勝於高爾夫迷。

不過，一位可以信任的政治家？

柯米多在野外賞鳥時和芬斯頓碰過寥寥幾次面。為了找到黃腹鐵爪鵐，他現在把一整天時間，觀鳥大年的寶貴時間，全權交託給這位政治家。芬斯頓就事論事。他告訴柯米多，必須去沒有柵欄圍起的開闊野地。鳥兒會成群移動。如果刻意穿過乾芒草地，應該能看到牠們。

政治家指著重新摺起的地圖：這裡，諾曼（Norman）的東南部，柵欄、野地的條件都剛好符合。約一小時的車程。去試試看。

剛關上租來的車子車門，柯米多聽到頭頂上方傳來鳥翅拍動聲。五隻鳥從天上降落到他腳邊的短草地。正是黃腹鐵爪鵐——每一隻都是。政治家絕對是對的。

在丹納利國家公園某處，蚊子在哭泣。

不過，柯米多沒有時間慶祝。他匆匆回到車上，直奔一百哩外的威奇托山國家野生動物保護區（Wichita Mountains National Wildlife Refuge），那裡有野牛、麋鹿和土撥鼠。不錯的四條腿動物，但是他沒看到該地的真正明星——大草原松雞。

他可以待在那裡為自己感到遺憾，或是繼續前進。如果不能在奧克拉荷馬州西南部找到大草原松雞，那麼他也許能在奧克拉荷馬州找到小草原松雞，一種體積較小，但不同的鳥種。

連續開了八小時車，跑了三百哩後，柯米多終於慢下車速。這裡是不見牛隻的野地，沒有紅綠燈的小鎮，沒有人的街道。太陽早就下山。他餓了，卻找不到一家餐館。他累了，卻找不到一家汽車旅館。他的下巴抵到胸前。哇！他真的累斃了。現在是晚上十點。他開到路邊停下車。

二月十日。奧克拉荷馬州某處。三百二十哩。二百七十六美元

他在凌晨五點哆嗦著醒來。他的車還在運轉。

發生了什麼事？他在哪裡？

哦，是的——昨晚開車太累，就在前座睡著了。外頭很冷，幸好暖氣開著。哦，他的背在痛。他的賊鷗有休息空間，可是租來的福特金牛座沒有。太陽在他後方升起，這意味著要繼續前進——小草原松雞就在西邊某個地方。

路標……又是路標……終於到了！九十五號州際公路。北上是堪薩斯州的艾克哈（Elkhart）。小草原松雞就在北方。

來到波尼國家草原（Pawnee National Grassland），柯米多試著回想：小草原松雞的求偶場在哪裡？小草原松雞有趣的一點是，牠們每年春天總是聚集在同一地點求偶。求偶場是雄鳥炫耀展示自己，雌鳥咕咕叫的場所，不知什麼緣故，全部的雞聚在一起求偶交配，[51]雖然次數不足以讓牠們成為一種普遍可見的鳥。如果柯米多能找到求偶場，肯定能為目前的觀鳥大年紀錄再添一種鳥。他多年前曾和賴瑞·史密斯（Larry Smith）來過這裡，史密斯已經去世，柯米

51 有些動物會有群集展示（lekking）的繁殖行為。在繁殖季初期，雄性會聚集在一個固定的求偶場，展示非常華麗奇特的身體特徵或是怪異舞步動作，藉以吸引在旁鑑賞的雌性。以群集展示來求偶繁殖的動物，雄性之間有非常強的個體競爭，而且一般不負擔孵蛋育雛的工作，最受歡迎的選美國王會獲得大部分的交配機會，是一個演化生物學內性擇（sexual selection）的典型範例。會進行群集展示繁殖行為的鳥類，主要是松雞類（grouses）、侏儒鳥（manakins）、天堂鳥（birds of paradise）及流蘇鷸。有些鳥種平時非常難以看到，到求偶場看群集展示是看到這些鳥種最簡單的方法，而且還能看到鳥類的華麗外型及馬戲團般的行為展示。

多希望自己還記得方向。

轉錯了彎。往回走。再次轉錯彎。他究竟在哪裡？

就在他的汽車引擎蓋前方，有東西在動。

三隻小草原松雞趾高氣揚在漫步。

這是求偶場嗎？小草原松雞在求偶嗎？

柯米多毫無頭緒。他鬆了一口氣，終於輕而易舉看到一種鳥。他開車回奧克拉荷馬市，搭上往東的班機。

二月十一日。諾福克，維吉尼亞州。一千九百哩。三十美元

他在諾福克機場取回賊鷗，一路驅車北上，一直開到德拉瓦州才停下來吃午餐。餐廳裡，沒有牙齒、嘴唇上長了顆膿瘡的女服務生為他服務。柯米多打算點罐頭食物，不過隨後便推翻這個主意。她有漂亮的笑容。

二月十二日。費爾隆恩，紐澤西州。

回到家。付了帳單。打電話到稀有鳥類通報網。準備好再次上路。

二月十三日。哈馬亞瑟海灘州立公園（Hammonasset Beach State Park），康乃狄克州。三

百二十五哩。二十七美元

這天是陰天，攝氏三度，美國國家氣象局報告有時速三十五哩的陣風，所以柯米多決定去海邊，根據可靠的消息，那裡有一隻冰島鷗（Iceland gull）。

哈馬亞瑟海灘的冬天常態：鳥迷在這裡從不孤單。柯米多駕著林肯車抵達時，看到一名男子將八百釐米的大炮鏡頭對準一棵松樹。柯米多根據經驗知道，要找到一隻好鳥的最簡單方法是先找到鳥迷。他走上前，詢問是怎麼回事。

看那裡，對方說。

松樹上有一小群紅交嘴雀（red crossbill），一種有交叉狀鳥喙的加拿大迷鳥，這種嘴形讓牠們可以撬開松果取出最喜歡吃的松子。很難在美國本土四十八州看到交嘴雀。這趟旅程值回票價了。

攝影師往樹木愈靠愈近。柯米多不由得打了哆嗦。他心想，這傢伙可能有一個大炮鏡頭，但犯了業餘者的錯誤。

幾年前，柯米多緩緩挨近一棵類似的樹，那棵樹上棲息了四百隻椋鳥。他認為，如果樹上有四百隻鳥，不可能全都是普通鳥。於是，他慢慢靠近想看得更清楚。

就在此時，一隻強大的猛禽，一隻遊隼疾飛而過。

四百隻嚇壞的椋鳥飛起來——同時把屎拉在柯米多身上，他的外套沾了一層黏答答的淺綠色鳥大便。柯米多那天立下一個堅定的誓言：絕不要站在鳥兒成群棲息的樹下。

二月十四日，布里根泰國家野生動物保護區，紐澤西州。一百四十哩。一百二十五美元

柯米多開車前往五月岬，第二天有出海賞鳥行程。他沿途順便賞鳥，不過沒有多少斬獲，當晚便早早入睡準備翌日早起。

二月十五日。五月岬，紐澤西州。二百二十五哩。二十七美元

他在凌晨三點半起床、四點半抵達碼頭時，為了即將看到東岸海鳥而興奮不已。他是隊伍的第一個人。半小時後，船公司宣布：今天不會有賞鳥行程。船因為機械故障無法出海。

柯米多意氣消沉。這是他今年第三次被取消的出海行程。從五月岬沿花園州高速公路開車回家的路程甚少是愉快的，但錯過獵物的賊鷗，心情更是惡劣。

二月十六日。李子島國家野生動物保護區（Plum Island National Wildlife Refuge），麻州。六百五十哩。四十一美元

厚嘴崖海鴿（thick-billed murre）應該在這裡。是那群鷗嗎？

柯米多慢跑五十碼到岸邊。鳥兒飛越水面。牠們看上去有厚喙。牠們或許是厚嘴崖海鴿。問題在於，也有可能不是。

他又跑了五十碼。鳥飛了兩百碼。他往前跑。鳥兒涉過水面，又不見了。他開始覺得累。

不過，他知道情況還可能更糟。厚嘴崖海鴿被稱為「北方企鵝」自有原因。牠穿著同樣的黑白燕尾服，有防水羽毛層，但是牠游泳的速度快過人走路的速度。有鰭狀翅膀幫忙推進，厚嘴崖海鴿可以潛到水下三百呎捕抓釣餌魚。牠如果潛入水底的話，就是柯米多無法企及的範圍。

他需要這隻鳥。只是逮住牠的機會恐怕不多。厚嘴崖海鴿長年在極地地區的遠洋生活。不過牠在春天會回到岩壁和島上繁殖（牠是繁殖時最不怕被打擾的鳥，每平方公尺岩床可以有多達四十隻厚嘴崖海鴿築巢）。可惜牠們的繁殖地遙遠、難以接近。

如果柯米多今天可以確認目擊到厚嘴崖海鴿，他日後不需特意為了牠搭船出海。於是岸邊你追我跑的遊戲繼續下去。

柯米多追了一哩路後，總算靠得夠近，能夠確實觀察到牠的鳥喙較短，有黑臉和黑頸背。柯米多的心臟噗通噗通直跳，他得承認，是這趟追逐令他的心跳加速，而不是因為這隻鳥。

二月十七日。費爾隆恩，紐澤西州。

回家看芭比後，他計畫了另一趟德州之旅。

二月十八日。奧斯汀，德州。一千八百哩。四百一十二美元

一道雙彩虹劃過天際。在某處有柯米多想看的鳥。雙彩虹象徵了好運嗎？他明天早上就知分曉。

二月十九日。阿米斯特德水庫（Amistad Reservoir），德州。三百哩。八十八美元

天黑後被困在引擎失靈的小船上，最近的公路在幾哩外，柯米多試著閉上嘴巴不說話。他的朋友們在船頭乒乒乓乓忙著。他像往常一樣，直覺想給一些指示，或是插科打諢一番緩和氣氛，但是他知道這麼做只會讓情況更糟。於是，他集中所有意志力保持緘默。

哦，這可不容易。

他原本夢想再下一城。他的目標是棕頂王森鶯（rufous-capped warbler），一種哥斯大黎加本土鳥種。根據網路上的罕見鳥類通報，牠正在格蘭德河大彎下方的這個大水庫遊蕩。南岸屬於墨西哥領土，北岸位於德州境內。幸運的是——柯米多當時這麼認為沒錯——這隻鳥決定飛到隸屬觀鳥大年範圍的這一側，在一個叫粉紅洞峽谷（Pink Cave Canyon）的乾河床過冬。

只有坐船才能到粉紅洞峽谷。柯米多弄到船的唯一方法是打電話求助。

他的第一通電話打給當地的舊識鳥友，住在奧斯汀的芭芭拉和約翰．瑞比（Barbara and John Ribble），這兩人又打給他們的兩位朋友，住在康福（Comfort）的蘇和埃貢．威登費爾（Sue and Egon Wiedenfeld）。威登費爾夫婦有一艘船。他們當天上午從德爾河（Del Rio）啟航時，船似乎足夠大，足以容納四位德州人、柯米多和他的一些故事。

然而離岸以後，開始狂風大作。白浪拍擊著船頭，芭芭拉和蘇躲進埃貢所在的駕駛艙。柯米多被困在沒有遮蔽的船尾。

波浪第一次打在他身上的時候，他發出大叫。第二波的浪潮讓他全身濕透。再一波的浪潮逼他抓起可拆式椅墊擋水。毫無用處。時速三十五哩的狂風不停地掀起巨浪，浪花不斷濺濕柯米多全身。

「真希望黑雨燕（black swift）會在我們身上築巢！」柯米多大喊，他說的是一種在瀑布後面下蛋的鳥。他的同伴聽懂了玩笑，卻沒有笑得太厲害。

又走了十五哩，引擎突然失靈，氣氛變得更為緊繃。開到三分之一油門的船緩慢前進。原本花半天時間的路程變成一場長途馬拉松。這倒是帶來一個好處。在船龜速前進的情況下，阿米斯特德水庫的兩呎高巨浪終於平歇下去。

啟航三個多小時後，這群走水路的鳥迷終於看見粉紅洞峽谷。船轉向準備靠岸。引擎再度熄火。這一次是沒油了。

船上有備用油箱，不過柯米多和其他人沒心情再折騰。他們划槳讓船靠岸。

粉紅洞峽谷有一百呎高，一百八十呎深。崖壁是陡峭的石灰岩壁，地面長滿了豆科灌木。如果真有所謂的粉紅色洞，柯米多沒能看見。倒是有一台冰箱被扔在接近峽口的廢物堆裡。搭船走三十五哩路程深入蠻荒，卻有人扔了一個大型家電。好一個地方。

上岸後，柯米多擔心仍然搖晃不穩的雙腿。他第一次遇上如此顛簸的水庫航程。

五位鳥迷立即整好隊伍，相互之間間隔著二十呎距離，小心翼翼、堅定地大步走進峽谷。

「我看到了鳥！」芭芭拉很快就大喊，她確實看到了。長尾巴、黃胸、紅褐色頂冠、白眉毛，棕頂王森鶯身上的顏色比多數稀有鳥來得多。但是，柯米多飛了一千八百哩，開車開了兩百四十哩，乘船走了三十哩來看的這隻鳥，牠的體型小到塞進冰箱的奶油盤還綽綽有餘。

現在是下午四點半，冬天天暗得很快。他們離碼頭三十哩遠，要搭上一艘引擎發不動、速度快不過時速七哩的船。他們能趕在天黑以前回去嗎？柯米多開始喃喃說了些什麼話，然後看向同伴們的臉孔。這一次，他保持沉默。他不想被留在這裡。

搭船回到水庫之後，太陽移動的速度比船還快。柯米多不斷叮嚀自己：不要說話。不要說話。不要說話。

他有一次差點張開嘴，但是一抬頭，以為看到一隻紅嘴鴿（red-billed pigeon）。雖然這裡沒有這種鳥，柯米多想出一個點子：每次想要大發議論的時候——諸如馬上要日落了，這艘小船如何如何，或是已經好幾個小時沒吃東西——他會舉起望遠鏡搜索紅嘴鴿。

如果天上有任何東西在動，他趕緊舉起望遠鏡緊盯不放。

下午六點半，太陽落下。晚上七點十五分，天色陷入漆黑。七點四十五分，大家意識到今天沒有月亮。八點十五分，手電筒的電力耗盡。

咚！

船撞上泡在水裡的樹。柯米多嘗到恐慌滋味。現在船頭有三名導航員。更多泡在水裡的樹木。船塢在哪裡？

蘇．威登費爾摸黑上岸。船上沒人開口說話。幾分鐘後，她帶回令人心慌的消息：他們似乎被困在一座島上。也許他們應該摸黑再開遠一點，找到真正的陸地。其他人展開辯論。柯米多心想：「不要說話。不要說話。」

晚上九點，他們看到透出亮光、空無一人的碼頭。他們累到無力把船拖著走，於是把船綁在原地，將汽油罐搬進廂型車裡，開十五哩路到距離最近的汽車旅館投宿。

柯米多滿身狼狽，累到完全不想吃東西。不過，一個人在房間裡，將要進入夢鄉的時候，他心想：

觀鳥大年的任何參賽者會為一隻鳥做到這種程度嗎？

他們會嗎？

第七章

聖嬰現象

El Niño

葛雷格・米勒

這是鐘面鑲著一圈金邊的黑色老式鬧鐘，銅錘在黑暗中閃耀著微弱綠光。它價值四點九五美元。米勒比較了沃爾瑪超市貨架上的十幾個鬧鐘後，挑中這個，原因再簡單不過：它響起來就像火警警鈴一樣。米勒需要一個響亮的鬧鐘來喚醒彷彿陷入冬眠狀態的自己。

米勒這週又在核電廠工作五十四個小時。週五晚上，他倒到床上，把可靠的鬧鐘設在凌晨三點，準備第二天早晨搭機前往亞利桑那州。他的夢裡有鳥。一九九八年已過了六個星期，他的觀鳥大年終於正式開始。

他在一片漆黑中醒來，但是有點不對勁——鬧鐘沒響，鬧鈴被按掉了。他轉過身查看電子表上的時間：凌晨四點半。鬧鐘驚天動地大響的兩分鐘，他不知道自己為什麼沒醒來。米勒有麻煩了！他家離機場八十哩遠，要搭的航班兩小時後起飛。他驚慌到省略早餐不吃，在限速五十五哩的路飆到八十哩趕往巴爾的摩華盛頓國際機場，當然也沒空找一天五美元的便宜停車位。他把車停到一天十二美元的車位後，直接朝航廈狂奔而去。

辛普森在被控謀殺並無罪開釋的前幾年，曾在赫茲（Hertz）租車廣告裡扮演拚命趕飛機的旅客，像羚羊般跳過手提箱和候機椅，最後終於抵達登機門；周圍即使是矮小的老太太都在喊：「加油，辛普森，加油！」但在這個機場，沒有人為替狂奔的葛雷格・米勒加油。他只有六分鐘。他以坦克車的優雅姿態跑著——不過這輛坦克有高度的過熱危險。他一路跑過報到櫃檯，經過安檢站來到候機室。剩兩分鐘。行李袋隨著腳步晃動，保護袋撞著大腿。他在最終登機通知響起抵達登機門。然後，他想到他搭的是美國西南航空，廉價航空公司不用劃位。

艙門空服員關閉空橋。他是最後登機的旅客。他喘得厲害，還滿身大汗，於是脫掉防風外套。他走進機艙時，幾十張臉露出驚色。只有中間位置的座椅還空著，不過應該沒有人願意坐在腋下、胸膛都濕透的傢伙旁邊。幸運的是，在後面，很後面，米勒找到一個靠走道的座位。那是最後一排的位置，因此椅子無法往後倒。不過至少他和靠窗的乘客中間隔了一個位子。米勒看向他，而男子漠視他的目光。米勒想說點什麼，為這身汗臭，為了沿著克利夫蘭印第安人隊球帽帽沿淌下的大量汗水道歉，但他最後認為說什麼都無濟於事。他轉大頭頂上方的空調送風口——伸出手時，他看到腋下的半月形汗漬已經擴大為滿月形——只希望飛機趕快起飛。他的胃在咕嚕咕嚕叫，可是機上不供應早餐。西南航空僅提供小點心——米勒稱它為「飛越全美的花生」。他脫下帽子擦汗，卻抹出更多汗水。此時靠窗的男人嫌惡地瞥了他一眼。米勒假裝睡著。

他在飛機著陸時醒來。雖然得到休息，卻感到不好意思。因為他有睡覺打呼的問題。他的打呼聲大到連妻子都受不了，即便兩人沒吵架的時候，卻也常常要求他去睡沙發。想到方才入睡時可能爆開的鼾聲，米勒不由得戰慄。還好靠窗的男人沒說什麼——或者被嚇得噤若寒蟬。

在馬里蘭州南部切薩皮克灣旁的家度過潮濕、寒冷的冬天，米勒渴望亞利桑那州的沙漠空氣迎面襲來，但沒能如願。圖森市下著傾盆大雨。等他開了七十哩的車到達蘇諾依塔（Sonoita）時，雨已經轉為冰雹。再往前開半個小時，來到謝拉維斯塔（Sierra Vista），冰雹變成了雪，上方的華初卡山（Huachuca Mountains）一片雪白。

米勒把車子的除霜器轉強，渾身打起寒顫。他帶的衣服是為了追走鵑（roadrunner）和棕曲嘴鷦鷯（cactus wren），可不是討人厭的雪人。這裡離墨西哥邊境只有二十哩，仍然沒有看到他的第一隻沙漠鳥，他希望在亞利桑那州租的這輛車子配備了雪地輪胎。

不對。這不太正常。這不是他料想的觀鳥大年開端。這裡是怎麼回事？

在熱帶太平洋，離新幾內亞幾百哩外的海面，一個海洋監測浮標上下跳動的位置比平時低了五吋。美國政府的一顆衛星感測到這個改變，將新數據發回維吉尼亞州瓦勒普斯島（Wallops Island）的數據收集站，再傳到馬里蘭州的拉哥（Largo）和華盛頓州西雅圖的電腦系統。

這「五吋」在國際科學界掀起一陣騷動：影響全球氣候的聖嬰壞寶寶又回來了。

赤道太平洋持續吹著強烈的東風，以至於印尼有日光加溫的海面比厄瓜多的海面高了十七吋。至少每七年一次，這盛行東風會不明減弱。沒有陣風的抑制，熱帶太平洋的海水湧入南美洲外海，使得該區的冷海水變暖。祕魯的漁民將它稱為「聖嬰」現象，因為此一現象常發生在聖誕節前後。

然而無論發生在什麼時間，結果都相同——造成全球氣候大異常。通常在西太平洋發生的風暴轉而肆虐美洲，印尼雨林出現乾旱，非洲沙漠地區則是洪水氾濫。

一九八二年的超強聖嬰現象曾讓科學家措手不及，於是他們後來在太平洋安置了七十個十六呎高、固定在海床的海洋浮標。每個浮標可測風向、水溫和海洋深度的微妙變化。所有數據都傳送到衛星：希望能夠及早預知聖嬰的現身以提前預警。

一九九七年秋天，從新幾內亞到加拉巴哥群島的海洋浮標監測到新的聖嬰，這次科學家不厭其煩地發出強烈預警。這是一件好事。一九九八年初，人在亞利桑那州南部的米勒遭到大雪襲擊，這一年的聖嬰堪稱史上最強，能量威力大過一百萬顆投在廣島的原子彈。

異常溫暖的海水引發大規模的氣候異常——關島吹起風速兩百三十六哩的狂風；印度季風是百年來最早來臨的一次；肯亞的降雨量比平均值多四十吋；在四個月內，印尼嚴重的乾旱所引發的森林大火的二氧化碳排放量，高於所有歐洲工業國家一年的總排放量；在華盛頓、蒙古和胡志明市出現破天荒的高溫；波蘭和捷克遭到世紀洪水蹂躪；南美洲豪雨成災，祕魯爆發幾十年來罕見的瘧疾大流行。

總而言之，一九九七年的聖嬰現象造成兩千多人喪生，經濟損失至少三百六十億美元。

但它也造就了絕佳的賞鳥機會。溫哥華的贊氏蜂鳥、安克拉治的棕眉山岩鷚、德州的白喉鶇——這些鳥種都來自很遠很遠的地方。給許多人帶來災難的聖嬰現象為北美地區海岸帶來了空前豐富的迷鳥。

一九九八年的聖嬰現象締造了許多新氣象紀錄。也可能開創新的觀鳥紀錄——只要鳥迷能夠穿越亞利桑那州南部的暴風雪。

如果這是假期，甚至是普通的賞鳥之旅，米勒可能會睡得比平常還久。尤其在檢查了二十五萬行程式，旅行了兩千五百哩之後，他已經筋疲力盡。而且經過昨晚的風雪，亞利桑那州的道路濕滑，鄉間到處天寒地凍。不過他得去見一個人。

米勒認為史都華．希利（Stuart Healy）實現了夢想。過去十五年，這位矮小的英裔移民曾是像米勒這樣不眠不休的軟體工程師。但是，先在矽谷，隨後在西雅圖北區的微軟（Microsoft）拚命工作之後，希利決定放棄這一切，搬到亞利桑那州的謝拉維斯塔，逐漸累積起名聲，成為該州首屈一指的賞鳥嚮導。

這一切都讓米勒嫉妒。每天在核電廠的無窗辦公室上班十四小時的日子，他想起史都華．希利和他作為專業觀鳥人的生活。希利似乎熟知亞利桑那州東南部的每一鳥種——牠們的棲息地、遷徙的時間、牠們的叫聲——有人付錢讓他做自己喜歡的事，米勒想像不出還有什麼比這更棒的工作了。後來，米勒得知希利的時薪只有十美元。也許夢想終究沒有那麼詩情畫意。

米勒從不喜歡為賞鳥訂價格，但不得不承認一個小時十美元相當划算。其他競逐觀鳥大年的參賽者可能吝於花錢，或者自視甚高不屑雇用嚮導。米勒則是毫不猶豫。他晚了六個星期才展開觀鳥大年，他現在要迎頭追上落後的進度。他目前看過的都是馬里蘭州核電廠周圍常見的鳥種。如果為了難以看見的鳥種，得讓別州的一位嚮導牽著鼻子走，他不會感到困窘。一位登山嚮導替攀登珠穆朗瑪峰的客戶架繩，而珠峰征服者仍舊是征服者，不是嗎？叨叨絮絮成就不了大事，因此希利領他走下溫暖的車子，踏上冰風暴過後的亞利桑那州的土地，米勒閉上嘴巴不說話。太陽還未升起。米勒的鼻子呼出白煙。他嘎吱嘎吱踩著堅硬凍結的地面，一步步往樹叢走去。

希利走路跟急行軍似的，米勒很吃力才跟得上。他們將望遠鏡對準陰影處然後尋找起來。等到太陽悄悄升起照亮了牧豆樹，米勒歡欣鼓舞，總算有一點溫暖了。不過，一會兒後，他嚇得後退了一步。陽光融化了樹枝上的雪，冰水一滴一滴的滴到他的棒球帽上。今天早上用不著喝焦特可樂，米勒陡然清醒過來。

從灌木林傳來希利的叫聲。米勒跑過去，速度比在機場趕飛機還快。樹枝掃向他的大腿、肋骨和臉部。他是兩百一十五磅重的火箭。他停在一棵三十呎高的灌木旁，將鏡筒對準希利指出的確切位置。

鳥兒發出「W-h-e-e-k」叫聲。

在那裡，在巴塔哥尼亞湖州立公園的灌木林裡，是一隻淡喉蠅霸鶲。

山迪·柯米多在一月一日看過的同一種鳥。

拉凡登在新年的第六天看到的同一種鳥。

牠是葛雷格·米勒，大年紀錄的第一百六十種鳥。

夜裡，在汽車旅館裡的米勒應該感到高興才對。在亞利桑那州的五天，他迅速地在自己的大年紀錄裡添了一百二十五種新鳥，除了沉浸在一千兩百哩路程的壯觀景色中，還徹底榨乾史都華·希利對亞利桑那州鳥類所知的一切。

但他仍舊鬱鬱不樂。如果不能與他人分享，這樣的美好時刻又有什麼意義呢？雖然他喜歡白天尋找各種荒僻地方的活動，他也渴望和朋友一起吃晚餐。而夜復一夜，只有米勒、汽車旅館和氣象頻道。他開始覺得又經歷了一次除夕夜的感覺。

他關掉電視，拿起電話。

他的父親接起電話。

「老爸，」米勒說，「我人在亞利桑那州，你不會相信我看了哪些鳥。」

「真的嗎？」

「真的。」

儘管他父親的北美生涯鳥種紀錄傲視群倫，看過的鳥超過五百種，然而他甚至沒聽過淡喉蠅霸鶲。他被吸引住了。他想知道這種鳥看起來是什麼樣子，住在哪裡，他的兒子又是如何發現牠。他要兒子在電話裡模仿淡喉蠅霸鶲的叫聲W-h-e-e-k。

米勒不需要更多的鼓舞，他開始滔滔不絕：我在一座雙翼滑翔機小機場旁的胡桃林看到紅地鳩（ruddy ground-dove），在鳳凰城西邊五十哩的荒地看到勒氏彎嘴嘲鶇，在華初卡山厚達一呎的雪地搜索斑點鴞（spotted owl）卻功敗垂成，在博伊斯．湯普森植物園成功看見棕背鴝鶇（老爸，亞利桑那州的人稱它是植物園，不過，要是在霍姆斯郡，人們會說，這地方需要大量的水）。

話筒那端突然響起母親的聲音，詢問著他的健康狀況。米勒說他很好。母親自有疑慮，她曉得兒子一旦熱中，可能把自己弄到體力透支——但無論她叮嚀了什麼，米勒置若罔聞。他仍然掛念著父親。

他父親的聲音聽不出失望，完全沒提起他婚姻失敗的事，要說有什麼的話，他父親聽起來很興奮。米勒意識到他的觀鳥大年可能不只是賞鳥的重要一年，也是和父親重建聯繫的方式。米勒擔心自己離婚的事會傷害父子關係，這是修復的機會。家裡有個智能障礙的兒子，領公務員的微薄薪水，父親既沒有時間，也沒有錢參與觀鳥大年競逐。但他可以理解這場比賽。他可以欣賞這場比賽。米勒希望父親能助他一臂之力。

即使在觀鳥大年競逐的離奇世界，這仍舊是一個奇怪的問題。米勒還有八小時才離開亞利桑那州，但是差不多已經看遍西南沙漠地區的每一種冬季鳥。他無法搭早一點的航班，西南航空會要他支付高額的更改航班手續費。他不能再去找一次斑點鴞；融雪後的華初卡山滿地泥濘。而且他不打算像無頭蒼蠅在樹叢裡亂闖找沒見過的鳥種；連續五天不到天亮就起床，他幾乎連下床的力氣都沒有。該做什麼呢？

米勒從諾加利斯沿著十九號州際公路北上，它是美國境內唯一一條以公里來計算距離的公路，通過郊區蔓延的圖森市和鳳凰城的褐色土地。他往西一直開，直到周圍再也看不見任何房屋，接著再開十哩路。他停好車。這是從未被印在明信片上的沙漠：平坦、一片棕色、幾乎寸草不生，月球般的荒涼景色綿延到視線盡頭。只有他獨自一人。

他聽到遠處的聲音，舉起望遠鏡看到動靜，並往那個方向走去。不管那是什麼——看來是棕色，有尾巴，可能是某種嘲鶇——牠再次移動。他尾隨在後。沒多久，他的車子已經不在視線範圍裡，不過倒是可以聽見再遠一點的鳥叫聲，他繼續跟著鳥聲走。

以米勒平常的習慣，他的行囊裡不會帶水。至少今天的沙漠天氣不算太熱。米勒專心追鳥，沒注意到天空開始變得陰暗。當聖嬰現象的雨水開始傾盆而下時，他至少離道路半哩遠。

米勒沒料到會下起雨來。距離離開亞利桑那州還有三小時，他可沒興趣坐在天港國際機場（Sky Harbor International Airport）塑膠椅上枯等。於是，他跟隨著鳥鳴聲，也淋得更濕。

他最後判斷，無論再怎麼躡手躡腳接近，離這隻不明嘲鶇的距離頂多只能靠近到一百碼，只好作罷。往回走時，他的鞋子不停咯吱咯吱地響。

回到車裡，他全身又熱又濕，連車窗都起了霧氣。他按下錄音機，快轉到嘲鶇的部分，試圖找出他剛聽過的鳥叫，那隻讓他淋成落湯雞的鳥。

此時有人敲他的車窗讓他驚跳起來。他抹開車窗霧氣，對上邊境巡邏員窺視的目光。

「請問你在做什麼？」對方問。

「賞鳥。」

「賞鳥嗎？你在看什麼鳥？」

「高山彎嘴嘲鶇（sage thrasher），彎嘴嘲鶇（curve-billed thrasher），栗臀彎嘴嘲鶇（crissal thrasher），本氏彎嘴嘲鶇（Bendire's thrasher）。」

「這樣啊，我從沒看過有人來這裡。而且今天是下雨天。」

米勒不知道該說什麼。

「你手裡拿著什麼？」

「錄音機。」

「放出來聽。」

「咦？」

「我想聽一聽。放出來。按下播放鍵。」

米勒按下播放鍵，感到如釋重負。錄音帶是證據：那隻鳥**是**高山彎嘴嘲鶇。

邊境巡邏員仍然面露疑色。「沒有人來這裡看鳥，」他說，「人們來這裡是為了找空投的毒品。」

米勒亮出望遠鏡和賞鳥圖鑑。巡邏員轉身離開。

「哼。賞鳥人。」

隨後米勒開了一小時的車來到機場，穿著濕透的T恤通過機場安檢。他登上飛機時，運動鞋仍舊咯吱咯吱地響。幸運的是，班機空得讓他可以獨占一整排座位。他的如雷鼾聲堪比歌劇。

艾爾．拉凡登

有些鳥迷把它稱為墨西哥烏鴉野生動物保護區（Tamaulipas Crow Wildlife Sanctuary）。另一些人叫它布朗斯維爾自然保護區（Brownsville Nature Preserve）。會說拉丁文的人稱它為鴉科國家公園（Corvid National Park）。

從來不裝腔作勢的艾爾．拉凡登就叫它垃圾場。

過去三十年，德州布朗斯維爾市立垃圾掩埋場（Brownsville Municipal Landfill）已經是美國境內唯一能固定見到墨西哥烏鴉（Tamaulipas crow）的地方。除了烏鴉，沒有人喜歡去那裡。說它臭並不是正確用詞。那是惡臭，腐爛的臭氣。在格蘭德河谷的濃厚濕氣環境下，食物殘渣在此醃泡了數十年，然後經過南德州太陽的炙烤。它臭到會讓成年男子哭泣。

不過艾爾．拉凡登沒有哭。

拉凡登每次到垃圾場——他之前去過，總是為了看墨西哥烏鴉——都攜帶了祕密武器。拉凡登沒有嗅覺。在羅門哈斯化學實驗室工作的那些年，對他的嗅覺造成傷害。他的妻子到公司接他回家的時候，一路必須車窗大開，因為溶劑的惡臭極為薰人。但拉凡登渾然不覺。在實驗室待了一整天，他回家後直奔洗衣機旁，脫掉衣服直接扔進裡頭。法國食物嘗起來再也不一樣了，但在企業界打滾的這些年教會他把負債轉為資產。

就讓其他人被布朗斯維爾垃圾掩埋場的沖天臭氣薰到昏厥吧！拉凡登準備昂首闊步。

他好整以暇在一列垃圾車後方等候——他們也緊閉車窗——直到終於抵達大門。拉凡登開車繞過卡車地磅，朝警衛揮了揮望遠鏡，對方揮手示意他進入。道路筆直通向前方，在較北的地方有一個被稱為「雪柵欄」的區域。亂飛的垃圾在這裡被攔截。填滿報紙、塑膠購物袋、紙盒的圍欄是人為碎屑織出的蜘蛛網。拉凡登繼續往前開。

布朗斯維爾垃圾場是少數幾個仍然准許鳥迷進入的主要垃圾處理場，大部分保險公司和市政府律師拒絕讓小客車前往垃圾處理場。不過布朗斯維爾是急於發展非邊境產業的邊境小鎮。如果賞鳥人願意花錢來旅遊，舉著一千美元的望遠鏡指看成堆的垃圾山，這裡的高齡居民不打算阻擋他們的視野。

拉凡登終於抵達立著兩個標誌的主要岔路口。橘、黑色的直行標誌寫著：**禁止觀鳥人通行**。黑、白色標誌畫著飛翔的烏鴉圖案，還有一個指向右方的箭頭：**觀鳥用垃圾處理場**。拉凡登推測，這不是大量生產的標誌牌。

他停好租來的車，悠哉地走向觀景區。其他鳥迷架起的望遠鏡和三腳架已經整齊有致排成一直線。每個人看來都是用嘴呼吸。拉凡登則是用鼻子。他不得不承認，即使鼻子失靈的人都可以分辨出這個地方臭氣薰天。

拉凡登打開三腳架，拉近鏡筒焦距對準垃圾山。他感到很幸運。仍有垃圾傾倒在這邊的垃圾掩埋場。墨西哥烏鴉是垃圾的鑑賞家，牠們喜歡新鮮上等貨。如果有人想要證據，可以去找垃圾場的過磅員曼努·維拉（Manuel Vela）查證，他花了兩年訓練一隻他命名為傑克的烏鴉在空中接食麵包皮。

墨西哥烏鴉在牠自家地盤是常見鳥種，但是在美國極其罕見。許多墨西哥烏鴉住在墨西哥邊境以南，只有少數一些耐寒的——在好時年有三十來隻——冬天會來布朗斯維爾垃圾場覓食。挑戰在於識別出牠們。墨西哥烏鴉看起來跟其他全黑的鳥沒有兩樣。身長十五吋，比普通擬八哥（common grackle）稍大一點，比白頸渡鴉（chihuahuan raven）略短一點，大致跟大尾擬八哥同樣長。如果烏鴉、渡鴉、椋鳥排排站在陽光下，分辨出牠們很容易。但是在布朗斯維爾垃圾場，烏鴉很少飛到離鳥迷四分之一哩以內的距離。透過高倍望遠鏡看到的鳥影，在熱浪下扭曲變形，要估計尺寸大小並不容易。

所幸拉凡登以前玩過這個遊戲。當他發現遠方柵欄柱上的一隻黑鳥，他認為看到了烏鴉。為了確認，他掃視令人作嘔的垃圾場找出更近的圍欄柱。現在，他有了大小比較基準。

熱浪在正午陽光下閃爍，拉凡登的紀錄添上墨西哥烏鴉。在垃圾場，他曉得自己的鼻子是一大優勢，可將多數鳥迷遙遙甩在後頭。他不想坦白說，但是他喜歡這一點。

回到車裡納涼的拉凡登聽到某種聲音。由於他一直專注在墨西哥烏鴉，直到此時，都忽略了任何其他聲音。上方的天空有數十隻笑鷗。牠們正在哈哈笑。

「艾瑟兒，」拉凡登當晚打電話給妻子：「我今天在德州的布朗斯維爾，我看到墨西哥烏鴉。」

「什麼？」

艾瑟兒．拉凡登不賞鳥。她多年前嘗試過跟著丈夫上山下海，到沙漠、峽谷賞鳥，可是從來無法完全領略其中的樂趣。她的丈夫可以在荒鄉僻野站上幾個小時，為一隻鳥的美麗驚歎連連。而艾瑟兒感到無聊。起初，她覺得不好受。她也想愛上丈夫熱中的活動。身為婚姻諮詢師的她知道夫妻擁有共同興趣的重要。當艾爾告訴她想競逐觀鳥大年的時候，艾瑟兒決定做些什麼來共享這一次的經驗，也許可以寫下紀錄作為傳家的紀念品。她從來無法理解丈夫對賞鳥的狂熱，但是在短時間內周遊北美大陸，到很少人去過的異地他鄉，這會是有趣的旅行見聞錄。艾爾只需要提供內容素材。

「一種墨西哥烏鴉。我今天看到了牠。」

「真棒。牠是什麼樣子呢？是好看的鳥嗎？」

「牠是烏鴉。是黑色的。」

「你在哪裡看到牠？」

「在垃圾場。布朗斯維爾的垃圾場。」

垃圾場。他在亞斯本的滑雪旺季花幾百美元買機票，飛行一千四百哩到垃圾場尋找烏鴉。這個消息恐怕會讓一些妻子尖叫。艾瑟兒倒不會。這是寫遊記的材料。她以記者的口吻問。

「今天過得好嗎？」

「我看到鳥了。」

結婚三十七年，她曉得丈夫並不是簡言帶過一天經歷。他只是專注在找到鳥這個唯一目標，於是隔絕周遭其他一切，或是從未觀察注意。他會得到樂趣的，於是她收起紙筆。

從德州來到杜魯斯（Duluth）的寒冬——艾瑟兒愈來愈難以理解艾爾的旅行。艾爾堅持不懈。他不斷告訴艾瑟兒，有一些鳥平日居住在高緯度北極地區，但在一月會南下到明尼蘇達州北部。對這些鳥來說，杜魯斯就是像人們搭的加勒比海遊輪，在隆冬時節換換風景，享受無疑更為溫暖的天氣。沒能在明尼蘇達州看到這些鳥種的觀鳥大年參賽者，得在夏天前往加拿大北部追捕牠們。現在追逐這些鳥意味著不需要和蚊子奮戰。

他飛到明尼亞波里斯——終於來到一個賞鳥熱點，而且從亞斯本有直飛班機——抵達後，他開車北上。他幾乎沒有勇氣告訴妻子，他的真正目的地並不是杜魯斯。那只是大多數人聽過的城市。他真正要去的地方在杜魯斯西北邊四十五哩。這個地方甚至沒有官方的名字，道路甚至只以數字命名。從五十三號高速公路下二三二號郡公路，接著走七路、二八路、七八八路和二一三路，即會抵達珍貴寶地——當地鳥迷稱為薩斯星姆沼澤的地方。

北美的北寒林有一些更廣闊、更潮濕、更適合賞鳥的雲杉沼澤，但是鳥迷中意薩斯星姆沼澤有另外一個原因：更容易。薩斯星姆沼澤是這裡唯一一個離主要機場只要半天車程的沼澤。它和國道相接，所有拿著雙筒望遠鏡的人都能輕易進入這片雲杉、落葉松和白柏聳立的兩百平方哩沼澤。

前往薩斯星姆沼澤的路上，拉凡登開始理解觀鳥大年大部分的時間不是賞鳥，而是千里跋涉去賞鳥。如果薩斯星姆沼澤如此便利，他怎麼搜索不到播放古典音樂的電台？至少這裡車輛不多。

這是幸運的事。過了杜魯斯繼續開半小時，開始出現高聳的雲杉，拉凡登發現遠處平坦的道路上有塊東西，看來是當地車輛後輪輪窩掉落的骯髒冰塊。隨著距離愈近，他愈覺得那個不是冰塊。冰塊應該落在道路兩側；這個東西在黃線上。

車子以六十哩時速前進，他看到那個東西有頭。

拉凡登踩下煞車，舉起雙筒望遠鏡。十倍變焦的鏡頭顯示那是北方的一種野雞，一隻有頭冠、黑條紋尾巴的披肩松雞（ruffed grouse），完全不恐懼正高速接近的赫茲出租汽車。拉凡登開到離鳥兒四十呎近的地方，抓起他的相機。然而在對焦以前，他瞧了一眼後視鏡，確認沒有急駛而來的運材車（在這些地區，「急駛的運材車」多得不得了，沒有其他類型的車）。

等到確認完畢，他隔著擋風玻璃再次對焦。

那隻鳥已經消失。

他猛敲了一下方向盤。雖然披肩松雞是好鳥，難以看到的鳥，牠仍然不是非常罕見的鳥類，沒有任何人會懷疑他的目擊紀錄。然而他真的很想拍下照片來證明目擊到的位置。鳥迷習慣於披荊斬棘去找好鳥，但是拉凡登就在公路正中間發現這隻鳥，一隻從明尼蘇達州狩獵季節倖存下來的獵鳥。有人曾經告訴他，松雞會在冬季跑上公路吃用來融冰的鹽。他也懷疑這隻鳥之所以被吸引到公路上，是因為路面比起周圍攝氏零下八度的空氣更能留住陽光的溫暖。這些只是猜測。沒有照片佐證，它們聽起來都像鳥迷在酒吧閒扯的故事。

結束薩斯星姆沼澤之旅時，他已經積累了好幾大杯的故事可說。他幸運瞧見兩種最難目睹的嬌小北極鳥，像麻雀的普通朱頂雀和極北朱頂雀（hoary redpoll）正在冰凍湖面旁某戶人家後院的餵食器狼吞虎嚥。他在杜魯斯港口的冰塞和積雪上發現顏色和它們融為一體的雪鴞（snowy owl）。最不可思議的是他見到烏林鴞的方式。烏林鴞這種神出鬼沒的扁面鳥是許多鳥迷難以企及的對手，但就在薩斯（蘭德．麥克納利〔Rand McNally〕地圖製圖人發現的公路小村落）到星姆（不是麥克納利製圖人發現的）的路上，一隻烏林鴞在冰封沼澤旁的電線杆上，用牠亮黃的雙眼盯著拉凡登。

當他打電話回家給艾瑟兒，他聽起來像興奮的童子軍。鳥很棒，他告訴她，然後開始一一細數看到每種鳥的方式和地點。至於其他的事，她得自己問。是的，他三天都待在室外，這幾天溫度都沒高過攝氏零度。不，他沒見到陽光。是的，整個沼澤只有他一個人。他講的都是鳥，又是鳥，還是鳥，沒有其他，始終是這樣。

艾瑟兒佩服他的熱情，但懷疑他的神智清醒與否。

「我擔心你，」她對艾爾說，「我希望你和人結伴去其中一些地方。如果你租來的汽車拋錨了怎麼辦？如果你受傷了怎麼辦？」

「不管你做什麼，」她告訴他，「安全第一。」

美洲獅離他如此的近，拉凡登都數得出牠有幾根鬚。它們在抽動。如果拉凡登能讓空氣進入喉嚨，他會尖叫出聲。

他獨自一人在偏僻野外健行了兩哩路，完全無依無靠。起初，他原以為身後樹叢的沙沙聲是一隻鳥。但是一轉過身，他看到一隻龐大的貓科動物準備朝他的脖子撲來。獅子瞪著他。拉凡登瞪回去。這是灰眼睛對藍眼睛，相隔二十呎的瞪視。

他慢慢地，穩定地，將雙手高舉過頭。如果在德州西部大彎國家公園（Big Bend National Park）的這個高地沙漠，有另一位健行者偶然目擊這場對抗，他會以為戴著雙筒望遠鏡的男子正在舉手投降。拉凡登期望獅子另作他想。拉凡登舉手的目的是為了讓自己顯得更高大，在黎明前的昏暗天色下，他在步道入口處的標誌讀到這個技巧。

獅子沒有退縮。

此時，總算有風灌入拉凡登的喉嚨。

「滾開！獅子！滾開！走開！滾出這裡！」

五秒鐘過去了。然後十五秒。獅子文風不動。

「滾開！滾開！」

四足獸一躍而起，轉身沿著小道往回撤退。拉凡登拾起拳頭大小的石頭扔向獅子的屁股。他沒丟中，但是繼續扔。他希望獅子覺得敵人在後方緊追不捨。

拉凡登停下動作，豎耳傾聽。沒有動靜。他持續盯著前方，一邊彎腰撿起更多的石塊。仍然聽不見動靜。他的直覺告訴他趕緊跑回車上避難，但是獅子也朝那個方向跑。因此，他手裡握著石塊，轉身上坡，以迅速謹慎的步伐繼續沿著長靴峽谷（Boot Canyon）步道往前走。他還有四哩路要走。他希望獅子不會也潛伏在這條路上。

他來這裡只是為了看黃腰蟲森鶯（colima warbler），居住在墨西哥西南部的這種食蟲鳴禽喜歡到邊境北方幽會。奇索斯山（Chisos Mountains）海拔五千九百呎以上的靜僻橡樹林和楓樹林吸引牠們；乾燥的天氣令牠們卻步。由於聖嬰帶來的大雨，拉凡登認為長靴峽谷現在有黃腰蟲森鶯四處飛竄。他沒料到還有肉食性貓科動物存在。

每塊岩石、每棵樹突然顯得可疑。雖然他聽過其他鳥迷抱怨到黃腰蟲森鶯巢穴的路有多遠多陡峭，拉凡登都不當一回事。他身體狀況良好。在家裡的日子，他騎自行車攀山越嶺當作健身活動。當整個冬季只能從車窗賞鳥時，他正期待在邊境豔陽下走得大汗淋漓。現在，他擔心自己渾身的汗味聞起來會像貓的食物。由於不斷地轉頭張望，他的脖子開始發疼。如果他沒有花這麼多時間遲疑張望，這一趟會是他這一生速度最快的四哩健行。

幸運地，快到目的地的時候，拉凡登遇見在峽谷露營過夜的兩位鳥迷。他告訴對方遇見獅子的事，於是三位鳥迷團結一致併肩同行。

找到黃腰蟲森鶯是高潮突降的結束。幾十隻黃臀棕腹的鳥兒在樹叢間飛來飛去。這又是一種在美國難以見到，但在世界上並非那麼罕見的鳥。他很高興能以這麼不尋常的方式看見牠。

他匆匆走六哩路回到步道入口處，告訴國家公園護林員這個消息：有一隻美洲獅出沒，從二十呎距離外盯著我看！他認為護林員應該沿著步道走一趟通知其他人注意，或者至少貼出警告標誌。

相反地，護林員笑了。「你真幸運！」他對拉凡登說道。

「我在這裡工作了八年，還沒見過美洲獅呢！」

脖子還有全身發疼的拉凡登，很想揍這個護林員。

那天晚上，在汽車旅館房間舒舒服服沖過熱水澡之後，拉凡登感覺好多了。黃腰蟲森鶯是他大年紀錄的第四百三十五種鳥。跟山迪・柯米多在一九八七年締造新紀錄的步調相比，他領先了二十種鳥。但是他仍然有一個嚴重的問題要面對：他該告訴妻子嗎？

艾瑟兒知道丈夫計畫到偏僻野地健行，直接切入正題：

「你看到鳥了嗎？」

「我看到鳥了。」艾爾回答。

「你和別人一起去嗎？」

「你那麼不喜歡我獨自去賞鳥？我告訴你，我今天和一位金髮大美女同行。她苗條，健美，熱情，眼睛大得不得了。」

當拉凡登說出美洲獅三個字的時候，他擔心電話會突然斷線。但沒有。艾瑟兒終於回話時，聲音聽起來不像來自千里之外。

山迪・柯米多

山迪・柯米多的愚人節開始得早。汽車旅館的鬧鐘在凌晨三點半嗶嗶響起，他在半小時後離開房間。外面的溫度是攝氏零下九點四度，柯米多卻興奮得滿臉通紅。今天，他將到科羅拉多州的高地沙漠看野雞在鬼針草叢交配。

就像業餘人士用放屁座墊整人一樣，他沒法想像出更棒的愚人節把戲了。柯米多需要更出奇的點子。在賞鳥圈，他是滑稽高手、搞笑大師、喜劇界第一把交椅，他有名聲要維護。於是，他在黎明之前就起床，打算去窺看尖尾松雞（sharp-tailed grouse）的交配。

柯米多對這趟探險滿懷期待，他多掏了錢租了一輛林肯加長型。等他把這艘陸地戰艦開上四十號高速公路，他從居高臨下的駕駛座看見，科羅拉多州海登（Hayden）的每條車道都有一輛貨卡車，其中多數都載著槍架。這裡是牛仔的國度。一個來自紐澤西州的男人，就跟牛仔競技會場出現一位素食者一樣平常；但是開著林肯加長型的紐澤西州男人——這是當地笑話的笑點——不曾真正出現在現實生活裡。幸運的是，在這個清早時分，牛仔和牧羊人沉默不語。

來到小鎮南方，經過煙囪高聳的燃煤火力發電廠，柯米多轉入一條泥土路。根據指標說明，再開五哩路就是尖尾松雞的求偶場。

求偶場就像松雞世界的單身酒吧，飢渴的鳥兒年復一年來這個草坡找對象。牠們以舞蹈示愛。雄雞踏腳、搖動尾巴、在原地旋轉，一邊避開競爭對手；最出色的雄雞贏得眾雌雞青睞。為期一個月的時間，松雞每日清晨進行這樣的奇特求偶舞蹈，雄雞交配完就飛走，雌雞開始築巢孵卵，而偷窺的鳥迷們心滿意足，深深吸著一口又一口香菸。

海登的求偶場是松雞世界最糜爛的求愛場所之一。問題是，柯米多輪子空轉的林肯車還有很長的路要走。

沿著泥土路開了三哩路，才經過「道路養護到此為止」的標誌牌，柯米多的車輪陷入十吋深的坑洞裡。他踩油門往前開，接著倒車，再度往前開，但只聽到輪子發出哀鳴，又陷在更深的泥濘裡。柯米多跳下車，發現一個七呎高的雪堆就在不遠處（感謝聖嬰！）。天氣一旦變暖，融化的雪水會把這條路變成泥水四濺的爛泥路。但是現在，林肯車裡的溫度計顯示攝氏零下九度，水坑是黑色冰塊。柯米多動彈不得。

還有一個小時才天亮。[52]舉目四望，他看不到任何燈光或可以求援的地方。他沒有帶食物或水。他只穿著兩件輕薄毛衣和一件防風外套。展開觀鳥大年旅行以來，他第一次驚惶失措，渾身顫抖。

他可以待在溫暖的車裡等待，但是要等多久？從擋風玻璃望出去，可以隱約看見前方七呎高的雪堆，短時間內從那個方向不會有來車。柯米多開始沿著輪胎痕跡往回走。

經過十五分鐘的跋涉，他仍然一無所獲。這裡沒有人口過剩的可能：極目所及只見黑暗、山艾樹和鐵刺網。颼颼冷風吹來，他的臉被吹得發痛。他希望自己有戴溫暖手套，有穿長內衣褲，更希望知道究竟身在哪個鬼地方。

終於見到一頭哞哞叫的牛了。他拖著沉重的腳步又跋涉了一哩路，看到左邊有門廊的亮光。文明！兩隻狗衝下車道。柯米多無視牠們。在觀鳥大年浪費掉一個早上遠比狗更令他害怕。兩隻狗仰天狂吠，但是沒來咬柯米多的腳後跟。看來救援已經觸手可得。

接著，他的這一天出現真正怪異的轉折——從黑暗裡突然竄出一隻大腹便便的越南母豬。口才犀利的男人張口結舌說不出話來。這些東西會咬人嗎？他不打算找出答案。大腹便便的豬呼嚕叫了一聲，柯米多有樣學樣。豬狐疑地打量他；柯米多又呼嚕叫了一聲。他的越南語終於奏效——這隻豬側身退開。早上五點半，柯米多身邊跟著一隻豬，他走上亮著燈的門廊，敲起農屋的大門。沒人應門。柯米多透過門縫窺看，發現廚房裡有個男人。他聽不見敲門聲嗎？柯米多再次敲門，仍然沒有回應。豬嗅著柯米多的小腿。他又重重敲了三下門。那個男人終於開門了。

柯米多說明遇到的問題，但是養豬的牛仔表示愛莫能助，他有自己的事要忙。他給了柯米多一杯咖啡和當地兩家拖車服務的電話號碼。柯米多忘了大多數的人早上五點四十五分還在床上睡覺，他打的這兩個號碼都沒有人接。他現在真的被困住了。

也許牛仔察覺到柯米多的絕望。也許牛仔覺得可以為當地的酒吧笑話再添新笑點。

52 松雞大多居住於寒冷地代，而且群集展示行為大多在冬末春初，天氣還相當冷。群集展示行為在這段時間會天天進行，從天微微亮開始，最多持續一或二個小時。求偶場地點並不大，如果沒有干擾，會年年被松雞重複使用。賞鳥者必須在天微亮之前就到達求偶場，在松雞尚未到達前找到好的掩蔽處偷窺。如果太晚到達而嚇到松雞，展示行為會馬上落幕，引起在場早到鳥迷的怨恨。如果干擾較多，甚至會讓松雞放棄這個求偶場，成為鳥迷圈內的罪人，因為鳥迷需要很大心血來找出另一個穩定的求偶場。所以看松雞展示必須在天亮之前到達現場偷窺，但是求偶場一般都在非常偏僻、難以到達之處。

「坐上卡車。」他對柯米多說。戴帽子的牛仔握著方向盤，滿懷希望的鳥迷坐在副駕駛座，兩人啟程上路。

他們找到林肯車時，柯米多不得不承認它看起來糟透了。太陽已經升起，照亮綿延無際的廣闊牧地。柯米多的車子就陷在方圓幾哩唯一的一個坑洞裡。至少牛仔可以看到他沒有誇大自己的困境。當然，柯米多不知道如何解決。

牛仔把卡車停在泥淖前，從後座拿出一條長鏈，這個鏽蝕斑斑的笨重鐵鏈鏗鏘作響，就像剛從老舊戰艦卸下的鐵錨。「應該一下子就搞定，」牛仔說。

確實如此。對於生活在鄉間、凡事深謀遠慮的人來說，每輛車都配備了底盤鉤來因應這樣的狀況。但是柯米多驚愕而牛仔嫌惡地發現，林肯車沒有地方可供勾上拖車鏈。林肯加長型並不屬於被拖著走的車子。

牛仔仰躺在雪地上——柯米多站在一旁，他不打算在冰冷的地上翻滾——總算找到足以支撐一個掛鉤的金屬部位。卡車猛拉一下，林肯車終於脫困。

柯米多感激地掏出錢包打算酬謝牛仔五十美元。啊，柯米多只帶著百元鈔票。他給了牛仔一百美元（哦，他討厭多付錢！），接著筋疲力盡地跌坐在駕駛座。

「你到底來這裡做什麼？」牛仔問。

「看鳥。找尖尾松雞。」柯米多回答。

牛仔搖了搖頭。這東西是用來吃的，不是看的。

柯米多打開暖氣，踩下油門揚長而去。

樹叢裡的一隻尖尾松雞大叫：「愚人節快樂！」

柯米多在家休息，不過他需要一隻好鳥。他想到紐芬蘭，有一隻冰島來的白眉歌鶇（Iceland redwing）幸運地橫渡了大西洋，然而前往紐芬蘭是艱苦的行程。他累了。他重新考慮自己的需要。不，他不需要一隻好鳥，而是一種輕易可看的好鳥。但是在佛羅里達州沒有新的鳥種目擊情報，明尼蘇達州也一樣，亞利桑那州同樣死寂。德州——乾杯！

他拿起電話，重複他的密碼：長—耳—鴞。北美稀有鳥類通報網回覆一個大消息：一隻粉腳雁（pink-footed goose）在一百三十哩外的賓夕法尼亞州戲水。

粉腳雁在原產地歐洲是如此普遍，因此比起鳥迷，獵人對牠們更感興趣。在大西洋這一邊，這種鵝是貨真價實的代碼5——名列北美地區最罕見的一百五十五種鳥。柯米多在黎明將林肯車倒出車庫。賊鷗再次出動。

他直奔瑞丁（Reading）附近的安特羅尼湖（Lake Ontelaunee），接著跑下車。水裡白茫茫一片，聲勢浩蕩的五千隻雪雁（snow goose）齊聚一堂。岸上擠著一大群帶望遠鏡的鳥迷。跑得氣喘吁吁的柯米多認出其中一位，保羅．古利斯（Paul Guris），一位常常參加出海行程的賞鳥老手。

「牠還在嗎？」柯米多問。

對方瞧了一眼鏡筒。「你看一下。」他對柯米多說。

鏡頭裡無庸置疑正是一隻粉腳雁。

柯米多驚愕不已。經過多次的野雁追逐之旅——在下冰雹的阿拉斯加受了幾天煎熬，夏天在索爾頓湖（Salton Sea）忍受幾小時惡臭，和游泳偷渡客一樣花好幾夜守在格蘭德河——他的粉腳雁追捕行動只歷時三十秒。他唯一可以用來形容當下感受的字眼，截至目前不曾在他的字典裡存在過。

他覺得有罪惡感。

第八章

聰明的貓頭鷹

The Wise Owl

這個問題很簡單：哪裡是看長耳鴞的最佳地點？——不過對葛雷格．米勒來說，答案伴隨著各種變數。這種鳥反覆無常。某一天，牠們可能成群聚集在某座停車場的一整排橡樹上；第二天旋即消失無蹤。雖然長耳鴞最常出現在新英格蘭和西落磯山，但米勒有他自己的小寶窟。最棘手的部分：那些長耳鴞在他的家鄉俄亥俄州。

自從米勒第一次前往亞利桑那州以來，他幾乎每天晚上都打電話給父親，有時是為了比較觀鳥紀錄，有時只是為了排除寂寞；他感謝父親從未提起離婚的話題。米勒的父親患有充血性心臟衰竭，心臟只能發揮百分之十五的功能。動完手術後，醫生宣告他有六個月可活；那是兩年前，一九九六年的事。現在，他的父親品嘗額外的每一天生命，米勒不希望有任何事讓他的病況惡化。他在心裡一次又一次展開辯論：跟一個離了婚的兒子去賞鳥，對父親的脆弱心臟是有利還是有害？

等到米勒終於提起這個話題，他父親迅速打斷他。當然，他想跟兒子去賞鳥。他已經六十八歲，也知道自己來日不多，這趟旅行能帶給他另一個生活的期待。

父親很虛弱。米勒從他的臉和聲音就可以感覺得出來。父親的每一步都是費力的挑戰，但是他迎著科勒迪平原（Killdeer Plains）的風，一步步持續跋涉過雪地。過去一小時，他們搜遍了每一棵樹找長耳鴞，卻只在一株楓樹下發現一堆糞。日光和他父親的體力一樣迅速消失。也許，牠終究不是這裡藏匿的寶藏。

從旁邊的樹叢冒出另一位鳥迷，一個體力良好、無視橫飛大雪的少女。米勒的父親知道多一雙眼睛有助於搜索。

「你們兩個往前走，」他告訴米勒，「我看看在這裡能找到什麼。」

米勒試圖反對，可是他的父親不想聽。米勒和女孩一起奮勇前進到遠一點的樹林。

女孩有銳利目光、靈敏耳力和鳥類辨識技能，他們不需要翻賞鳥圖鑑就辨認出十幾種鳥。她熱情洋溢，相信長耳鴞一定在下一棵樹上，也足夠謹慎，不讓自己衝得太快免得把鳥嚇跑；讓米勒想起二十五年前的自己。

然而少女式樂觀並不足以帶來一隻長耳鴞。半小時後，米勒擔心起父親。大雪再次橫飛。米勒和女孩加快腳步回到原來的樹林。

米勒的胃絞痛。他為什麼把父親留在那裡？如果出了事怎麼辦？他加快步伐。雖然天氣寒冷，但米勒的汗水直冒出來。

謝天謝地，他遠遠看見父親站在一棵大樹下面。他看起來安然無恙，只是站在原地不動，仰頭看著上方。

米勒舉起望遠鏡。

米勒父親仰看的楓樹停著一隻長耳鴞，牠的頭從父親轉向兒子。

目擊一隻長耳鴞是非凡的經驗，不過這隻獨特的鳥無法分辨樹下哪一隻兩足動物笑得比較開心。

第九章

猶加敦直達

Yucatán Express

四月一個悶熱的夜晚，在猶加敦半島叢林深處，一隻紅喉北蜂鳥（ruby-throated hummingbird）蠢動。牠餓了，但是這並非什麼新鮮事。過去兩個星期，牠差不多都在吃東西。牠吃下這麼多的蚜蟲、蜘蛛、蜜蜂和花蜜——特別是花蜜——增加了將近一倍的體重。現在，牠的體重相當兩枚的一分錢硬幣，肥大的胸部堆滿黃色脂肪。牠需要這些脂肪。牠仰賴它們來維持生命。

微風持續拂過牠的尾巴。白天的氣溫高達攝氏四十一度，叢林裡的生物熱得呼吸困難，連厚嘴巨嘴鳥（keel-billed toucan）也一樣，這種叫聲刺耳、鳥喙巨大的鳥因為躍上家樂氏穀片[53]包裝而廣為人知。但是太陽在半小時前已經落入海面。樹林又恢復生氣勃勃，啁啾鳴轉的不是當地鳥類，而是牠這樣的長途旅行鳥類。一切都很好。

牠飛離樹枝，其他的鳥兒也紛紛飛起。消防栓一樣紅的唐納雀（tanager），拉斯維加斯歌舞女郎一樣濃妝豔抹的鵐，還有鶯！——這些鶯有橙色的臉、藍色背部、黃色肚子，體腹兩側有條紋。跟那樣絢爛多彩的羽翼藝術秀相比，紅喉北蜂鳥顯得毫不起眼，體型約人類的小指大小，綠色背部配上暗色肚子和棕色羽翼。

然而，牠的目標非常驚人。

今晚，牠打算飛越五百哩寬的墨西哥灣。如果牠停下來休息就會死。如果牠成功飛過，牠有機會在地面花兩三秒和一夫多妻、喉部豔紅的雄鳥交配。

紅喉北蜂鳥仰賴牠那顆比豌豆還小的大腦引導，在夜裡一口氣飛越海灣。大腦比牠們大一萬倍的人類，仍試圖理解這個不可思議的旅程——遷移的奇蹟。

打從人類開始抬頭觀望天空以來，鳥類遷徙就令他們驚奇不已。在聖經裡，悲慘的約伯得再次認識上帝的權能，上帝問他，「鷹雀飛翔，展開翅膀一直向南，豈是藉你的智慧嗎？」在〈耶利米書〉第八章第七節，遷徙現象被用來證明鳥類比人類更聰明：「空中的鸛鳥知道來去的訂期；歐斑鳩（turtledove）、燕子與白鶴也守候當來的時令。我的百姓，卻不知道耶和華的法則。」在沙漠裡流浪的摩西和子民們有天降下的鵪鶉可吃，科學家現在說，那是每年從歐亞大陸的築巢地到非洲過冬的一來一回遷徙。

即使異教徒也知曉天際有不尋常動靜。荷馬（Homer）在《伊里亞德》（*Iliad*）第三卷一開始，將特洛伊人的戰鬥喊聲比擬為「恰似一群野生的鴻雁，疾飛的鸛鶴，發出沖天的喧喊，試圖逃避冬日的陰寒和暴瀉不止的驟雨，尖叫著展翅飛越海神洋流」。

但是承認鳥類的遷徙跟理解其中奧祕大不相同。亞里斯多德（Aristotle）這位知名的邏輯

53 家樂氏（Kellogg）食品大公司自一九六〇年代持續出產一種相當暢銷的早餐穀片（Froot Loops），這穀片是甜甜圈造型，有六種顏色，分別代表不同水果口味。台灣的小朋友稱厚嘴巨嘴鳥為大嘴鳥，這大嘴鳥是這穀片的卡通吉祥物。

學和形而上學專家也被燕子難倒。他認為這種敏捷的食蟲鳥一到秋天就從天空消失，是由於牠們躲到樹洞冬眠。等到黑臉的赭紅尾鴝（Eurasian redstart）從城鎮撤離前往溫暖的地方，換由紅臉的歐亞鴝（Eurasian robin）進駐，亞里斯多德提出了一種全新的解釋——隨著大自然的季節更迭，赭紅尾鴝在冬天變為歐亞鴝（以他的理論，鳥至少還保有羽毛；羅馬人則認為燕子會變成青蛙）。

一七〇三年，一位自認「好學不倦、信仰虔誠」的英國人，出版了一本著作《以下問題的可能解答：白鸛、歐斑鳩、白鶴和燕子何以知道固定的來去時間？》（*Probable Solution of This Question: Whence come the Stork and the Turtledove, the Crane and the Swallow, when they Know and Observe the Appointed Time of their Coming?*）。他的回答：鳥類飛到月亮上過冬。

到了十九世紀末期，林奈（Carolus Linnaeus）將鳥類分類，達爾文（Darwin）找出鳥類是如何進化——他在加拉巴哥群島發現的十三種達爾文雀給他靈感，後來寫出《物種原始》（*Origin of Species*）——鳥類遷徙不再是神祕難解的謎團。船和鐵路讓人類第一次能像輕盈展翅的鳥兒一樣長途旅行。當生物學家從北半球旅行到南半球，他們發現許多跟家鄉相同的鳥。鳥類遷徙成為一般常識。

鳥類如何遷徙和為何遷徙仍然成謎。全球的一大遷徙路徑顯然貫穿南美、北美大陸，但是確切路線依舊不明。注意到鶯之類的陸地鳥有時降落在墨西哥灣的油輪和捕蝦船上，許多科學家得出結論，鳥類遷徙只是飛越海洋。不過，在一九四五年，德州的一位教授喬治·威廉姆斯（George Williams）以一個簡單的問題在鳥類學界投下震撼彈：嬌小的鳴禽大可循著海灣飛行，牠們為什麼甘冒生命危險越過五百哩寬的海洋？為了確保沒有人忽略他的觀點，威廉姆斯甚至舊瓶新裝那位「好學不倦」英國人的月亮理論。「相信鳥類跨洋遷移，」他寫道，「就像相信月亮是用綠起司做的」——兩者都缺乏科學證據。威廉姆斯雖然知道每到春天，許多鳥種奇蹟般出現在美國墨西哥灣沿岸地區，他認為這些是只在陸地移動的候鳥，牠們被暴風吹到海裡，拚命想返回陸地。

威廉姆斯的綠起司譏笑令鳥類學家困擾，他們很快開始徹夜不眠做研究以提出反證。最成功的一位是美國路易斯安那州立大學的研究員喬治·洛厄里（George Lowery），他在一九四八年花了整個春天在墨西哥灣南岸，位於墨西哥的波瓜蘇（Progreso），以二十倍望遠鏡觀測月亮。洛厄里在黑暗裡看見的是證明。鳴禽在日落後一小時內起飛，在黑夜裡乘著月光高飛。每一隻都朝北方飛。

在猶加敦半島海岸的每個夜晚，這位月亮觀察家每小時很少看到超過三十隻鳥類——望遠鏡筒的觀測範圍畢竟只占天空的微小部分——但已經足以破除威廉姆斯的起司論。顯然有一條跨越墨西哥海灣的遷徙路徑。不過，沒有人知道有多少旅客走這條路。

最大的突破來自一位鳥類學家，而奇怪的是，他在室內得到最重要的發現。在六〇年代中期，希德·哥司霍（Sid Gauthreaux）得知政府從德州的布朗斯維爾到佛羅里達州的西嶼（Key West），沿著墨西哥灣架設了雷達。雖然這項裝置是用來預測天氣，哥司霍估測敏感的雷達也能偵測到在天空移動的東西——可作為鳥類遷徙的證據。[54]雷達螢幕上的一個小點代表一小群鳥；較大的點是數百隻的鳥群。等哥司霍開始翻閱以前的氣象資料，他發現一個又一個的點。幸運的是，政府單位就是政府單位，氣象雷達網從一九五七來成立以來，幾乎每一張天氣雷達圖都被歸檔保存。哥司霍蹲下來，查看了數千張雷達圖。這是勞心耗神的工作，但是氣象紀錄證明墨西哥灣是全球最重要的候鳥遷徙路徑之一。這條路線後來被稱為猶加敦快車。

哥司霍估計，在遷徙的尖峰時期，墨西哥灣沿岸從德州科伯斯克里斯地（Corpus Christi）到路易斯安那州的查爾斯湖市（Lake Charles）的三百哩海岸線，一個晚上就有四千五百萬隻鳴禽抵達。相當於每哩有十五萬隻鳥，或者每個街區有一萬五千隻鳥。

總數量相當驚人，也包含了令人難以置信的個人功勳。伊利諾大學的研究員理查·葛拉伯（Richard Graber）好奇鳴禽的耐力，他抓了一隻灰頰夜鶇（gray-cheeked thrush）——旅鶇的同科親戚，體型小一點，外表更不起眼一點——在牠身上裝上超迷你發射器。葛拉伯搭小飛機緊追在後，灰頰夜鶇從伊利諾州中部起飛，以平均五十哩時速朝北飛（鳥兒有時速二十七哩的順風氣流助一臂之力）。在密西根湖，飛機為安全起見，緊貼岸邊飛行，然而一盎司重的鳥不偏不倚從廣闊湖面的正中央飛越而過。飛機在密西根湖最北端不得不降落加油，結束了歷時八小時的四百哩追逐。而鳥兒毫不停歇繼續向北飛。

鳥類無庸置疑有能力完成驚人的飛行旅程。人類只需要相信牠們。

遷徙是孤獨的工作。其他鳥類成群結隊或排成V字飛行，紅喉北蜂鳥總是孤軍奮鬥。牠不需給予也得不到同伴的激勵或方向指引。牠天生是獨行俠。蜂鳥是唯一能夠懸空停著、倒著飛、翻轉飛的鳥，不過今晚牠只想朝著一個方向飛——北方。

牠身下的陸地變為海面，遼闊的黑色海灣鋪展在牠眼前。牠不斷向上飛，直到乘著順風方向為止，今晚的時速穩定在每小時十四哩。不同鳥種偏愛不同高度的風。鷸和紅領瓣足鷸（red-necked phalarope）在往北遷徙時，通常飛得低到貼近白浪翻飛的海面。蜂鳥和鳴禽飛得比牠們高，通常離海面五百到兩千呎（大多數鳴禽的體型小到不用超望遠鏡頭看不見）。飛在最高處的是最有力的飛鳥，大都是水鳥，通常距離海面三哩以上。當然，大自然永遠有例外——或說永遠有驚奇。在內華達州沙漠的兩萬一千哩高空，一架噴射客機曾經撞到一隻遷徙中的野鴉。攀登珠穆朗瑪峰的登山者用氧氣瓶輔助呼吸，在海拔兩萬九千零二十八呎高的他們，驚見鵝群從頭頂上方飛過去[55]。

蜂鳥跨越墨西灣的飛行已經過五個小時，牠以平均時速三十哩，繼續朝美國方向飛。鳥類

54 台灣近年也開展此技術，以氣象雷達追蹤恆春半島猛禽的南北集體遷移。

55 這是在亞洲高山湖泊地區繁殖的斑頭雁（bar-headed goose），全球目前已知飛行高度最高的鳥種。

為什麼在漆黑的夜晚不會迷路？一些大學的研究顯示鳥類可能依靠星星導航——北極星是天空中永遠不移動的亮光——但是另外一些研究員發現更可能是依靠傍晚天空的太陽偏光。這兩種理論都無法解釋鳥類如何在黑暗裡成功辨認方向，穿越雲層和濃霧，完成數百哩的長距離遷徙。事實是，世界上最優秀的科學家腦袋仍然不知道鳥腦如何進行導航和定位。

太陽升起的時候，空中的小紅喉北蜂鳥只剩下一個影子。牠已經飛行三百哩，身上的脂肪快速燃燒殆盡。蜂鳥的新陳代謝如此快速，平日在陸地，牠差不多每二十分鐘就要進食一次以保持健康。這意味著牠每天吃下自身體重一半的食物，喝下體重八倍的水。不過在過去十小時的遷徙，牠什麼也沒吃。牠的翅膀每秒拍動五十下。牠的心跳一分鐘一千下。牠的體重減輕了百分之二十五左右。

地平線上，隱約出現麻煩的前兆。

葛雷格·米勒從兩百哩外可以看到：洶湧翻騰的烏雲籠罩德州海岸。米勒知道該怎麼做。他急忙趕往暴風雨的中心。

艾爾·拉凡登已經在那裡。山迪·柯米多淋得一身濕。

在春天遷徙時節，爭勝的鳥迷們期待有惡劣天氣。事實上，他們殷切渴望壞天氣，天氣愈糟愈好，比如挾帶強風的雷雨或冷得讓人穿上兩件毛衣禦寒的強勁冷鋒。

理由是：鳥雨。

鳥雨是傳說中的自然現象，鳥類在遷徙時遇上突然逆轉的風向或大雨襲擊，於是從天空掉落以尋求安全的庇護處。有許多年，天降鳥雨就是不發生；穩定的順風氣流和平靜的氣候讓鳥類輕易完成遷徙到北方築巢。但是，鳥雨一旦真正發生，就成了傳奇。鳥雨看起來就像用《星際爭霸戰》（*Star Trek*）的光波傳送器將外太空生物瞬間傳送到海岸，數千隻鳥從天而降。樹枝上停滿了猩紅麗唐納雀，草地上遍布著鶯鳥。院子裡新抽綠芽的灌木叢搖身一變，成為裝飾燦爛的聖誕樹。

對於大多數鳥迷而言，鳥雨是驚人的奇觀。但是，對於觀鳥大年的參賽者來說，鳥雨是一條節省時間的捷徑，一本整理出期末考試重點的《克利夫筆記》（*Cliff's Notes*）。看過鳥雨期間奄奄一息躺在地上的每一種鳥，日後就不須遠赴牠們的孵育地觀看。任何求勝的鳥迷絕對不容許自己錯過鳥雨。

米勒加催油門，租來的車子加速到時速八十哩，接著他將油門踩到底。

蜂鳥身體衰弱得很快。暴風雨從陸地襲向海上的時候，牠的脂肪已經所剩無幾。現在，它們已經消耗殆盡。牠的能量來源只剩肌肉。每拍翅一下就多消耗一點能量。牠正在吃掉自己。經過十六小時的順風飛行，牠離陸地只有二十哩遠。但是，迅速帶牠飛得這麼快這麼遠的順風受到暴風雨影響而轉向。現在風颳向牠的臉。同樣的一段距離，牠需要花四倍的力氣。在牠周圍，暴風雨將遷徙中的鳥類從原本的飛行高度擊落，牠們在海面上方掙扎著飛起來。牠也幾乎貼近海浪。海面上波濤翻滾。牠無法漂浮或游泳。一掉下去就沒命。

人類早已了解橫越墨西哥灣的危險。在二十世紀初，距離密西西比河三角洲三十哩的一艘船上，船員們驚奇地觀看數百隻遷徙中的鶯鳥遭遇寒流襲擊，奮力逆風飛行，掙扎著，最後被淹死。一九九五年四月的一場春季暴風雨過後，路易斯安那州立大學的大衛和玫里莎·威登菲（David and Melissa Wiedenfeld）夫婦走過大島（Grand Isle）附近的海灘，發現每哩路鋪滿七千具鳥屍。他們估計，這一場暴風雨造成至少四萬隻、四十五種的鳴禽死亡。

橫越海灣途中的災難如此常見，大自然透過生物演化機制分散風險。為了防止一場強烈暴風雨就讓一種鳥滅絕，許多鳥種（包括紅喉北蜂鳥）分為兩類：一種走陸路，另一種走海路。從陸地上空遷徙的鳥知道避開猛禽威脅。走海路的鳥擁有意志力。

蜂鳥離海岸終於只有咫尺之遙。大雨傾盆而下。以心臟和身體的相對比例，蜂鳥的心臟是所有溫血動物中最大的，牠將它推進到最大極限。牠的肺像所有鳥類一樣，仍然完全充氣鼓起，但是牠有九個特殊氣囊像幫浦一樣持續吸進氧氣。牠虛弱得更快。

然後，牠看到了浮沉浪濤間若隱若現的：陸地！

不只是平常的沿海濕地平原、樹木，在滾滾白浪的另一端，高聳的樹木綿延成一片。牠快到了。牠可能得救。雨水、勁風擊打牠的翅膀。牠奮力抵抗。愈接近海岸，牠看得更清楚——

朴樹、皂莢樹、五十呎高的水橡樹，下方是代茶冬青和水蠟樹叢，牠和九位同伴加起來才有一張郵票的重量。但是牠做到了。牠飛越了墨西哥灣。牠還活著。

一隻雙足動物靠近牠。發出響亮、深沉的聲音。

「紅喉北蜂鳥。」渾身濕漉的山迪．柯米多宣布。

過去十天，柯米多一直待在德州著名的鳥雨地點高島，待得都快瘋了。沒有太多鳥可看；在冠藍鴉日（bluebird day，大晴天），高島甚至沒有冠藍鴉。柯米多無聊到開始責罵童子軍森林公園（Boy Scout Woods）裡的孩子——「尖叫、大聲喧嘩會引來蚊子！」他教訓一個幼兒，以及揶揄嘲笑外國人（「上帝保佑英國人！」他對一群年輕人的觀光團大叫，「要不是有他們當誘餌，我們都會活生生被這些蚊子吃掉」）。

現在等待的遊戲已經結束了。落在柯米多眼前枝頭的蜂鳥如此奄奄一息，虛弱到無法注意他，他甚至不需要望遠鏡就能辨識出牠。此外，牠這個鳥種在東岸夏季時節的花園如此常見，他估計這一年會見到幾百隻。

牠不是什麼大不了的鳥。

他繼續前進。鳥不斷從天空落下，柯米多除了紅喉北蜂鳥，還有更多鳥要看。

高島有點不尋常，就像它所吸引來的一些人一樣。首先，它不是一座島。它是位於休斯頓以東七十哩、州際公路以南二十哩的一個小鎮，距離浪濤翻騰的墨西哥灣整整一哩，四周由稻田、鑽油塔和濕氣包圍。

高島並不高。事實上，它的海拔只有三十二呎，有如地下鹽丘的圓形丘頂。但是此地的肥沃土壤足以滋養成片的五十呎高樹木，從岸外數哩的距離就能看見這片綠洲，自猶加敦半島到阿拉巴馬州莫比爾（Mobile），數百哩長的墨西哥灣沿岸地區，它是最突出的點。

高島的名聲大過本身的面積。雖然固定吸引從洛杉磯到長島到倫敦的鳥迷前來，主要的鳥雨觀察地面積只有十五畝。每一年，超過六千人懷抱看到春天鳥雨的強烈希望，聚集在這塊蕞爾小地。

高島並非北美大陸最熱門的觀鳥地點——南德州的聖安娜國家野生動物保護區，紐澤西州的五月岬，每年都各自吸引約十萬訪客。它也不是最富裕的——來高島觀鳥的鳥迷為當地經濟帶來兩百五十萬美元的收益，跟內布拉斯加州格蘭德島市（Grand Island）觀看沙丘鶴（sandhill crane）和美洲鶴（whooping crane）遷徙的鳥迷所創造的一千五百萬美元經濟總收益相比，無異滄海一粟。但是四月的三個星期，高島無庸置疑是競爭性賞鳥宇宙的中心。

它甚至設有大看台。決心讓賞鳥成為一項觀賞性運動，休士頓的奧杜邦學會在朴樹下設置了可以容納四十人的露天看台——如果出現的鳥真的很棒，會有五十人——可以望見一個供鳥戲水、飲水的水池，由水族館配管固定供水。看台上立有一個標誌：「當心座椅上的漿果」，但是許多狂熱的鳥迷仍然整天帶著可笑的紫色污漬晃蕩。人來人往的幾條步道是鋪設了木板，在重要觀測點設有長椅。至於其他泥土小徑，已經被這麼多鳥迷的腳步踩踏得很堅實。

雖然每個人為了鳥類來到這裡，一些最有趣的景象來自兩足動物。

有搭著觀光小巴士來的英國人，他們極其認真但是公事公辦，總是拖著三腳架和望遠鏡尋找最近的觀賞距離，即使掉落的鳥疲累得幾乎可以任人碰觸。英國鳥迷——絕大多數是男性——執迷於盡可能看到最多的新世界鳥種，前來高島是畢生夢寐以求的行程。長達數個月的行前準備，意味著他們往往比北美本地鳥迷更了解北美本地鳥種。[56]

緊隨其後的是幾群隨性漫遊的中年婦女，二或三個人並肩同行，穿著平底便鞋和樸素的長褲，頂著沒染過的頭髮。她們毫不在乎男人怎麼想，除非他能幫助辨別一種特別難以辨認的鳥種。這些女人發現一隻玫胸白斑翅雀（rose-breasted grosbeak），圍在一起竊竊私語的時候，人群才會靠攏過來。否則，這些女人自成獨立的小圈圈，彼此有說有笑，同伴帶來的愉悅跟任何雙翼動物不相上下。

樹林裡最嘈雜的兩足動物當屬共遊的夫妻。當其中一位配偶，一個賞鳥生手，堅持要和對方同行以便了解賞鳥是怎麼回事，一個典型的悲慘高島行程就此發生。通常只要四個蚊子叮痕，或者一場傾盆大雨，就能讓一個賞鳥經驗不足的配偶爆炸，質疑這怎麼會是任何正常人想要的假期。不可避免的，一天結束時，會有一個憤怒的配偶待在車上，另一個憤怒的配偶待在

---

56 英國人的賞鳥活動其實比美國人更早開始而且更加風行。就個人認為，英國賞鳥者比美國賞鳥者更加執著、投入、活躍與高明。美國與英國賞鳥者之間有時會有瑜亮情結，就如本章所述「上帝保佑英國人」，不難嗅出對英國鳥迷的看不順眼。

野外，兩人當晚晚餐時仍在賭氣，睡覺時他或她縮在汽車旅館大床的另一側。

東竄西竄，從不休息的是少壯派鳥迷，最容易辨別的特徵是他們絕不戴花俏的帽子。執拗的那些人以炙熱目光盯著鳥看，引述《國家地理》圖鑑的內容，一副彷彿什麼都懂的樣子，直到一隻普通的雌鶯害他們出醜。聰明的少壯派向英國人和中年婦女尋求協助，常把「是的，夫人」、「不是的，先生」和「謝謝你」掛在嘴邊。

還有冷淡的類型，幾乎都是男性，像孤鷹一樣偷偷潛伏，直到看到某個特別珍稀鳥種的人大喊出聲。他們這時猛撲而上。這些人要麼競爭心強，要麼極容易陷入競爭狂熱症。他們談論至今看過的鳥種紀錄。

所有這些人繞著公園走動，仰望天空，用通常在星期天上教堂才用得著的氣音說話。一切如此合宜、有規矩、得體。

這讓山迪．柯米多瘋狂。

他試圖要保持安靜，哦，他真的做到了。但高島的木板步道每天有高達五百個鳥迷走動，他無法抗拒表演欲。

曾有兩組觀光團圍著一株橡樹的低矮枝枒品頭論足，樹枝上顯然停著一隻卡羅萊納夜鷹，這種知更鳥大小的食蟲鳥在夜間狩獵，白天睡覺，外表如此肖似枯葉，通常被人當作木瘤而忽略過去。柯米多很高興地加入人群。白天罕能見到卡羅萊納夜鷹，人們通常在傍晚開車到荒野小徑，希望車頭燈能恰好照到這種鳥的閃亮雙眼。

是的，捍衛觀鳥大年冠軍寶座的這位參賽者證實，這是一種了不得的鳥。

柯米多正開始吹噓發現另一種好鳥的經歷，《國家地理北美鳥類圖鑑》的主筆作者喬・唐恩（Jon Dunn）漫步經過。唐恩像摩西開紅海一樣從觀光團之間擠出一條路。

唐恩研究這隻鳥，發出一個新的宣告：「這不是卡羅萊納夜鷹。這是一隻三聲夜鷹（whip-poor-will）。」雖然兩種鳥類相似，三聲夜鷹體型小四分之一，尾巴的白色面積較大。

柯米多更近地觀察鳥，發現唐恩說的沒錯。柯米多感覺像臉上被砸了雞蛋一樣的屈辱。錯辨鳥種向來是賞鳥比賽的一部分，但是柯米多不想在大師前犯錯，還讓兩團賞鳥客如此近距離、直接地目睹他的不幸。

高島是一個很小的地方，柯米多是一個高傲的人。他真的想在高島看到更好的鳥。他過去十天一直空等暴風雨帶來鳥雨。然而現在掉下來的是經常可見的鳥種——紅喉北蜂鳥、金翅蟲森鶯（golden-winged warbler）、玫紅麗唐納雀（summer tanager），都是好鳥，但是不足以讓他打破觀鳥大年紀錄。

唐恩也許感覺到自己造成的傷害，他提供柯米多情報去尋找另一種難以見到的鳥，少見的北美花田雞（yellow rail），只需要短距離的車程。柯米多決定去找牠。

出去的路上，柯米多拖著腳步走在木板步道，經過中年婦女、鶯類、英國人和雀類，意外碰上完全出乎意料的東西：艾爾・拉凡登。

「大師，你好。」拉凡登說，這是他在不尋常地方遇見柯米多的慣常問候語。這是今年頭四個月兩人的第三次會面。打招呼問好是他們的談話極限。拉凡登可以閒聊好幾個小時，但是緘口不提私人細節。

因此，兩位觀鳥大年競爭對手盡可能快速錯身而過。柯米多去追唐恩提到的鳥。拉凡登留在這裡看三十二種鳴禽。

才離開彼此的視線範圍，兩個男人思索起同樣的問題：他在這裡做什麼？

北美花田雞是鳥類世界的葛麗泰．嘉寶（Greta Garbo）[57]：牠不想被打擾。只有少數鳥偽裝得如此完美；只有少數動物如此執迷於不要被看見。牠只在沿岸大米草濃密的沼澤避冬，所以牠很少看到自己的影子。牠從來不在沒有遮蔽的曠野走動。如果被追，牠會逃跑。牠非常討厭飛行，科學家一度懷疑牠在夜晚獨自遷徙——靠步行。

對於競爭的鳥迷來說，這意味著北美花田雞永遠也贏不了任何選美比賽。拜美國聯邦政府之賜，目擊這種鳥曾經是比較容易的事。多年來，美國漁獵署推動一種越野車——一種輪高三呎、輪距四呎的巨大羅林登（Rolligon）卡車——深入占地三萬四千畝的阿納瓦克國家野生動物保護區（Anahuac National Wildlife Refuge）。鳥迷坐在上面。花田雞為了保命四處逃竄。

眼看五百磅重的大車一週五天隆隆駛過一個所謂的自然保護區，為聯邦政府工作的生物學家開始關注它們對該地的嚴重傷害。越野車在一九八八年正式停駛。

接下來的十年，許多鳥迷只當這種鳥不存在。沒有越野車來驚動北美花田雞，要看見牠實在過於困難。

因此，當唐恩提起到阿納瓦克國家野生動物保護區看花田雞，柯米多立即付諸行動。雖然鳥迷不再乘坐越野車，但他們的到來肯定嚇得這些雞四處亂竄。幾團賞鳥客，加上柯米多，齊聚在阿納瓦克國家野生動物保護區，準備步行賞雞。美國漁獵署甚至同意開放一部分長期禁止人類進入的區域。

其中當然有詐。一切發生在一個稱為「鱷魚沼澤」（Gator Marsh）的地方。阿納瓦克國家野生動物保護區是鱷魚的家，有數百隻大鱷魚。牠們通常待在木板步道下方，或者離碎石路遠遠的，但是肯定就在四周。牠們曾經是越野車遊園的主要景點，坐在輪距四呎的大車上看牠們是有趣的事。不過，鱷魚在腳邊行走就完全是另外一回事了。一些鳥迷為了安全起見，決定就站在沼澤旁的堤防上觀望。

其他人邁開步伐前進。看到北美花田雞的唯一方式是強迫牠們飛起來。這絕非易事。即使

57 葛麗泰．嘉寶是活躍於第二次世界大戰前的螢幕女神。她於一九四一年退休後，完全息影且在紐約隱居五十年，非常注重隱私，不願意出現於公眾場合或成為媒體焦點。她被廣為記著的一句話是「我不想被打擾」（I want to be let alone）。

有這麼長的一列隊伍——總計六十位鳥迷——花田雞在地面上移動的速度仍然快到讓人無法察覺。因此，鳥迷決定使用一個祕密武器：驚嚇法。

他們在長繩索上綁上幾十個裝了碎石的塑膠牛奶瓶，就成了發出噪音的拖繩。如果鳥迷們拉著這個道具快速通過沼澤，有可能把花田雞嚇出來——如果沒有鱷魚先被引出來的話。

柯米多為了一隻好鳥願意冒險。但在其他許多鳥迷看來，柯米多似乎避免付出勞力。當其他五十九人拉著繩索，步履維艱深入半人高的沼澤草地，柯米多沒有拉繩索而守在隊伍左邊，希望能搶拍到任何冒出的鳥。雖然繩隊中央的人才是主要的開路功臣，柯米多知道他們不太可能獲得任何回報。如果北美花田雞衝不過封鎖線，牠往往會試圖躲開威脅。這意味著觀賞角度最好的黃金位置在隊伍的左右兩側。

柯米多在最佳的觀賞位置就定位，等待其他人幫他把躲藏的鳥兒嚇出來。

拖著裝了石塊的牛奶瓶，踩在水深及踝的水裡，穿過半人高的草叢，這樣走了幾百碼之路，隊伍裡的一些人開始抱怨這趟急行軍。但是，即便短暫的休息都會給面臨絕路的花田雞一個逃脫的機會。他們拖著沉重的腳步繼續前進。

總算有一隻鳥衝出。牠看起來像花田雞，但是飛得太低無法讓人確實辨識。隊伍一半的人迅速包圍牠降落的地點。

眾人迅速圍成了一個圓，圓圈靠得更緊密。更整齊。又圍得更緊。

三十幾個鳥迷在沼澤圍成一圈——柯米多在婚禮上被迫加入哈奇波奇（hokeypokey）團

體舞[58]後，就沒嘗試過這種事——終於發現了花田雞。牠的身體有黑、有棕、有黃、有雜色斑點，看上去好像被磚塊壓扁一樣。橫斑細窄，才能在如此斑斕的羽色裡找到容身之地。這些橫斑讓人們津津樂道，說它們像鐵軌一樣細窄。

柯米多為了合理化沒一起拉繩索的決定，他加入圓圈，把相機放到裡面。把相機收回來。再把相機放到裡面，按一按快門，看到了北美花田雞，他轉一圈。[59]

他認為，就是如此。

北美花田雞逃之夭夭。

來到高島的葛雷格．米勒沒有收到任何超速罰單。確實了不起。在狂風暴雨裡，以不到三小時的時間開了兩百多哩路——他全神貫注在高島下鳥雨的可能性。抵達步道後才是最艱難的部分。高漲的腎上腺素一直妨礙他。

等到終於平靜下來，他注意到一株朴樹上，在胸部高度處有東西。是一隻雌的紅喉北蜂

58 這是一種一群人圍成一圈一起跳的團體舞，流行於英語系國家。

59 源自哈奇波奇舞歌詞：把你的左手放到裡面，把你的左手放到外面……你轉一圈……（You put your left hand in, you put your left hand out.....）

鳥，棲息足夠長的時間來消化牠剛吃下的蟲子和花蜜。

對米勒來說，這是他這一年看見的第一隻紅喉北蜂鳥。

對牠來說，這是一個短暫的休息。飛行五百哩越過海灣後，牠會吃下更多的食物，接著再次遷移。牠可能北上到加拿大。牠得找個對象。

第十章

大舟

The Big Yak

坐在航向佛羅里達州乾龜島的船上，離岸五哩遠，艾爾．拉凡登正在踏尋歷史的軌跡。所有的賞鳥大師都走過這條路。一八三二年，約翰．詹姆斯．奧杜邦從西嶼航行七十哩到乾龜島，為他的里程碑著作《美國鳥類圖譜》發現了五種新鳥種。一百二十一年以後，羅傑．托利．彼得森和詹姆斯．費雪結伴展開長征，沿著奧杜邦的路線航行，發現了罕見的鰹鳥。在兩人激烈競逐觀鳥大年勝利期間，弗洛伊德．梅鐸正是在這片海面，注視肯恩．考夫曼俯身向船外嘔吐；班頓．巴沙姆在這裡看到生平第一隻新熱帶區稀有鳥種。在詹姆斯．M．瓦德曼砸重金參與的觀鳥大年，雖然是搭飛機，而不是乘船前往乾龜島，他對珊瑚環礁的這些鳥類非常滿意，於是以一罐維也納香腸罐頭、一盒餅乾，和一杯雙倍波本威士忌作為慶祝晚餐。

可惜，拉凡登沒有心情慶祝。他趴在「洋基自由號」（Yankee Freedom）的船尾欄杆上大吐特吐。又暈船了。哦，痛苦，折磨，尷尬。怎麼又發生這種事呢？

一月和山迪．柯米多在蒙特利灣出海賞鳥時，拉凡登第一次遭受暈船之苦，他將之歸咎於緊張。復原以後，他做了點研究，準備了各種各樣的防暈船法寶——口服的暈海寧（Dramamine）和暈浪丸（Bonine），耳朵貼片暈得寧（Scopolamine），針灸手腕帶。他試過早餐吃得豐盛，也試過不吃早餐。他晚餐只吃麵食，然後有人建議他改吃蛋白質食物，不吃澱粉類食物，只吃牛排。也有人勸他吃生薑、蜂蜜，或是吞三湯匙的苦酒。他小口小口啃椒鹽脆餅（pretzels）和全麥餅乾，喝很多水，保持充足睡眠。

每個人各自有對付暈船的法寶，可是沒有一種能在他身上產生效果。

這一年，只要一踏上船，他必定會把午餐都吐個精光，早餐和晚餐也無法倖免於難。前往聖塔克魯斯島（Santa Cruz Island）的加州渡輪，逐墨西哥灣暖流而行的哈特拉斯角（Cape Hatteras）觀光船，第二次、第三次在蒙特利灣出海賞鳥——他的胃從來不曾安然度過難關。所有暈船相關文獻都提醒要避免兩種行為：使用望遠鏡和看書。然而沒有人能不用望遠鏡、不靠賞鳥圖鑑就看到及辨認海鳥。拉凡登需要遠洋鳥類，只希望付出的代價可以更低一點。

現在拉凡登一路乾嘔到乾龜島。暈船讓人人平等。就算他是大企業的執行長，在亞斯本附近擁有一幢豪宅，但在百呎高的「洋基自由號」上，他不過是另一個魚餌餵食器。以這種姿勢，絕不可能擺出盛氣凌人的架子。會有員工看見他現在的模樣嗎？

拉凡登根本不在乎。暈船很辛苦，他覺得自己像是要死了一樣。他來到船尾的唯一慰藉——只要一覺得想吐，就迅速離開船首，躲開迎面撲來的風——就是他並不孤單。每趟出海行程的船尾都聚集著形形色色的成員。這些嘔吐公爵，這些同病相憐的人，都聽過關於暈船人的玩笑話。拿破崙征服歐洲，但從來不曾克服嚴重的暈船病；哈利．杜魯門也是怕乘船的人。即便是英國史上最傑出的海軍上將納爾遜勳爵（Admiral Lord Nelson），在特拉法加海戰（Trafalgar）一舉擊潰法國和西班牙聯合艦隊的大英雄，也一再受到強烈的暈船折磨，往往經過至少三天的海上生活後，才有辦法擬定作戰計畫。

「想要絕對見效的治暈船良方嗎？」在船尾嘔吐的一人問另一個人。「去站在一棵樹下。」

至少拉凡登恢復得還算迅速。往海裡貢獻出胃中物之後，他會喝點水，休息一下，在差不多半小時之內，就能準備好再做一點賞鳥活動。一趟出海賞鳥的行程，許多人多少會身體不適，但絕不容許因為生病而錯過一種鳥。

於是，他暈船嘔吐，躺下來休息，然後即使十分虛弱無力，仍試著再次舉起徠卡望遠鏡。他跟遠處海浪上空飛翔的黑、白色海鳥玩捉迷藏——舉起雙筒望遠鏡直到胃酸湧上為止，放下望遠鏡直到噁心感褪去——這段時間已經夠長，讓他注意到鳥兒很大，有叉尾，幾乎是輕快地在天際翱翔。所幸，他不需要再用上望遠鏡；沒有其他的叉尾海鳥展翼時能達八呎寬。

這隻壯觀的華麗軍艦鳥（frigate bird）是拉凡登這一年所見的第五百種鳥。今天是四月二十三日，跟柯米多在一九八七年破紀錄的步調相比，他領先了十八種鳥。

為了慶祝，艾爾．拉凡登決定放縱一下。

他坐了下來。

十六世紀的航海家胡安．龐塞．德萊昂（Juan Ponce de León）尋找青春之泉時，在古巴北方的熱帶海洋發現七座小島。雖然這些珊瑚礁小島盛產海龜（這位西班牙人抓了一百隻龜當晚餐，因此將島命名為Tortugas：西班牙文的烏龜），但德萊昂沒能發現不老之泉（他在幾年後去世），島上連淡水也沒有（因此名為乾龜島）。

乾龜島從那個時候開始，提供了豐富的自然資產，也滋生層出不窮的人為事端。水手有充分理由害怕這些島嶼。像拉菲特（Jean Lafitte）這樣的海盜會埋伏在花園嶼（Garden Key）偷襲經過的商船，而逃過海盜毒手的船員還得和危險海流奮戰；乾龜島沙灘、暗礁錯落的海岸至今仍散布著數百艘沉船的殘骸。

到了一八四〇年中期，美國軍方開始對乾龜島的地緣戰略價值感到興趣，引入奴隸到島上建造堡壘。第一批的奴隸和後來的士兵歷經十五年艱辛奮鬥，建造出一座固若金湯的前哨建築——傑佛遜堡（Fort Jefferson）。它的牆壁厚達十呎，高四十五呎，花費超支幾百萬美元。等到一八六二年竣工之時，其他工程師已研發出強大的新武器線膛炮，連續八小時轟炸就能炸毀堡壘城牆。傑佛遜堡，這個墨西哥灣的直布羅陀要地，就此失去軍事價值。

鉅額花費付諸流水。據估計，堡壘的每塊石頭值一美元。於是政府決心物盡其用，將堡壘充當監獄，先關入幾百名南北戰爭的逃兵。不久以後，它也用來監禁更惡名昭彰的犯人，包括山繆．穆德醫生（Dr. Samuel Mudd），他為刺殺林肯（A. Lincoln）總統的約翰．威爾克斯．布斯（John Wilkes Booth）治療摔斷的腿而入獄。

將乾龜島作為監獄的計畫是完全的失敗。根據設計，污水流入能自行滌清的護城河，但海潮難得能強大到沖走穢物。結果這一座監獄島被一圈糞便包圍，任由熱帶的八月烈陽烤曬悶燉。一八六七年，四百名囚犯超過一半罹患了黃熱病，獄醫不幸病死。一名倖存者努力和傳染病搏鬥。他的名字仍然叫穆德，卻因為拯救幾十名犯人的性命，獲得安德魯．約翰生

（Andrew Johnson）總統特赦。傑佛遜堡沒能得救。受夠了疾病、颶風和距離文明七十哩的艱困生活，軍隊在一八七四年棄守該島。幾年後，海軍讓它重生為巡邏艦的加煤港，然而科技進展很快讓此一用途遭到淘汰。

不過，乾龜島確實善於一件事：生產鳥類。

奧杜邦搭乘政府船隻初次抵達乾龜島時，船長略微誇大地警告這位鳥迷：「在我們下錨以前，你會看到牠們成群飛起，就像蜂巢被干擾的蜜蜂，牠們的叫聲能讓你耳聾。」當然，當巡邏艇拋下錨停泊，奧杜邦記錄看到「宛如一團雲的鳥群從鳥嶼（Bird Key）飛起……踏上陸地的時候，我感覺像要被鳥兒從地面托起來，牠們聚集得那麼多，翅膀拍動得那麼快」。

船員們曾經來過島上。他們用棍棒清出一條眼睛高度的小徑，有如探險家用刀在叢林裡砍出一條路。不到半小時，這些男人已經偷襲一百隻以上燕鷗的巢，籃子裡裝了滿滿的蛋。「我認為不論以哪種方式烹調，嘗起來都一樣美味。」奧杜邦寫道，「在我們逗留乾龜島的期間，每天都要撿一些蛋來吃。」

其他人也有相同的想法。在奧杜邦停留島上的期間，一隊西班牙採蛋人從哈瓦那前來，撿了八噸的——是的，以噸為單位！——燕鷗和玄鷗（noddy）的蛋。除非奧杜邦也誇大其辭，這相當是二十五萬顆蛋。據船員說，他們把鳥蛋帶回古巴，可以賣得兩百美元的鉅額收入。

不用說，過了一百六十六年，艾爾．拉凡登抵達乾龜島時，燕鷗和玄鷗的數量已經銳減。不再是幾百萬隻，只剩下十萬隻左右在島上築巢；叫聲驚人的這些鳥仍然蔚為奇觀。儘管如此，拉凡登只能想像曾有過的風華。鳥嶼已不復存在；一九三八年佛羅里達州的颶風風災讓它和另外兩座島遭到淹沒。傑佛遜堡壘依然巍峨屹立，俯瞰碧藍大海，它的護城河恢復清澈，磚牆卻因海水侵蝕、年久失修而逐漸頹圮。

由於乾龜島的地理特性，競逐觀鳥大年的拉凡登非得一訪不可：雖然島上的鳥為全球常見的鳥種，牠們在北美大陸實屬罕見。例如烏領燕鷗，這種在溫暖海域出沒的黑翼戰鬥機駕駛，在整個熱帶地區繁衍數量達數百萬隻，但是在較為寒冷的北美大陸幾乎不見蹤跡——除了乾龜島的布西嶼（Bush Key）以外。其他鳥種，比如藍臉鰹鳥（masked booby），通常棲息在離岸遙遠的地方，直到繁殖季節才返回乾龜島產卵，因此難以目擊（老水手稱這些鳥「呆伯」〔booby〕，因為牠們似乎溫馴得近乎愚蠢，奧杜邦倒是留意到牠們多迅速就學聰明了。布西嶼的鰹鳥由於一再受到採蛋人襲擊，對人類的提防心變得相當強，奧杜邦船上最敏捷的幾位射手躡手躡腳，費盡九牛二虎之力才湊得夠近，得以射下一隻當晚餐）。

除了琳琅滿目的熱帶海鳥，乾龜島也提供另一項餘興節目：遷徙中的陸地鳥類。傑佛遜堡城牆有時看來有如一座人造高島；石牆上毫不誇張停滿迫降的鶯和燕。拉凡登將多種一一納入紀錄——一隻灰沙燕（bank swallow），一隻刺歌雀（bobolink），一隻棕夜鶇（veery）——心情卻沉重不已。乾龜島上的鳴禽令人心疼。絕望迫降的這些鳥兒，瘋狂尋找島上根本沒有的蟲子。牠們要如何補足精力，以便再一口氣飛行七十哩到西嶼呢？拉凡登知道其中多數無法完成旅程。一隻飢餓的遊隼也知道，牠在堡壘城牆上耐心地等候。這裡的許多鳴禽虛弱不堪，拉凡登只需伸出手指就能碰觸，但是他保持適當距離。

如果有誰會對一隻即將奮力橫渡海洋的生物表示同情，那人就是艾爾．拉凡登。

舷梯終於在西嶼碼頭緩緩放下，拉凡登想要跪下來親吻地面。他倖存下來了。

然而，對山迪．柯米多來說，苦難才剛要開始。柯米多很快會走進同一艘船，走相同的路線，到相同的地方。出海賞鳥數十次，身經百戰的柯米多不會暈船。但他有自己的地獄：「洋基自由號」船艙裡的三層臥鋪，上下間距如此小，讓人甚至無法在床上坐起。冷冰冰的金屬床架。床墊中間下陷得厲害，足足有六吋深。柯米多的鋪位甚至沒有擺放盥洗用具的空間；他得把這些用品塞進行李袋，像所有人一樣，將行李放在船艙走道。

拉凡登很適應這樣的安排；夜裡，他萬分慶幸不用再忍受暈船之苦，在柔軟的鋪位上睡得像石頭一樣深沉。拉凡登的解脫時刻卻是柯米多的噩夢時刻。柯米多對睡眠環境特別挑剔，出門旅行必帶自己的枕頭和眼罩，而現在他跟三十幾位陌生人擠在一個船艙裡，在這個絕對缺乏隱私的空間，人們打鼾、喘息，或者天知道在做什麼事。雪上加霜的是，柯米多被分配到下鋪。只要睡在上鋪的人半夜起身去洗手間，他的腳必定踩上柯米多的床。一個陌生人的腳——多噁心。

第一夜，柯米多無法成眠。

第二夜，他睡了兩個小時。

第三夜，他再一次整夜無法入睡。

等到船終於回到西嶼，柯米多完全不想被打擾。雖然遲了幾天，拉凡登看過的海鳥，他也全看了。他迫不及待想離開。

葛雷格・米勒嚮往睡在狹窄鋪位的奢侈享受。三個月來的觀鳥大年旅行已經讓他的錢包受傷慘重。他幾乎花光了所有積蓄，為了實現下個月前往阿圖島和阿拉斯加的畢生夢想之旅，他還需要幾千元美元。他依然拚命工作——上週四十個小時，上上週四十一個小時——但是僅夠支付房租以及五張信用卡的每月最低應繳金額。他希望可以搭乘洋基自由號到乾龜島，一趟含嚮導、三餐餐食的奢華包船行程。他的存帳戶頭表示異議。看這些鳥可以，但不容多餘的支出。

他在核電廠的辦公小隔間花六個半小時寫程式，接著搭乘紅眼航班飛到勞德代爾堡（Fort Lauderdale）。他開車開到體力不支為止。在佛羅里達列嶼前緣的最後一個小鎮霍姆斯特德（Homestead），他住進公路旁的一間汽車旅館，房間裡的垃圾桶未清空，馬桶沒沖，淋浴間還留著一塊絲瓜絡沐浴棉。他打開空調卻吹出一陣灰塵。現在是凌晨一點鐘，他累到無法理會。再說，房價很便宜。

他在乾龜島的住宿甚至更為刻苦。他過夜的地方是一晚三美元的露營地。這一整天見到的鳥都非常不得了——他看到必不可少的烏領燕鷗、鰹鳥和玄鷗——然而一天結束時，憂鬱再度來襲。這裡沒有電話，所以他無法打電話給父親。他只能和小帳篷、滿天星斗為伴。米勒沒有好好策畫這次露營。他打包的晚餐只有一罐火腿肉罐頭。

他四周的露營者一整天都在曬日光浴和浮潛，現在打算整夜飲酒作樂。白天的烏領燕鷗、玄鷗築巢地巡禮是不容忘懷的豐富饗宴，但是在這個海軍男孩、百威啤酒充斥的營地，牠們顯得微不足道。

米勒打開肉罐頭的時候，看起來想必很孤單，或是可憐兮兮，或是孤單又可憐兮兮，因為突然間，出乎意料之外，兩個穿泳衣的女人出聲叫喚他。米勒掐掐自己。也許這真的是一個百威啤酒廣告。

兩個漂亮女孩當天稍早在珊瑚礁浮潛，一艘載滿男人的船注意到她們（你說怪不怪）。男人們捉了一大堆蝦。每場派對都出於滿足特定的生物需求，雙方談妥交易：男人用蝦子換女人的酒。於是米勒隔壁營地的女人有意想不到的一大堆蝦子，加上還剩下的酒。

米勒一邊烤著來自海洋的珍寶——火腿肉罐頭已經成為過去式——一邊試著跟兩人解釋賞鳥和觀鳥大年比賽。她們就是無法理解。事實上，在燒烤結束的時候，她們甚至醉到站不起來。米勒不在意。他是島上唯一的鳥迷，或許也是唯一清醒的人。

那一夜，他獨自在小帳篷裡入睡，沒有睡袋，用襯衫包裹鞋子充當枕頭。他的肚子很飽。

他的心情平靜。他一早要去看鳥。

他心想，以低廉花費賞鳥，有時候真划得來。

第十一章
風暴搖籃
The Cradle of Storms

飛行在阿拉斯加一萬六千呎高空，山迪．柯米多飄飄然如在雲端。他的好運連連。他在這架包機裡取得最愛的靠走道座位，而其他人爭搶靠窗位置。前一天，他緊跟某個每人團費九十五美元的賞鳥團，看到鬼鴞（boreal owl），為紀錄多添一種新鳥。而這次的行程，他拖到最後一刻才付清一大筆餘款，讓自己陷入麻煩。

他正飛往阿圖島。

柯米多心知肚明，這一趟旅程攸關他的觀鳥大年成敗。北美地區沒有任何其他地方比阿圖島出產更多的珍稀鳥種。它就在那裡，那個方向。分隔北太平洋和白令海的火山島群裡，阿圖島是最尾端的一座島，它比斐濟島更西邊一點，更靠近亞洲而不是美洲大陸。從安克拉治飛往阿圖島的里程，相當從紐約來回一趟芝加哥。

還沒到達登機門以前，柯米多已經認出這趟行程近半數的參加者。從一九八五年以來，他已經去過阿圖島十二次。有些人甚至去過更多次。在這種偏執狂運動裡，阿圖島最讓人成癮，並不僅僅是因為鳥的緣故，而是因為人。心臟科醫生、鍋爐工、飛行駕駛員、郵務人員、大四學生、銀髮族，前往阿圖島的男男女女幾乎沒有共同點，唯一的連結，是對鳥類的偏執迷戀。五月至少兩週的時間裡，在一座跟任何地方相差兩個時區的島上，他們再也不會聽到任何人指責他們古怪。他們同吃同睡，在毫無干擾的至福裡，一次又一次，一次又一次，一起做著這件特別的事。雖然在阿圖島上，喜悅往往伴隨著大雪、冰雹和強風。

這麼多人互相認識，並不代表他們信任彼此。阿圖島上存在著祕密。事實上，柯米多有點戒心。他尚未公開宣布參與觀鳥大年競賽，即使很多人已經猜到一二。一些競爭對手可能就在這班飛機上。

從機艙的另一側——機翼旁的新手區——走來一位蓄著鬍子、精神抖擻的大個子，他在走道蹲下，問起柯米多一九八七年的紀錄。

柯米多見過這個傢伙。就在昨天，一行人在安克拉治賞鳥，為阿圖島之旅暖身時，這名男子為了看一隻無聊的阿拉斯加柳雷鳥（Alaskan willow ptarmigan），像爛卡通片情節一樣，從六十呎高的雪丘滾落下來。現在，他來問觀鳥大年的事。柯米多心裡敲起警鐘。

觀鳥大年啊，柯米多對這位陌生人說，需要投入心血努力。

這位鳥迷表示贊同。他是核電廠的全職人員，只能趁著長週末和新舊契約轉換的空檔拚命賞鳥。他正在挑戰觀鳥大年。

柯米多單刀直入：「你看了幾種鳥了？」

五百零八種。

柯米多猛地坐直。五百零八種？這個速度超越他當年締造紀錄的節奏。哪種瘋子可以一面做著全職工作，一面打敗他的紀錄？柯米多從未遇過比自己更有幹勁的人。

真讓他吃驚。太奇怪了。非常嚇人。

這位鳥迷叫葛雷格．米勒。柯米多會記住這個名字。

比起多一位競爭對手，柯米多還有更該擔心的事。他和「阿圖島的勞倫斯」的恩怨依然未解。

自一九八〇年以來，賴瑞・巴奇就是掌握島上大權的獨裁者，倒不冷血無情。進出島上的航班都是他的包機（沒有商業航班前往阿圖島）。由他銷售所有機票，付所有帳款，雇用所需的工作人員。由他分配住宿房間、室友，擬定三餐菜單，連他規定團員必做的日常清潔雜務，他也親力而為。他持有聯邦政府核發的唯一一張島上觀光經營許可證；政府威脅要撤銷許可證的時候，巴奇會動用和德州參議員菲爾・葛蘭姆（Phil Gramm）的交情，確保每年能持續出團。

賴瑞・巴奇是阿圖島的老大。柯米多最討厭老大。非關個人恩怨，純粹是他的本性，他就是得和制度對抗。他活著是為了用自己的高見大潑別人冷水。

柯米多第一次和「阿圖島的勞倫斯」槓上，因為後者召集所有賞鳥團團員，宣布更改島上時區，以便能最大限度的利用日照時間。依照巴奇標準時間，太陽從今以後在早上六點升起，在晚上十點落下。柯米多表示異議。他擔心時差問題。他要求由所有鳥迷投票表決，但巴奇要他乖乖閉上嘴巴坐下。兩人便開始為敵。

他們就日常雜務展開攻防戰。巴奇規定來到阿圖島的旅客必須負責一項日常工作，於是外科醫生要刷洗廁所，堂堂企業總裁要拖地板。柯米多討厭做家務事。他認為花五千美元來度假，還得切晚餐的生菜沙拉，未免太不像話了。他開始算起巴奇從這些阿圖島行程所賺的錢，在芝加哥郊區社區大學教微積分的巴奇，則駁斥柯米多的計算有誤。針對雜務工作，「阿圖島的勞倫斯」拒絕做任何讓步，所以柯米多使出紐澤西人的大絕招：他花錢擺平問題。柯米多悄悄以幾百美元代價徵求願意代勞的人，他找到幾名志願者。

這一切不曾激怒巴奇。他真心喜歡柯米多。這個人是島上晚餐時間最有魅力的說故事人之一，唱作俱佳——也是巴奇最好的老客人之一。對巴奇來說，柯米多是這家高挑戰日間護理中心的開心果。巴奇與柯米多的無休止纏鬥，就像治不好的過敏性鼻炎，已經成為阿圖島傳奇的一部分。

但是柯米多拒絕付今年的五千美元團費，無端吹皺一池春水。從一九九三年輸掉四十八點零六美元的房費之爭以後，柯米多顯然想確保付出的每一分錢都物有所值。除非行程確實能夠成行，不然柯米多不想付錢。巴奇寄來今年帳單的時候，柯米多相應不理。巴奇打電話留言，又寄發了一次帳單。柯米多仍然不理不睬。

巴奇感到不解。今年稍早的時候，他聽說柯米多四處奔波看鳥，其狂熱程度，甚至超越他平日典型A型人格的積極衝勁。有傳言說柯米多打算再次角逐觀鳥大年比賽。巴奇曉得想贏觀鳥大年的人不能不去阿圖島。他打電話給柯米多的妻子，傳真了帳單，用聯邦快遞遞送了帳單。柯米多不曾回應。出發前幾週，一些工作人員遊說巴奇用最簡單的方法——不讓柯米多參加。沒有人可以拖欠付款。為什麼要為他破例？

身為「美國觀鳥協會」前會長的巴奇，對柯米多的無畏勇氣大感驚歎。不曾有人參加過兩次觀鳥大年比賽。他不想當破壞觀鳥大年的人。往阿圖島的班機起飛前五天，巴奇正開著廂型車運送物資到安克拉治國際機場，他的手機響起。是柯米多，他想從巴奇口中得到最後的確認，阿圖島之旅一定會出發。巴奇給予肯定的回應。車上的工作人員開始竊竊私語：「不要讓他來！不要讓他來！」巴奇聽見柯米多承諾會開支票。

巴奇拿到他的五千美元。不過，柯米多獲得的不只是一張飛往阿圖島的機票。他也得償所願，順利照自己的條件支付行程費用。

觀鳥大年不僅僅是看鳥，是看鳥和反抗權威。

大家在阿圖島上看見的第一樣東西是雪。海拔兩千八百呎的山峰在五月初依舊白雪皚皚，但是不曾嚴寒到這種程度。飛機跑道兩邊堆積著兩呎高的雪牆，飛機著陸的方式就像滑單人雪橇的急煞車。聖嬰現象也籠罩阿圖島。

工作人員忙著卸下飛機上的行李，賞鳥客為天氣憂心忡忡。然而，柯米多專注在其他事。他在找獵手。

約莫十年以來，博物館和政府機構每年悄悄派獵手前來阿圖島射殺珍稀鳥類以供蒐藏。沒有人知道是哪些機構。事實上，許多鳥迷，尤其是首次前來的賞鳥客，甚至不知道島上有這些人存在。不過，有些人努力揪出獵手。

一九八六年，一位特別癡狂的鳥迷被阿圖島的珍稀鳥種深深吸引，獨自留在島上野營。阿拉斯加大學博物館極度渴望獲得阿圖島的鳥類資訊，於是授與這位鳥迷一張特別的蒐藏研究證——一張殺戮執照，只不過是打著科學的名義。這項安排沒有受到太多關注，直到春季例行的阿圖島賞鳥團出發前三週，這名鳥迷發現一隻大斑啄木鳥（great spotted woodpecker）——在北美地區屬於首次發現；更罕見的是，牠出現在一座沒有樹木的島嶼——他立即開槍射殺。

身為阿圖島行程籌辦人的賴瑞．巴奇勃然大怒。一隻大斑啄木鳥，本來可以是他數十位客人十年僅見一次的大發現，然而現在牠被存放在政府機構的冰櫃。有人將大斑啄木鳥納入自己的賞鳥紀錄，但是其他人還沒能看見，他就將鳥殺害，這是極其可惡的行為。

蒐藏獵手成為阿圖島的公敵，孤立生活似乎帶來創傷。一位賞鳥團主辦人聲稱這名獵手盯上一位年輕女子，連續數日尾隨她在島上遊走。在她準備搭機離開時，據說這名男子拿著剪刀衝過來，蒐集了另一樣東西——一綹女人的頭髮。當事人鄭重否認發生過這種事。不管事實真相如何，故事流傳多年，主要用以把蒐藏獵手塑造得令人毛骨悚然，得避開他們為妙。

儘管如此，蒐集鳥類的行為仍持續下去。幾年後，一位自然攝影師正在拍攝一隻白背鷚（pechora pipit），一位官方雇用的獵手舉著雙筒獵槍闖入鏡頭。在美國大西部的最西端，文明世界最精密的攝影器材敵不過一發子彈。

從那時開始，柯米多曉得，贏過島上的其他鳥迷還不夠。他也得快速鎖定蒐藏獵手。如果同班機上有獵手，柯米多決心要跑得比他快。

米勒不知道阿圖島上有蒐藏獵殺，他也快樂到沒空在乎。這裡的鳥類太驚人了。從跑道步行到住宿區的一哩半路上，他為個人生涯紀錄添了三種新鳥種：兩隻白秋沙鴨（smew），四隻紅頭潛鴨（common pochard）和一隻鷹斑鷸（wood sandpiper），全是來自太平洋彼岸的鳥種。他正要打開行李的時候，外面有人高喊：「黃嘴天鵝（whooper swan）。」在阿圖島，這句話有如在擁擠的劇院大喊：「失火了！」米勒和幾十個人往門外衝（想必沒人去過《誰》〔The Who〕樂團的辛辛那提演唱會[60]），欣賞一隻威風凜凜飛掠而過的五呎大鳥，那一身雪白的羽翼，跟白茫茫的群山背景相映成趣。在阿圖島上，即使普通鳥類也值得再多看一眼。沒能為俄亥俄州冬天草地增色的單調棕色鳥，在阿圖島成為魅力四射的春天尤物。黃喙、黑臉、紅褐色頸背的鐵爪鵐最為突出；雪鵐（snow bunting）黑白對比分明。阿拉斯加是鳥類的蜜月飯店，每一隻都穿上最精緻的華服。

米勒沒見過像阿圖島這樣的地方。從日本來的黑潮暖流，白令海的冰冷阿拉斯加洋流，交替流經此地，島上有全球最糟糕的天氣。阿留申人將阿圖島稱為風暴搖籃，風的家鄉。島上整年有兩百五十天在下雨或下雪。放晴時通常會起霧。十七哩長、四十二哩寬的這座島，有五十呎高的巨浪，風速一百節（時速一百八十五公里）的狂風，以及全球壽命最短的風向標，島上崎嶇多山，只能沿著海岸通行。這裡沒有旅館、電話或餐廳。再也沒有人定居此地；唯一的居民是每年輪調來的二十位海岸防衛隊隊員，駐守當地維護長程導航系統的運作。由於航海改用GPS衛星定位系統，海岸防衛隊的阿圖島基地——賞鳥客所仰賴的機場跑道——恐怕難逃永久關閉的命運。但是只要在阿圖島待上一個冬天，罕有海岸防衛隊隊員會對基地的關閉感到惋惜。他們不敢相信有人願意花錢來這座島度假。

連島上的地名也反映出駭人的艱苦環境。謀殺岬（Murder Point）、恐怖山（Terrible Mountain），全是一七四〇年代俄羅斯毛皮獵人占據阿圖島的產物，他們殺害阿留申男子、強姦女人，引入島上的第一隻陸地哺乳動物褐家鼠。現今的遊客在名為大屠殺灣（Massacre Bay）的地方看見一隻新鳥種，實在不知道該怎麼歡欣鼓舞。

在島上觀光也是奇怪的事。米勒在飛機下降時忙著拍山脈和泡沫翻騰的海灣，但是愈是靠近地面，景觀愈形複雜。到處是廢棄垃圾。短草沙地上堆著鏽跡斑斑的儲油槽，沼地裡擱著一輛廢棄的推土機，一架P-38戰鬥機在海灣旁的山坡上任憑腐朽，這些都是第二次世界大戰一場可怕戰役的遺物。日軍在偷襲珍珠港七個月後占領了阿圖島，自一八一二年戰爭以後，這是首

---

60 一九七九年《誰》樂團在辛辛那提開演唱會前，有太多樂迷在門前聚集，等候開門時衝入搶占最佳位置。樂團試音讓樂迷誤以為音樂會已經開始，進而群起推擠，導致門前有十一位樂迷因此被活活擠死，數十位樂迷受傷。

次有敵軍攻占美國領土。島上當時只有四十二名本地人和一對教師夫婦居住，但是日本想在美國領土取得心理支撐點，同時轉移美軍對中太平洋的注意。兩個目的都沒有達成。由於戰時的媒體管制，美國人不知道日本取得勝利。美軍高層毫不在意阿圖島失守，當年未有反擊行動。日軍沒和美國海軍對壘，卻遇上更無情的敵人——阿圖島的冬天。數十人患上凍瘡和呼吸系統疾病。一萬兩千五百名美軍終於在一九四三年五月登陸阿圖島之時，他們發現兩千五百名日軍躲在濃霧遮蔽的山裡。經過美軍一連十八天的空中和陸地轟炸，日本空軍棄守島上士兵，彈盡糧絕之下，他們每天只靠一顆爆米花大小的飯團維生。五月二十九日夜裡，殘存的日軍士兵決心一了百了。只攜帶刀和刺刀，他們高喊著：「萬歲！」一邊衝下山。他們砍殺醫療帳篷裡的傷兵，和健康士兵面對面廝殺。沒有槍彈的攻擊無法持續多久。就在即將束手就擒之際，他們拉開手榴彈舉到胸前——炸死自己。發動自殺式攻擊的一千位日本士兵，只有二十八個人遭到生擒。五百四十九位美軍喪生，一千一百人受傷，一千兩百人有開放性傷口；許多人的腳部凍傷需要截肢。這是美軍第一次遭遇到日本人的自殺式攻擊，也是第二次世界大戰期間，唯一一次在美國領土發生的陸地戰。太平洋戰事的局面就此逆轉。

來到阿圖島的賞鳥客也建立軍事化的嚴格紀律。每隔半小時，各組人員透過無線電頻道做目擊通報。「海軍鎮（Navy Town）有花雀（brambling）」，無線電傳來呼叫，米勒爬了兩哩路才抵達半桶型房屋傾頹朽壞的炮兵山（Artillery Hill）基地。他到的時候，鳥已經不見蹤影。他返回總基地，又傳來呼叫。米勒趕回海軍鎮。他終於看到花雀——這些黑、橙色的雀鵐躲在五十五加侖汽油桶裡避風。

啊，風。不管米勒去阿圖島的哪個地方，風總是撲面而來。這是一個嚴重的問題。阿圖島的唯一交通工具是山地自行車，他壓根沒做好準備。得知這趟行程對體能是莫大挑戰，米勒從沃爾瑪超市買了一台自行車回家，發誓要好好騎車鍛鍊。想當然耳，他沒有做到。一連兩天迎著二十哩時速的逆風，騎車通過阿圖島的水坑、火山泥濘，米勒全身疼痛。以他的體型，不是坐在自行車上的料。因為屁股痛得太厲害，他試圖站著騎。但很快就面臨兩難選擇：發炎疼痛的屁股或是立刻心臟病發。他的屁股不會饒過他。

所幸其他的賞鳥客原諒他。米勒總是最後一個到達被鎖定的鳥兒所在地，然而依照阿圖島的規則，除非每個人都就位，不然沒有人會趨前接近這隻稀有鳥。聽到無線電通報有一隻田鵐（rustic bunting）現身在一哩半外的翠鳥溪（Kingfisher Creek），米勒害怕自己的大腿、屁股和大動脈會同時爆裂。等他騎車抵達，看到一列長龍等著看望遠鏡——二十幾位鳥迷排在架起的望遠鏡後方，鏡筒指向一叢灌木。米勒一到，排隊的人龍開始跳起野外的芭蕾舞。第一個人俯身湊向鏡筒，花不到兩秒鐘看一眼鳥，隨即匆匆撤退到隊伍尾端。下一位鳥迷同樣快速瞥一眼，如此依序輪流下去。等到隊伍裡的每個人都算看過鳥了——其中多數人為個人生涯紀錄多添一種新鳥——整個過程重來一遍，不過這一次，所有鳥迷得以有更長時間來觀察這隻生物。這一次，他們很幸運。田鵐逗留在原地。然而很多時候，稀有鳥不會久留。米勒肯定了一件事，在阿圖島的望遠鏡長龍隊伍排在最尾端，恐怕是最折磨人的位置。

來到阿圖島的第四天，風暴來襲。早上六點，總基地積了三吋厚的雪。早上七點，雪變成傾盆大雨。米勒沖了個澡，試圖打發一下在基地的時間——前一天上午，一隻花斑鮭（Dolly Varden trout）堵住進水口——但現在水管已經結凍。在阿圖島的屋子裡，發生了匪夷所思的事。

例如說，女人。或者，更精確地說，一個女人。她三十多歲，一頭黑髮，有一雙清澈藍眼睛，和響徹房間的洪亮笑聲。她很有趣。她有強烈的個人風采。最重要的是，她的個人北美生涯紀錄累積了六百二十六種鳥。不是每天都能遇上這樣的單身女子。米勒被卡蘿．雷夫（Carol Ralph）吸引，而她似乎也喜歡他的陪伴。暴風雨這天，他們在基地交換彼此的賞鳥故事，抱怨在風的故鄉騎自行車有多辛苦。晚餐時，米勒刻意坐到她旁邊。他才剛離婚沒錯，但仍然有感情。他覺得驚訝。他很喜歡她。突然之間，在這座島上，除了罕見鳥種，還有別的東西可以追逐。

屋外風大雨斜，而柯米多躺平在床上。他的身體不適。看完花雀，準備去看海鴿的時候，柯米多的背部突然痙攣。他不知如何撐住沒有昏倒，安然回到基地，但是感覺就像有人拿起爐邊的小斧頭砍進他的後腰部位。如果他有力氣走到海岸防衛隊基地，很可能會呼叫空中救護機。柯米多痛得全身打顫。

對賴瑞．巴奇來說，唯一比健康的柯米多還棘手的東西，就是痛苦的柯米多。「阿圖島的勞倫斯」從他的魔法袋拿出一瓶肌肉鬆弛劑，它似乎把柯米多背上斧頭的尺寸縮小一些。如果巴奇的魔法包裡還有舒緩其他惱人痛苦的藥就好了。

柯米多不喜歡大家一起吃的吐司麵包，他總覺得不新鮮，因為大家從不把吐司袋封起來。所以他帶來自己的儲藏品，四條驚奇牌（Wonder）吐司裝在註明「柯米多」三個大字的密封紙箱裡。他討厭晚餐添加任何香料，所以不吃克里奧式蝦和紅椒粉海鮮麵。飯廳太冷。他的房門總是發出砰然巨響。他的房間有夠吵。

柯米多抵達島上時，發現兩年前使用過的車籃從最鍾愛的那輛自行車被拆下。柯米多要求「瘋狗史衛丁斯基（Swertinski）」去拆籃子，把它裝回原來的自行車。瘋狗，是一位哈雷族男護士的綽號，得自一場急診室的爭吵，下場是醫生被攆出急診室。他要柯米多閃邊去。柯米多自己去拆回車籃。

還有衣服問題。這些年來，柯米多在阿圖島儲備了幾大箱的衣服。可不是那種典型的賞鳥服。在全世界最荒涼的地方之一，柯米多穿的全是他在紐澤西州鄉村俱樂部穿舊的淘汰品——那些純聚酯纖維高爾夫球衣，像來自七〇年代的時裝定時炸彈，令人膽戰心驚。他追求標新立異。深橘色長褲配萊姆綠襯衫，藍、綠色格紋棉布搭紅、黑色格紋法蘭絨。他的喇叭褲足以吞進一個消防栓，寬大的衣領堪與七四七客機機翼媲美。不過他最愛的是一件聚酯纖維材質的花紋紫色長褲，稱它為褲子先生。如果褲子先生會說話，肯定是閉不了嘴的長舌公。身為阿圖島十三年的居民，褲子先生陪伴柯米多南征北討，經歷幾場北美歷史上最偉大的鳥類追逐——矮樹叢上的黃眉姬鶲（narcissus flycatcher），鳥巢上的白尾海鵰，砂礫上的金背鳩（oriental turtle-dove）。柯米多用不著酒醉，也能滔滔不絕講起褲子先生的大冒險，講到眼裡噙淚。

賞鳥客愛聽柯米多講故事。某個天氣惡劣的日子，七十五位北美大陸最認真的鳥迷被困在一棟到處漏水、鼠隻橫行的海岸防衛隊廢棄建築裡，只見一名來自紐澤西州、整身聚酯纖維衣服的工業建築承包商背部痙攣倒在地上，試圖以基地的對講機，跟外海的漁民用日語交談。這是白令海上的波希特帶（Borscht Belt）夜總會[61]。即使在最糟糕的情況下，柯米多也有方法讓人發笑。

有人探頭到門外回報最新天氣狀況。雨勢仍然猛烈，但是方向轉移。現在風從西邊吹來——從亞洲吹來。

這可讓所有鳥迷又笑得更開心了。

接下來十天是北美地區史上最精采絕倫的珍稀鳥類連環秀。風暴像巨大吸塵器，吸進所有西伯利亞鳥種，再將牠們傾倒在阿圖島。在某個驚人的日子，米勒一天內就看到十四種稀有鳥，牠們罕見到連羅傑·彼得森的《鳥類野外圖鑑》也沒有列出。鳥迷習慣千里迢迢奔波只為看一隻罕見鳥，現在一次可以看幾十隻。一種棲息在淡水沼澤的歐亞鳥，鷹斑鷸，照例每兩三年才會在北美洲現身一次，現在米勒一天內接連看到兩百一十二隻。天空不斷落下稀珍鳥類。

然而，要看這些鳥得付出可觀代價——和大雪、冰雹、強風和泥濘對抗，騎十六哩自行車加步行十哩路。米勒的屁股不再是疼痛而已，而是皮開肉綻。這裡也出現高傳染性的腸炎肆虐，米勒怕死了阿圖島苔原二號菌，尤其是卡蘿就在周圍的時候。他像吃萬聖節糖果一樣猛吞表飛鳴，然後在心中暗自祈禱，一天結束時，屋外廁所前不會大排長龍。他錯買了M號雨衣，連袖子也套不進去。他先是淋成落湯雞，然後生了病。米勒早就被分配在全基地最吵的房間睡覺，大家稱它為鼾聲房（他驚人的音量和抑揚頓挫的分明節奏，為他贏得「電鋸」的綽號）。不過現在有呼吸道病毒流傳，寢室區的鼾聲被此起彼落的咳嗽聲取代。米勒仍然堅持不懈。他對疾病的唯一讓步是有時會睡到七點半，而不是平時的六點。這是一趟千載難逢的行程，他要善加把握每一分每一秒。

柯米多對細菌避之唯恐不及，只要碰過門把就要洗一次手。有些晚上，意味著要到洗手台八趟，但是成效不容置疑。在幾乎成為巨大細菌培養皿的屋子裡，柯米多依然像直布羅陀巨巖（Rock of Gibraltar）[62]一樣固若金湯、百毒不侵。連他的背也不再痛了。

一再看到米勒和其他人為鳥兒奔走得筋疲力盡，柯米多採取了不同的觀鳥戰略。只有最新出現的珍稀鳥種才會讓他移動。這意味著他要坐鎮在一些最好的中央位置，比如說當地的白秋

---

61 波希特帶是指紐約州北部一系列猶太移民在夏天聚集度假的旅館與夜總會。

沙鴨池塘，或者，當背部又不適，他會待在屋裡溫暖的火爐邊，聆聽固定半小時一次的無線電通報。如果在某處發現一隻好鳥——比如說，謀殺岬有一隻白眉鶇（eye-browed thrush）——柯米多會動身去看鳥。這是累人的事。除此之外，當其他人不辭勞苦踩過濕漉漉的苔原，四出尋找新鳥的時候，他選擇養精蓄銳。

柯米多稱之為策略，卻被其他人譏為無線電賞鳥。他們感到憤慨，覺得自己就像英國野雞狩獵的驅獵伕。由他們發現鳥——而柯米多獲得榮耀。他的林肯車安然停在紐澤西州家裡，但是賊鷗精神一路相隨，而且在阿圖島大有斬獲。

待在溫暖的基地療養脆弱的背部，柯米多不免遇見其他鳥迷。其中一位是麥克林．史密斯（Macklin Smith），他是詩人和密西根大學的中世紀英文教授，能夠讀、寫貝武夫（Beowulf）和喬叟（Chaucer）的語言。在北美地區提交的個人生涯鳥種紀錄裡，史密斯是賞鳥數量唯一超越柯米多的人。不過，柯米多認為這位教授的紀錄充斥不按牌理出牌的「破格」。史密斯就是有能耐發現只有他一人看見的稀有鳥。在內布拉斯加州看到亞洲灰鶴（Asiatic common crane），在阿圖島見到寬嘴鷸（broad-billed sandpiper），以此類推——總計十多種的目擊，柯米多相信全是史密斯憑空編造。史密斯則認為柯米多應該閉上嘴巴，並且時時為自己紀錄上的每隻鳥提出佐證。他反控柯米多幾年前在德州看到極北杓鷸（Eskimo curlew）的紀錄。史密斯說，柯米多只是嫉妒，柯米多竭力否認。史密斯身為賞鳥團的早餐廚師，在阿圖島賞鳥的資歷比柯米多多六年（史密斯在一九八七年缺席，只因為他那一年辦婚禮）。史密斯是自視甚高的教授；柯米多是擁有街頭智慧的大學夜校中輟生，他白手起家，在東北部工業區最陽剛的一項行業打出一片江山。聰明的人都互看不順眼。

今年，史密斯受到肺部病毒感染，病得極為嚴重，這意味著他長時間待在基地臥床不起。史密斯就睡在柯米多隔壁房間。他的咳聲嚇人，就算柯米多戴了耳塞，也擋不住那高亢有力的濕咳聲。當無線電呼叫說亞力賽岬（Alexai Point）有一隻大濱鷸（great knot），柯米多知道，就算史密斯病得再嚴重，也絕對抗拒不了鳥的召喚。這一種體型結實的亞洲鷸就像淡喉鯛霸鶲一樣罕見，三十年才得見一次。如果史密斯打算將牠列入紀錄，柯米多也不能缺席。

十二哩的路程，他們騎自行車加徒步，通過小溪，繞過瀑布，跋涉過苔原時，靴子踩踏的地方像海綿一樣扁下去。突然下起冰雹時，史密斯的臉失去血色。遙遙領先的柯米多每次以為史密斯放棄的時候，總會再次聽見噁心的咳嗽聲。繼吞下時鐘的鱷魚追逐虎克船長（Captain Hook）以來，又見最緩慢的一場你追我跑。

經過兩個半小時的艱苦奮鬥，柯米多總算抵達亞力賽岬。史密斯已經不見蹤影，但是被鎖定的大濱鷸就在遙遠的海灘上。三十幾位鳥迷排在望遠鏡後方等待。柯米多才排進長龍裡，又

---

62 由英國統治的直布羅陀位在地中海西方出口的直布羅陀海峽北邊，在其最南端有個巨型石灰岩山。英國在西班牙王位繼承戰爭後，於一七一三年從西班牙手中獲得此戰略要地，將此岩山建設為非常綿密的地下堡壘。西班牙一直宣稱擁有此地之主權，在歷次戰爭中也是兵家必爭之地。雖然常被攻擊包圍，但是英軍控制的直布羅陀巨巖從未被攻陷，被稱為永不陷落的直布羅陀。

聽到了——咳嗽聲。史密斯在兩百呎外停下腳步。他已經沒有力氣看大濱鷸。

柯米多看了鳥——米勒就排在他前面——接著走到史密斯身旁。「麥克林，」柯米多對他說，「這是一隻很棒的稀有鳥，你該看一看。」史密斯已經累了。柯米多想讓史密斯到望遠鏡前望一眼。來到一隻罕見鳥的附近還不夠；如果史密斯打算將這種鳥列入紀錄，他得親眼瞧過才算數。

最後，史密斯使盡九牛二虎之力走完最後的兩百呎，來到望遠鏡前。柯米多目睹他的強敵看了這隻鳥。他現在心滿意足。至於史密斯要怎麼回基地那是他家的事。

現在還有其他的鳥要看。柯米多對出現在燕鴴海灘（Pratincole Beach）的一隻針尾鷸（pin-tailed snipe）特別感興趣。這種鷸是眾所皆知的難辨鳥種，不過通報者是詹姆斯・杭廷頓（James Huntington），頂尖賞鳥人會對這位愛荷華州郵差另眼看待有三個原因：他說話溫和，為人謙虛，對鳥種目擊通報極為審慎。他花那麼多時間觀察棘手難辨的鳥，他的名字已成為賞鳥詞彙之一。「杭廷頓」式注視，指的是別人都離開了，還留在原地盯著鳥不放。如果有人無視焦急等候的長龍，霸占望遠鏡太久，這種人也叫「杭廷頓」。

賞鳥紀錄堪和他匹敵的鳥迷寥寥可數，杭廷頓正是其一，柯米多這些年來不時會挫挫他的銳氣。杭廷頓還是阿圖島新鮮人時，有次太靠近一隻稀有鳥，把牠嚇走。柯米多從此叫他「飛俠哥頓」（Flush Gordon）以紀念這個錯誤。有一年阿圖島的天氣出奇晴朗，杭廷頓嚴重曬傷，因此在臉上塗了厚厚一層白色氧化鋅霜防曬。這一回，柯米多叫他卡斯伯（Casper），一隻大名鼎鼎的卡通片鬼魂。

柯米多用杭廷頓的望遠鏡做了「杭廷頓」式觀察，接著表示無法確定這隻鷸的身分。針尾田鷸和牠的亞洲兄弟中地鷸（Swinhoe's snipe）難以分別，柯米多看不出可供辨別的差異點。他認為針尾鷸收攏的翅膀應該比尾巴長；杭廷頓更著眼在中央冠紋的特徵。這是最高段的賞鳥，相當於一口氣填完《紐約時報》星期日的字謎遊戲。北美地區沒有人見過這兩種鳥。即使在兩種鷸的家鄉，牠們更為常見的情況下，賞鳥人仍舊難以區分兩者。多數人透過望遠鏡瞧一眼，只見到沼澤地裡有一隻長嘴的棕色鳥。

杭廷頓仍然堅持牠是針尾鷸；柯米多仍然認為無法判別。他們撤回基地查看一本亞洲賞鳥圖鑑，並沒有得到足夠的新資訊來改變彼此的想法。

不過，不久之後傳來確鑿的消息。

一位蒐藏獵手射殺了這隻鳥。最後確認是一隻針尾鷸。

柯米多終於滿意這隻鳥的身分判別。殺手卻是身分不明。

米勒沒料到會承認這一點，但是他想離開阿圖島了。他想念陽光。他想念自己的隱私空間。他想念室內廁所。

他想吃新鮮食物（他上次午餐吃的士力架巧克力棒標示「9/94到期」）。

他想和卡蘿在她家的草坪上共享美好時光（她是波士頓郊外一家超市的熟食工作人員）。

他想打電話給父親。他尤其想念他的父親。開始競逐觀鳥大年以來，這是他第一次這麼久沒打電話回家。現在阿圖島上的每個人都把這次行程視為世紀之旅。他為個人生涯鳥種紀錄增添了四十三種鳥，觀鳥大年紀錄則是添了五十四種鳥，現在總數達到五百五十五種。他近距離接觸到柯米多，認為並非無法擊敗這位觀鳥大年紀錄保持人。父親或許能提供一些看法。

米勒希望有生之年不用再看到自行車座墊。

五月二十四日，他把濕衣服塞進行李袋，跟卡蘿走了一哩半的路，行經風向標來到飛機跑道。米勒在阿圖島的行程已告結束，而柯米多會跟另一團再待上兩個星期。就讓他遂其所願。

他們在雨中等了一個小時，才見一輛海岸防衛隊卡車駛來，帶來一個消息：因為濃霧關係，飛機無法降落，已經折返。也許明天可以飛。米勒徒步回基地，為自己的賞鳥紀錄又添兩種新鳥，但他寧願拿牠們來換取濃霧消散。

第二天，他得償所願。

葛雷格·米勒和六十名疲倦的鳥迷搭機離開。

艾爾·拉凡登和六十名精神抖擻的鳥迷搭機抵達。

錯過世紀之旅的其中一天已經很糟，更糟的是錯過那一天，並且知道山迪·柯米多沒有缺席。

當艾爾·拉凡登終於走下里夫阿留申（Reeves Aleutian）航空的飛機，他迫不及切想彌補失去的時間。他像著魔一樣狂奔。他又步行又騎自行車，走了二十哩路，為個人生涯鳥種紀錄添了四種新鳥，為觀鳥大年紀錄增添十六種新鳥。他回到基地時筋疲力盡，不過心情雀躍。這就對了。他還沒來阿拉斯加以前就已經有很不錯的開始，現在阿圖島端上一隻又一隻了不得的稀有鳥。

然後，他發現室內暖爐旁有個奇怪的東西：山迪·柯米多。觀鳥大年競賽理當是快速、孜孜不倦的追逐。拉凡登全力以赴。柯米多為什麼回到基地？

拉凡登看看基地的白板，上頭列出阿圖島這季已目擊的鳥種，頓時恍然大悟：柯米多沒有孜孜追逐，因為他已經看過每種鳥。上兩個星期是阿圖島世紀之旅。拉凡登有迎頭趕上的壓力。

黃喉鵐（yellow-throated bunting）這一種鳥能讓柯米多移樽就教。這是牠首次在北美地區被目擊，島上每位賞鳥客都放下一切去看（就連麥克林·史密斯也拖著病體下床，後來被海岸防衛隊緊急醫療服務飛機送往安克拉治，因為急性肺炎在醫院住了四天）。目擊這隻鳥讓拉凡登心情激動；柯米多看到牠的方式則更為驚人。

一發現這隻稀有鳥，阿圖島的一名導遊遵照島上規則，迅速以無線電通報消息，浩浩蕩蕩組成了六十人大軍。因為黃喉鵐現身在一個峽谷上，他指揮四位鳥迷爬上山脊，每一邊各兩人，以防鳥兒繞到隊伍側翼設法逃脫。柯米多並非被選中的四位，但他任命自己擔任山脊哨兵隊的第五名成員。就讓山谷裡的綿羊照牧羊人的指示聽天由命。狼群首領已經就定最佳的觀賞位置。

待在山脊上的柯米多看到了鳥。下方的拉凡登也一樣。他學到一課：如果有一隻好鳥要看，柯米多不會等待運氣。他會牢牢抓住機會。

這趟行程的第六天，拉凡登曉得自己碰上麻煩。基地上方飄揚的風向標指向南方，代表島上會有惡劣天候，但是沒有亞洲鳥類伴隨出現。見到一種新鳥都需要大費周章的追逐。他連續幾天冒雨在謀殺岬舉著望遠鏡四下搜索，可是只有見過的鳥，都是一樣的鳥。他需要從西伯利亞飛來的鳥，而不是白令海的鳥類。就在他以為狀況已經糟到谷底的時候，風向改為西風，吹來所有飛回亞洲的珍稀鳥種。柯米多待在溫暖的室內。拉凡登冒著雨在樹叢裡奔走。

他幸運在南海灘（South Beach）（這裡沒有藝術裝飾夜總會）發現一隻蒙古鴴（Mongolian plover）。黃胸黑眼罩的這種鴴，是少數幾種外觀和北美鳥有顯著差異的亞洲鳥之一。他通報基地，接著等候其他鳥迷前來。

不過，他的第一位訪客有四條腿。從海灘北方大搖大擺走來一隻北極狐，同樣是幾世紀前俄羅斯毛皮商人引入的非本地物種。拉凡登指揮男男女女組成一條防衛線隔開狐狸和蒙古鴴——他們手挽著手，大喊：「狐狸，走開！狐狸，給我滾開！」——然而這隻野生動物絲毫不怕人類，晃晃悠悠漫步而過。蒙古鴴驚飛而起。拉凡登回到基地，在頭十四天看過各種鳥的柯米多，又是舒舒服服端坐在溫暖的火爐旁。拉凡登渾身濕透，疲憊不堪，被嚴重的病毒感染，但是他撐著幫其他人也看到他發現的珍稀鴴。柯米多又對另一批聽眾講起以前的追鳥故事。拉凡登查看白板。他還缺五種亞洲鳥。

無線電傳來通報，說亞力賽岬有一隻翹嘴鷸（terek sandpiper），兩個男人動身出門，迎著逆風騎自行車和徒步，走完十二哩路程。他們和另外六個人徒勞地搜索鳥蹤，直到無線電又響起，通報說有另一種鳥——一隻針尾田鷸回到了謀殺岬。柯米多察覺到問題不對。阿圖島賞鳥是團體賞鳥（有愈多的眼睛搜索稀有鳥，愈有機會能夠發現），而這群人準備拋下他去看另一種鳥。柯米多已經和詹姆斯·杭廷頓看過針尾田鷸，他對其他人的離去感到憤怒。翹嘴鷸是阿圖島的新鳥種。這座島需要牠。柯米多需要牠。他懇求拉凡登和其他人留下來。但他們揚長而去。柯米多沒見到翹嘴鷸，但是拉凡登看到他的針尾田鷸，也從團體賞鳥經驗獲得滿足。

翹嘴鷸確實是罕見鳥種，在阿圖島又更為罕見，因為牠是柯米多難得失之交臂的鳥種。柯米多以這樣的方式賞鳥有很好的理由。它確實有用。行程將近尾聲時，大雨、冰雹、狂風襲擊阿圖島，卻不見新的鳥類，柯米多更不想出門活受罪。他好幾個星期以來已經夠拚命的了。其他賞鳥客竊竊私語，說一個男人花了這麼多錢，卻花那麼多時間待在室內。他們又濕又累。而他們見過的每種鳥，柯米多也全看過了，卻沒受上多少苦。這是觀鳥世界的社會達爾文主義。

柯米多花更多時間待在基地，說更多故事。拉凡登也開始聽他說。在德州的棕頂鶯，在安克拉治的棕眉山岩鷚，在大沼澤國家公園（Everglades National Park）的巴哈馬小嘲鶇——柯米多今年見過的這些鳥，拉凡登甚至不知道牠們曾經出現在北美。一些人認為柯米多在吹牛，但是拉凡登認為只要能夠提出證明，就真有其事。柯米多確實可以。他大吹大擂，情緒愈來愈高昂。

最後，山迪．柯米多坦白招認：他又一次競逐觀鳥大年。他每月花費八千美元到一萬兩千美元，離開阿圖島之際，紀錄已有六百四十五種鳥。拉凡登則是六百一十九種，花費是柯米多的一半。拉凡登回到北美大陸後還得補足很多容易看到的鳥，但在這以前來過北美又離開的稀有鳥種，或是柯米多在阿圖島頭兩個星期比他多看的五種鳥，他完全補不回來。

今年一開始，拉凡登以為自己挑戰的是柯米多的一九八七年紀錄。現在，他和大師本人直接交鋒。

在阿圖島的最後一天，柯米多冒險外出。不見珍稀鳥種，但是風勢平靜，陽光明媚。恐怖山閃閃發光。柯米多擔心溫暖天氣會帶來霧氣，導致隔天的航班取消。他整整五天都沒再看過新鳥種。他想離開了。

步行回基地的路上，他抬起頭查看風向。有什麼不太一樣。風向標不見了。在原來的位置，只見褲子先生迎風招展。

當飛機來到島上，為這趟世紀賞鳥之旅畫下句點。褲子先生被留下，昂然自豪的這條紫褲，有時啪噠啪噠飄動，時而迎風伸展，但通常灌滿了風。

第十二章

老爹銀行

The B.O.D.

葛雷格．米勒將手伸入右口袋，然後是左口袋。空空如也。他的外套口袋也同樣空蕩蕩。他再翻一次錢包，結果相同——困窘。

米勒身無分文。即使在明尼蘇達州六月夜晚的漆黑裡，他能感覺賞鳥嚮導戴維．本森（Dave Benson）正疑惑地盯著他。從凌晨四點半至晚上十點半，本森已經使出渾身解數領著米勒看了驚人的一百一十一種鳥，這在兩人的賞鳥生涯裡都是數一數二的豐收日。米勒興奮難抑——他為觀鳥大年紀錄添了九種新鳥，在一天內看了十九種森鶯——壓根忘了嚮導費的事。本森每小時收費十五美元。謝天謝地，米勒手上的現金還足以支付這一天的費用，但是他已經答應明天再雇用本森一天。米勒得爽約了。他甚至沒錢付小費。他想過可以開一張肯定跳票的支票給本森。不行，他想著，這太惡劣了。

他試著直視本森的眼睛。他太窘迫了。

「戴維，我真的很抱歉，」米勒說，一邊忸怩跺著腳，「我沒錢再雇你一天，真的很抱歉。我知道現在是你的旺季。我很遺憾得取消預約，因為我在阿圖島花光所有的錢。」

本森聽了非常憤怒，而米勒感到羞愧。但是兩人都無能為力。本森打道回府；米勒前往……很好，他沒有要去的地方。他確實所言不虛，身上只剩下五十美元。他刷爆了四張各有一萬美元額度的信用卡，第五張不知還有多少剩餘額度，或許是五百五十美元。

米勒決定到汽車旅館碰碰運氣。櫃檯人員過卡的時候，米勒試圖維持平靜神色，但是額頭滲出的汗珠背叛了他。他坐立不安。為什麼刷一張信用卡要花這麼久時間？現在是晚上十一點——在信用卡公司總部是午夜——米勒累到無法再面對另一次羞辱。銀行稽核員在找麻煩嗎？或者鄉下電話連線那麼慢？汽車旅館櫃檯人員終於抬起頭來。MBNA之神眷顧了米勒。他把房間鑰匙放進口袋，頭也不回往前走。

他的胃比太陽還早起。他的第一個念頭是吃點早餐，隨後才記起來：他的錢包裡只剩五十美元。他的信用紀錄不忍卒睹。而航班遠在四天以後。

他怎麼會讓自己落到這步田地呢？當然，他在阿拉斯加州和明尼蘇達州度過開心時光，但是那些樂趣所費不貲害他破產。他四十歲，正處於職業生涯的黃金期。每次有帳單該繳時，他不應該覺得自己像身無分文的特技飛車手克尼維爾（Evel Knievel）。他很難過。他自艾自憐。他覺得自己愚蠢。不過，幸運的是，更迫切的需要馬上壓倒一切自憐情緒。他很餓。

由於沒錢吃一頓真正的早餐，他開車到最近的便利商店。他打量甜甜圈——太浪費，麵包——吃膩了，餅乾——太甜，然後終於選定某樣東西，在他看來，既可口且營養豐富。他付了五美元，坐回車上。他的首選早餐：Jif花生醬配一袋椒鹽脆餅。他很驚訝口味挺不錯，這是幸運的事。Jif花生醬和鹹先生椒鹽脆餅也會陪伴他度過午餐和晚餐。

他總算可以集中精神。他這一年已經看了五百九十五種鳥，以任何標準來看都是驚人的開端，他不會讓一個空空的支票帳戶阻止他達到重要的里程碑，只差五隻鳥了。他或許可以把這四天轉變為機會，而不是問題。他真的很想再看到五種鳥。問題在於，到哪裡看呢？

他拿出可靠的蘭德·麥克納利地圖。他已經看過明尼蘇達州境內所有值得一看的鳥種。他五月在高島地區已經看過多數東部的遷徙鳥類，現在無須追逐牠們。西部又是另外一回事。落磯山脈居住著鳥類裡的鐵漢，這些住在五千呎以上海拔的鳥種笑著面對暴風雪，或者至少咯咯笑。牠們不會見異思遷，往氣候比較溫和的地方遷徙。牠們堅守家園，不會飛來給米勒看。他得去看牠們。

米勒認為有兩個山地目的地符合四天來回的需求。科羅拉多州的落磯山國家公園（Rocky Mountain National Park）有許多山鳥，以及北美大陸最長、最壯觀，位於林木線以上的山區公路。蒙大拿州則有黃石公園（Yellowstone），同樣的鳥種，而且沒有高速公路速限。

由於自小生長在馬匹、馬車穿梭的艾米許小鎮，米勒的選擇不言而喻。這輛金牛座的時速表極限是一百二十哩。他會確認看看。

但是，當務之急，他在平地還有一些事要辦。

貝氏草鵐（Baird's sparrow）是一種不起眼的鳥。身高跟一個可樂罐差不多，但是不會發出嘶嘶聲響，牠有淺黃色的臉，兩撇淺色八字鬍，背部有三、四塊深褐色條紋。這種鳥往往被錯認為更常見的黃胸草鵐，一方面是兩種鳥看起來很像，也因為牠們都隱居在濃密草叢裡。貝氏草鵐是急躁鳥迷不屑一顧的那種小棕鳥——平凡無奇又讓人混淆不清，不值得大費周章確認特徵加以辨別。

貝氏草鵐也陷入大麻煩。牠只在北部大平原（Northern Great Plains）繁殖，最好是經常有放牧的畜群吃草的原生草種。然而現在美洲野牛已經不見蹤影，取而代之的是種小麥的農民築起籬笆所飼養的牛隻；牠們跟美洲野牛一樣吃草，不過被圈養起來。貝氏草鵐不喜歡農場和牛。牠對變化如此敏感，一百隻只有五隻返回原來的築巢地；其餘的鳥不是死亡，就是發現了另一個草和天氣都合適的地方。牠們通常飛到西經一百度沿線築巢，這條氣候分界線以東潮濕，以西乾旱。鳥的數量和在家鄉一樣，徘徊滅絕的邊緣。自一九六六年以來，鳥類的數量以年均百分之一點六的速度在下降。生物學家認為應列為聯邦瀕危物種加以保護，但是已為穀物價格下跌叫苦連天的棲息腹地農民，為此發動示威抗議。因此貝氏草鵐繼續漫長的螺旋式下降，走向人為的滅種之災。

貝氏草鵐是讓新手鳥迷進階到老鳥的鳥種。牠經由高島區極西邊前往墨西哥過冬。看到貝氏草鵐的最好辦法是前往牠的築巢草原，從方圓最近的機場前往是漫漫長路。米勒駛過密西西比河上游，經過萬湖之州，穿過達科塔州的綠色田野，開了五百哩路的他發現，要看到這種鳥的唯一方式是真的想看牠。

他在水晶泉（Crytal Springs）附近的山丘頂見到兩隻停在有刺鐵絲網上唱歌。他看著牠們，尤其是聆聽牠們。牠們的鳴聲聽起來就像不刺耳的歌帶鵐，或是沒染上抽菸習慣的洛琳·

白考兒（Lauren Bacall）。貝氏草鵐的特殊之處在於得付出努力才能看見。

儘管如此，牠是米勒今年的第五百九十六號鳥。這是值得慶賀的事。他把鹽先生椒鹽脆餅扔到後座，開進麥當勞得來速車道買晚餐。三個漢堡和一瓶水花了他二點零七分美元。他在另一家汽車旅館刷卡成功。

蒙大拿州李文斯頓（Livingston）加油站收銀檯的孩子幫米勒刷了兩次卡。肯定有錯誤，米勒告訴他。請再刷一次。孩子照辦，但是米勒的信用卡已經失效。沒別的辦法，他得付現金。

米勒現在剩下二十五美元，半罐花生醬，和四分之一包的椒鹽脆餅。他已經離明尼亞波里斯九百五十哩遠。他的金牛座座車在九十四號州際公路飆破時速一百哩，但是他無法擺脫阿圖島留給他的惱人、持久紀念品——乾咳。他的肺部塞滿檸檬果凍。由於經常爆發劇咳和鼻涕，他怕被錯當成有兩條腿的老忠實噴泉（Old Faithful）。

要是能看到這個大名鼎鼎的間歇泉就好了。

他曾經加入黃石公園北方入口緩緩前進的車陣，這才忽然想到：他該如何進去呢？他沒估算到國家公園入園費。當然，他也不曾估算到刷不了的信用卡。

「二十美元，」公園管理員說。

米勒的萬事達卡又刷不過。他請管理員再試一次。透過後視鏡，他看後方車陣的人探出頭。為什麼拖這麼久？他的信用卡還是刷不過。有人不耐地按喇叭。米勒掏出錢包，用現金付款。他只剩五美元了。

他走進遊客中心，打電話給ＭＢＮＡ信用卡公司——所幸它提供八〇〇免付費專線——打算好好解決目前的麻煩。

「您的問題，」ＭＢＮＡ那方的女人告訴米勒，「在於您不打算付款。你有兩期帳單沒繳。」

「我真的、真的十分抱歉，」米勒說，「但是我離家五個星期去度假——我在阿拉斯加、明尼蘇達州和北達科塔州——我沒有辦法繳錢。」

「您去北達科塔州度假？」

「是的，」米勒告訴她，「我是一個賞鳥人。」

電話另一頭沉默著。

「我保證，只要一回家，我會付一百五十美元的最低應繳款。我保證。」

依舊沉默無聲。

最後ＭＢＮＡ女人開口說話。「您能在一週內付款嗎？」

「可以！」米勒大叫，聲音響亮到足以讓他又爆出一陣濕咳。

他的信用卡恢復使用了。他請求提高額度，然而回應是更長的沉默。

這張一萬美元額度的萬事達卡，他只剩四百美元額度，回到明尼亞波里斯以後，他還有一筆鉅額租車費用要付。他可以就此結束旅程，想一想該如何付錢，或者照樣去賞鳥。沒有太多選擇。

米勒看到第六百種鳥，在熊牙隘口（Beartooth Pass），一隻黑嶺雀從岩石陡坡疾飛到雪地。公路標誌標示海拔一萬零九百四十七呎。

而他感覺彷彿在雲端。

米勒太擔心他的租車帳單，第二天開七百哩，第三天早上開了三百哩，以便提早一天還車。這一次，他的信用卡成功刷過。他立下兩個誓言：絕不會再在旅費少到可笑的狀態下旅行；再也不會一連六餐吃花生醬和椒鹽脆餅。

這些誓言得留到日後再實現。現在，他在明尼亞波里斯機場坐困愁城。他的飛機明天起飛。沒問題，米勒心想，只需拿起免費電話，打給假日酒店（Holiday Inn）請他們派免費接駁車來接。但是假日酒店已經客滿。最佳西方酒店（Best Western）、康富酒店（Comfort Inn）和皇家大飯店（Radisson）也一樣。他大吸一口氣，試著打給凱悅飯店（Hyatt）——一晚肯定超過一百美元；他的萬事達卡還有多少額度？——但是也客滿了。徒勞無功。某個健康研討大會正在明尼亞波里斯舉行，方圓五十哩內的飯店都被訂光。

米勒頹然倒在行李上。他想哭。

他正要拿剩下的花生醬和椒鹽脆餅來吃，一對中年男女走近他。「打到聖保羅市，」他們告訴米勒，「我們現在要去送行，待會回來看你的狀況。」

米勒打給鄰近姊妹市的飯店，卻連一間空房也沒有。現在是下午四點，他把行李袋移到角落，準備在機場過夜。

然後那對夫婦回來了。

「聽起來可能有點奇怪，」他們告訴米勒，「不過我們很樂意供你借宿一晚。」

「什麼？」米勒累到沒法忍受殘酷的笑話。

「不，說真的，」男人說。「明尼亞波里斯是很棒的城市，我們不願讓你日後想起時，就是一個找不到房間可睡的城市。你今晚不想待在我們家嗎？」

趁著陌生人還沒改變主意，米勒刷地站起。

他請他們到露比餐廳（Ruby Tuesday's）吃晚餐——感謝萬事達卡——在他們家的客廳沙發睡了一夜。隔天上午，他們從國際鬆餅屋（International House of Pancakes）幫他買來早餐，接著開車載他回機場。

女人的名字是羅麗（Laurie）。男人的名字，米勒從來沒有聽明白。他也不好意思開口問。

回到核電廠，焦特小子已經得到新綽號。他已經變成「鳥小子」。

米勒是辦公室新鮮焦點。在卡爾弗特崖（Calvert Cliffs）這裡，已經難得有人連休五個星期的假，更別說用五個星期的假去賞鳥。他沒有真的掩蓋自己的癡迷。在辦公小隔間的一側，他貼了一張寫著「六一一」的大紙，這是他到阿圖島，再從明尼蘇達州回來以後，今年所看的鳥種數。

他的一位友人，也是鳥友的凱爾．蘭博（Kyle Rambo），知道這個數字多驚人。聽到米勒宣布結束今年的賞鳥時，他大感震驚。米勒已經沒錢，有一堆工作要忙，因為太累，在阿拉斯加染上的咳嗽遲遲未癒。米勒需要休息。

這說服不了蘭博。

「讓我弄明白，」蘭博說，「你已經看了六百一十一種鳥，現在是六月，你甚至不想試一試去看七百種？」

米勒咳了咳。

蘭博問：「你下次什麼時候才能再看到六百一十一種鳥呢？你幾乎接近七百了，還有半年的時間，你現在要放棄？你怎能就這樣放棄？」

米勒聳聳肩。他已經沒有假可以休。他也不認為能夠再休假。

「除非去問，不然你永遠不會知道。」蘭博告訴他。

蘭博說得有道理。

米勒第二天帶著兩張紙走進老闆的辦公室。

第一張紙寫著「六一一」這個數字。第二張的字多一點。它寫著：

史上數量最高的個人觀鳥大年紀錄：

七二一種　山迪．柯米多（一九八七）

七一四種　威廉．賴德爾（William Rydell）（一九九二）

七一二種　B．雪夫雷特（B. Shiftlett）（一九九三）

七一一種　班頓．巴沙姆（一九八三）

六九九種　詹姆斯．M．瓦德曼（一九七九）

他的老闆無法理解「鳥事」。然而，有望締造新紀錄的可能性讓他感興趣。只差北美最高紀錄一百一十種鳥，剩半年時間——這是老闆可以理解的算術。他要米勒說幾個賞鳥的故事來聽。他喜歡發生在阿拉斯加的故事。

米勒還得從二十五萬行的程式揪出千禧蟲，但是他的老闆同意從他的產值來看而非工時。只要能檢查完負責的程式，他可以每週工作四天，一天十小時，以排出更多的休假時間。

米勒現在有了時間。他還需要錢。

他又申請了一張萬事達卡，不知怎地順利得到核卡，這次有六千美元信用額度。哪來的錢繳——嗯，又是一個問題。他重回工作崗位的頭兩個星期，總計工作了八十六小時，足夠付房租和另五張信用卡的每月最低應繳金額。他還缺現金。他不想這樣做，但是別無選擇。

米勒拿起電話，打給老爹銀行。

跟父親要錢讓他不自在。他已經是所謂的成年人了，在俄亥俄州霍姆斯郡之外的地方擁有自己的生活、一份好工作和一輛車。但在經驗過幾次窘境，杜魯斯的賞鳥嚮導、李文斯頓鎮的加油站孩子、黃石公園的管理員，米勒知道自己需要現金。跟爸媽討錢，總比跟陌生人卑躬屈膝來得好。

電話終於被接起，米勒想起另一個麻煩問題：老爹銀行的貸款主任是老媽。

「哈囉，媽。」米勒開口。他告訴她，他遇上一個問題，需要幫助。

米勒的父親拿起另一支話筒。兒子開始他的推銷詞。一年才過一半，他已經看了六百一十一種鳥，即將締造全新的紀錄——只要他能有一些錢。

「多少錢？」他的母親問。

「五千美元。」

「你確定這是你想做的事嗎？」他的母親問。

「當然。我有把握。我不知道何時才能再有這種機會。」

「這是相當大的一筆錢。」她說。

米勒感覺到他的觀鳥大年在悄悄遠走。他的父親插話：「拿這些錢要做什麼？你想到哪裡去？」米勒跟父親提到亞利桑那州的咬鵑（trogon），加州的海雀（murrelet），還有一種怪異的蜂鳥——贊氏蜂鳥，仍然在加拿大卑詩省俯衝向餵食器，母親掛上話筒。這類鳥經——她無法明白。

父親回到廚房時，母親正等著。

她就是不明白這場觀鳥競賽。賞鳥應當是樂趣，而不是為了輸贏。你的對手應該是鳥類，而不是來自其他州的某位陌生人。這些花費又是怎麼回事？賞鳥怎麼變得如此昂貴？太不切實際了。葛雷格的工作怎麼辦？對他的職業生涯不會有好處。葛雷格的花費超出他的能力範圍。他濫用信用卡嗎？他太超過了。他得學會控制自己。他得懸崖勒馬。

說完這些話，她望向丈夫的臉。

兒子正在實現父親的夢想。誰知道父親還剩下多少時間能做夢——或是活著。

老爹銀行批准貸款。

第十三章
疑惑
Doubt

艾爾．拉凡登從家中庭院盯著群山。他大受打擊的從阿圖島回來。他不敢相信山迪．柯米多如此遙遙領先。拉凡登不習慣只當亞軍。真令人沮喪。真令人氣惱。真……寂寞。

事實是，他想念妻子。今年的頭六個月，他離家一百二十天，其中一個月待在阿拉斯加（他在阿圖島時，她在義大利北部的別墅享受奢華假期）。即使曾是南征北討的商務人士，他從來不曾像這樣馬不停蹄；況且他因公出差時，通常已經解決好問題。這次大不相同。山迪．柯米多的問題可能解決不了。拉凡登不會抱怨——他不是牢騷大王，永遠也不會是——但是他一想到仍舊無法開心。只有一個人可以理解這一切，就是艾瑟兒。

艾爾和艾瑟兒喜歡一起參加亞斯本音樂節，每年夏季為期兩個月的時間裡，來自全球的八百位古典音樂系頂尖學生聚集在他們家下方的道路，每晚獻上精采的演奏。雖然艾爾和艾瑟兒在紐約曼哈頓和費城聽過需要盛裝入場的音樂會，不過這個音樂節有它的魅力——隨性穿著襯衫，和三五好友在星空下共酌，悠揚樂聲從草地迴盪在整個山谷，令人沉醉。再說，艾爾最愛的磅礡曲目，比如馬勒和貝多芬的作品，正巧是許多學生偏愛的選擇。

拉凡登已經捐一千美元給亞斯本音樂節主辦單位。夏季的週五晚上和週日下午，他們有想待的地方。

接著艾爾的鳥從天而降。

艾瑟兒不曾批評過賞鳥。身為婚姻諮商師，她知道許多男人失去熱情，或是只為工作燃燒熱情。她很高興自己的丈夫正在追逐夢想。她最不希望的是他將就了事。

自從去過阿圖島之後，艾爾似乎對鳥類沒那麼狂熱了。他喜歡亞斯本，喜歡音樂，週末喜歡待在家裡和艾瑟兒、朋友共度。事實上，他很貼心。他想與妻子度過愉快時光。

四十年來，他夢想盡情放縱自己的賞鳥癡迷。但是現在，他首度思索這個夢想是否值得。觀鳥大年競賽是為了看鳥，不過仍舊是為了他自己嗎？

過去六個月，葛雷格・米勒滿腦子只想著鳥類。現在不同了。他也想著異性。

從阿圖島返回以後，米勒和卡蘿・雷夫透過電話和電子郵件保持密切聯繫。他真的很喜歡她。他甚至跟父親聊到她。

他的父親聽到有些驚訝。兒子剛離婚不久，感情上難免受創匱乏。他擔心兒子是否有能力這麼快就開展一段新感情，但也高興兒子能受到青睞。

米勒很想見卡蘿一面，可是一直沒能排出彼此都有空檔的時間。他愈是催促，她愈是顧左右而言他，說擁有好朋友真好。米勒認為美好的戀情從友情開始，所以他繼續要求去看她。好不容易遇見一位北美生涯紀錄有六百六十七種鳥的有趣女人——在阿圖島多添了四十一種——你不會讓她溜走。

最後，總算出現合適的機會——一隻小白鷺（little egret），雪鷺（snowy egret）的東半球親戚在新罕布夏州被目擊，就在卡蘿・雷夫家北邊七十哩。為了看這隻稀有鳥，米勒幾乎得駕車從她家旁邊經過（當然，並非如此，如果要走機場到鳥兒出沒地的最直接路線，她家遠在更西邊的地方，不過米勒不打算讓大好機會平白溜走）。所以米勒打電話給她，受邀到她家作客。

雖然如此，重要的事先做。他驅車到新罕布夏州的新市（Newmarket），看到了鳥。他接著開五小時車到緬因州馬柴厄斯（Machias）的岩岸，在一趟出海賞鳥行程看了四種大西洋海鳥。

看完觀鳥大年該看的鳥，他馬不停蹄開三百三十哩路到卡蘿·雷夫的家。他給她看阿圖島之旅的錄影帶。她給他看她在曼尼托巴省邱吉爾鎮（Churchill）旅行拍的北極熊照片。

他準備好談情說愛。

她並沒有。

「我們是朋友，好朋友，」她說，「接下來都是這種關係。」

「真的嗎？」米勒問。

「真的。」她回答。

於是米勒忘掉異性，專注鳥類。

綺麗卡娃山（Chiricahua Mountains）等於是緯度低上四十八度的阿圖島。牠們就在那裡。曾是阿帕契族（Apache）首領科奇斯（Cochise）和傑羅尼莫（Geronimo）[63]著名藏匿點的綺麗卡娃山，是坐落在亞利桑那州的一座崎嶇山地，位於圖森市以東一百七十哩，阿布奎基（Albuquerque）南方四百哩，艾爾帕索（El Paso）西方兩百一十哩，它南方沒有什麼特別可提的大城。從山區最大的波特（Portal）鎮，出門買汽油，得開二十分鐘車跨越州界。兒童要坐一小時的公車上學。

對米勒來說，這裡最大的問題是人群。

每年夏季有這麼多賞鳥人來到綺麗卡娃山，美國政府必須對鳥聲播放發出禁令[64]。這個規定非同小可。溶洞河南支流（South Fork of Cave Creek）美洲梧桐、松樹參天的峽谷，是美洲大陸最棒的貓頭鷹一次看足地點——嬌鵂鶹（elf owl）、長耳鬚角鴞（whiskered screech-

---

63 科奇斯和傑羅尼莫是阿帕契族酋長，在領導族人對抗白人入侵者的阿帕契戰爭（一八四九～一八八六）中神出鬼沒，給美軍帶來很大壓力。

64 對許多習性隱密的鳥種，播放其叫聲以誘發回應，是看到這些鳥種的重要技術與一大利器，因此賞鳥人常使用錄音機來播放鳥聲。然而很多人認為這會影響到鳥類的日常生活與繁殖結果，因此在賞鳥人間有很大的道德爭議。目前賞鳥社團大多建議不要過度使用鳥聲播放。

owl）、西美角鴞（western screech-owl），以及最重要的美洲角鴞（flammulated owl）。

美洲角鴞讓鳥迷瘋狂。牠體型六吋高，體重只有兩角五分硬幣重。牠白天躲在樹林的幽暗深處睡覺，夜裡出來捕蟲，眼睛跟身體其餘部分一樣是木炭色，完美地融入周圍的樹幹和樹枝。

鳥迷想看到美洲角鴞，要麼得靠驚人的好運氣，要麼叫牠們出來。米勒沒有時間碰運氣；他再過兩天得回去工作。於是，他再次雇用南亞利桑那州的一位優秀觀鳥嚮導史都華·希利來幫他把鳥叫出來。可是在科羅納多國家森林公園（Coronado National Forest）播放貓頭鷹叫聲錄音是聯邦罪行。

因此，米勒和希利站在黑暗中等待。

等待著。

等待著。

一週工作四天，接著是一連三天的觀鳥大年衝刺，對米勒不無影響。他站著也能睡著。他抖了幾下讓自己保持清醒。他絕不能錯過這隻鳥。他擠過人群回到車裡拿他的咖啡因儲備品。波特鎮的雜貨店雖不賣焦特可樂，倒是販售瓶裝冰茶。米勒把呵欠憋回去，大口把冰茶一飲而盡。

仍然不見美洲角鴞的蹤影。茶並沒有讓他的反應更機敏，只是肚子更脹一些，感覺更不舒服。他真的得離開了。他無法再忍受了。他得做點什麼——盡快。

他把瓶子湊到嘴邊，往裡頭吹氣。發出的聲音還不賴，一種深沉空洞的嘟嘟聲。他吹了又吹，接著靜靜等待。

噗。噗。噗。噗。噗。

黑夜裡，傳來五聲回應。米勒愣住了。希利愣住了。

正是美洲角鴞！

他們在樹林邊緣等待美洲角鴞現身，牠就是不出現。根據美國觀鳥協會的規定，結果沒有區別。[65]米勒已經聽到美洲角鴞的獨特叫聲；他的專業賞鳥嚮導也聽見了。雖然米勒真的希望見一見這隻鳥。

就倫理上、道德上，米勒都可以將牠列入紀錄。這是一個了不起的勝利。觀鳥大年的參賽者都沒記錄到美洲角鴞，而米勒記錄到了。

他唯一覺得怪異的是，他靠的是一個六百毫升立頓冰茶空瓶。

這時候米勒或拉凡登都還不知道——他們這時候甚至還不認識彼此——靠冰茶空瓶得來的

65 美國觀鳥協會一九八〇年代的規則是，在可以確認聽到鳥種的叫聲後，就算沒能目擊這種鳥，也能列入賞鳥紀錄。然而，很多賞鳥人對這樣的規則感到不以為然。

這隻角鴞因為另一個原因而至關重要。觀鳥大年開戰以來，米勒首次超前艾爾·拉凡登。

帶著六百五十八種鳥的紀錄，他在七月十三日離開亞利桑那州。

拉凡登在這一天達成六百四十八種鳥的目擊。

米勒卻有兩個大問題。他再次短缺現金。他低估了日常基本開銷的費用（租金、電話費、油錢、電費）和賞鳥支出（阿拉斯加、明尼蘇達州、亞利桑那州、MBNA信用卡帳單）。柯米多在觀鳥大年的每月支出高達一萬兩千美元，米勒卻只有老爹銀行的五千美元貸款供他支撐到這一年結束。借款已經所剩無幾。米勒不知道該如何是好。

他的另一個大問題跟鳥類有關。他的紀錄有兩個大缺口。他需要加州鳥類，他也需要海鳥。這是他喜歡的那一類問題，因為總有解決辦法，只要他的塑膠卡片撐得下去。

回到核電廠每週四天的工作天，米勒拿起電話打給加州出海賞鳥船的經營者和遠洋皇后黛比·謝爾沃特。米勒表明身分時，謝爾沃特打斷他。

「我聽說你正在競逐觀鳥大年比賽，」謝爾沃特對他說。

「是的，我是。」

「你知道山迪·柯米多也在角逐觀鳥大年嗎？」

「我聽說了。」

「有什麼我可以幫忙的嗎？好讓你可以打敗他？」

米勒驚呆了。他知道柯米多這些年來找過一些人麻煩，但這太不可思議了。米勒不明白柯米多如何跟謝爾沃特結下梁子，她是任何認真鳥迷最不想得罪的那個人。她掌控得太多——太多的遊船，太多的嚮導，太多的賞鳥內幕消息。當然，那是柯米多的問題。謝爾沃特對米勒吃緊的預算感到遺憾，而米勒不介意別人的同情。

他敲定好加州之旅，接著繼續工作。

七月十六日（星期四）這天，米勒花十個半小時對付程式，拉凡登在野外遊走，輕鬆悠閒地看一些沒有難度的夏季鳥。

拉凡登看到一隻密西西比灰鳶（Mississippi kite），灰色身軀以優雅的姿態在亞利桑那州溫克爾曼（Winkelman）上空翱翔。

這是拉凡登的第六百六十三種鳥。

在他的辦公小隔間，奮力和另一隻千禧蟲作戰的米勒又掉到第三名。

即使居於領先，不表示柯米多可以放鬆。他不善於放鬆。有人曾經建議說打高爾夫是放鬆身心的活動，柯米多開始打球，連續一百天打高爾夫。一連打了四年（他穿著兩截式雨衣）。放鬆並不有趣。有趣的是，在阿拉斯加待了五週以後，在沉寂的夏季季節，飛到亞利桑那州南部看沙漠裡的一隻鳥。

嬌鵂鶹是世界上最小的鳥，體型是普通美洲鵰鴞（great horned owl）的四分之一大，比一隻家麻雀還小。儘管如此，牠的小腦袋仍然夠聰明，築巢的事就由別的鳥代勞。嬌鵂鶹占用啄木鳥洞當家。鳥迷如果在傍晚駕車緩緩駛過圖森市附近的仙人掌國家公園（Saguaro National Monument），仔細查看吉拉啄木鳥（gila woodpecker）在巨型仙人掌莖幹上啄出的幾百個小洞，很可能會發現一隻嬌鵂鶹。

或者他們可以前往那間九十美元一晚的旅館，仰望一根老舊的電話線杆。聖麗塔旅館（Santa Rita Lodge）的嬌鵂鶹在北美地區最負盛名。築巢季節的每一晚，數十名賞鳥客來到圖森市南方一小時車程的旅館停車場，盯著電話線杆三十呎高處的兩個拳頭一般大的孔洞。例行過程：太陽下山，貓頭鷹探出頭，鳥迷歡聲雷動（完全的靜音模式）。成千上萬的人以這種方式將嬌鵂鶹納入個人賞鳥紀錄。

柯米多加入電話線杆下二十來位的人群裡，他注意有個男人動作奇怪，先稍微扭動，再來大力搖晃雙腿，不斷拍擊兩隻腳踝。在馬德拉峽谷（Madera Canyon）跳這種奇特舞蹈很詭異，尤其又是單人秀，其他人與他保持安全距離。柯米多倒是明白這是怎麼回事。十一年前，第一次競逐觀鳥大年時，柯米多在勞德代爾堡也犯下同樣的錯誤，他站到一個小土堆上，以便更清楚觀看一隻黑臉草雀（black-faced grassquit）。毫無預警下，柯米多的腿突然一陣劇痛，他當時跟這個男人一樣扭來扭去，跳著相同的舞蹈。柯米多懂得他的痛苦。他感覺到了。他受過同樣的苦。

「把螞蟻弄出來！脫掉褲子！」柯米多催促他，「脫下褲子，把牠們撥掉。一定有用！」

「啊！」男人大叫出聲，他太害羞沒敢採取柯米多的忠告。幸運的是，最重要的是，人類的痛苦叫喊不至於嚇跑嬌鷦鷯。

在花崗岩壁的半腰處，柯米多總算棋逢敵手。他在優勝美地國家公園（Yosemite National Park）追一隻灰頭地鶯（MacGillivray's warbler）時，純粹懷著觀光客敬畏的心，他將望遠鏡對準三千呎高的酋長岩（El Capitan）[66]。他發現竟然有三名登山者在山谷上方的陡峭岩壁露營。無論去哪裡旅行都要攜帶自己的枕頭、眼罩的柯米多，很驚訝有人能夠在這樣危險的地方睡覺。

「看看這個，」柯米多對一旁的兩個女人說，「那裡有人攀上岩壁。」

「是的，我知道，」一名女人告訴柯米多，「其中一位是我的男友馬克·魏爾曼（Mark Wellman）。他下半身癱瘓。」

柯米多張口結舌。

---

66 優勝美地國家公園的酋長岩，是世界攀岩人的麥加聖地。這岩壁直直陡上一千公尺，寸草不生，是攀岩難度非常高的地點。由於岩壁很高，所以大部分攀岩者需要在峭壁上過夜。睡袋如小小蝶蛹般地懸掛在峭壁上，遠看相當驚險。

腰部以下癱瘓的魏爾曼，在一九八九年花了七天四小時，以七千次的上攀動作，成功登上酋長岩，令全世界為之動容。那次壯舉讓他成為激勵演說家。兩年後，他登上兩千兩百呎高的優勝美地半穹岩（Half Dome）頂峰。現在，他再次攀登酋長岩。

柯米多和兩個女人看著攀岩者收拾露營裝備，開始爬向岩壁更高處。總忍不住想和別人交換故事的柯米多，跟她們說起自己的觀鳥大年冒險。

出於某種原因，兩個女人反應淡然。愚蠢的柯米多：這裡不是阿圖島。今年上半年，他幾乎只活在鳥迷的世界，他在那裡習慣成為眾人注意的焦點。現在處在另一個世界，柯米多只得到不置可否的聳肩回應。

現在是他的機會。他在這裡是一個局外人，他終於有機會丟出自己常常被人問到的問題：

「他為什麼這麼做？」柯米多問。

「你為什麼賞鳥呢？」那位女友反問。不待柯米多回答，她接著說，「是一種衝動。跟我玩跳傘一樣。」

跳傘？下半身殘廢的人攀岩？柯米多跟他們不是同一掛的人。他告辭離開，繼續往前走，發現了一隻紅胸吸汁啄木鳥（red-breasted sapsucker），得到屬於自己的熱血沸騰刺激感。

四天在北美西北太平洋區闖蕩六千五百哩路以後，柯米多回到家，這時電話響起。現在馬上掉頭回來。對方告訴他。安克拉治的浪邊有一隻翹嘴鷸。

柯米多在九個半小時的航程中焦慮不安。原本不需要回阿拉斯加。但是他六週前在阿圖島錯過了翹嘴鷸——一種體型瘦長、雙腿粗短，有著奇特上翹鳥喙的歐亞水鳥——當時拉凡登拋下他不顧，逕自去追針尾鷸。

重飛四千哩的路程並不令人愉快，但是別無選擇。柯米多忖度，米勒大概不會有錢來看翹嘴鷸，不過拉凡登可能會來。無論如何，柯米多不打算拱手送給拉凡登大禮。

想見到翹嘴鷸，柯米多需要的不只是金錢。他還需要運氣。在安克拉治追逐水鳥的問題在於海象隨時在變化。科克灣（Cook Inlet）的平均潮位為二十六呎。多數在退潮時逐浪低飛的鳥兒，並不在標準六十倍望遠鏡的可及範圍。只有蠢蛋會冒險接近，每一年，警方總數度勞師動眾救人，多數是涉入水裡的漁夫，他們被困在深達大腿高度的泥漿裡，驚慌地想逃離每小時五哩速度的漲潮。

對柯米多來說，翹嘴鷸必然是掀起高潮的鳥。

晚上九點鐘，西徹斯特礁湖水鳥保護區（Westchester Lagoon）周圍的柏油路上，滿是慢跑者、自行車騎士和溜直輪排的人；捱過阿拉斯加冬天的人決心盡可能利用安克拉治夏季每天十九小時的日照時間。柯米多和戴夫·索恩本（Dave Sonneborn），一位阿拉斯加的全職心臟科醫生、兼職的阿圖島嚮導，也是打電話通知柯米多翹嘴鷸情報的人，一起涉過這條川流不息的人工河。為了翹嘴鷸再度聚首的兩位鳥人，一板一眼執行起任務，打開三腳架，用望遠鏡搜索整個礁湖區。雖然有數百隻小型的水鳥（peep）、鴴（plover）和半蹼鷸綿延到海灣處，就是不見翹嘴鷸蹤影。兩名男子終於在半夜收起裝備，約好十小時後在同樣的退潮時間，在同一個地點相見。

翹嘴鷸這一天也沒有現身。現在兩個男人都憂心忡忡——索恩本讓柯米多飛越整個北美大陸前來，卻白跑一趟，柯米多擔心鳥兒到了拉凡登可以目擊的地方（話說拉凡登人在哪裡？他早在柯米多抵達前就看過鳥了嗎？）。經過三個小時徒勞無功的搜尋，索恩本回家修車庫門。柯米多繼續觀察四周。

當潮水退去，壞天氣席捲而來。氣溫驟降到攝氏十度。柯米多的望遠鏡一片霧茫茫。他的身體瑟瑟發抖。他來回走動取暖，一邊掃視逐漸露出的泥地是否有任何看來像怪男子出巡的鳥。

距離一百呎以外的一群半蹼鴴（semipalmated plover）、半蹼濱鷸（semipalmated sandpiper）裡，他看見了一隻沒有蹼的翹嘴鷸。他想要歡呼，卻沒有人跟他一起同慶。索恩本還沒有回來。

柯米多將望遠鏡對準鳥兒，觀看牠瘋狂地覓食。五分鐘過去，然後是十分鐘，二十分鐘。索恩本在哪裡？這樣很不好。花兩天找一隻鳥，等同伴一走開，牠奇蹟般地出現——柯米多擔心自己的信譽可能不保。

翹嘴鷸飛起來。柯米多的心沉到谷底。幸運的是，鳥兒降落在離泥灘一百碼的地方，但牠覓食的腳步愈走愈遠。柯米多得有所行動。

他匆忙沿著小路往回走，發現索恩本正用望遠鏡觀看礁湖的另一側。柯米多一把抓住他。

等他們回到柯米多所在的地點，他據稱看到的那隻鳥已經無影無蹤。柯米多沮喪不已。不管他說了什麼，他懷疑索恩本會相信他。柯米多曾把遠方的一隻斑腹磯鷸（spotted sandpiper）誤認為翹嘴鷸。這次柯米多也錯認了嗎？他開口道歉，聽起來甚至像是辯解。

一塊岩石後方出現另一隻鳥。是翹嘴鷸，或者至少是他認定的翹嘴鷸。他沒有告訴索恩本往那裡看。他只是硬把醫生推向自己的望遠鏡。

「對。」索恩本說，「我看到你的鳥了。」

這隻是柯米多的鳥。拉凡登和米勒都沒有見過。事實上，三個人都不知道這個事實。目前柯米多看了七百零三種，拉凡登六百六十三種，米勒六百五十八種。要是在甘迺迪總統的年代，這些數量已經超過不朽的彼得森的個人賞鳥紀錄，在北美地區也僅落後一位鳥迷。柯米多、拉凡登、米勒才用七個月不到的時間就擊敗那些紀錄。

對於這樣驚人的速度，鳥類學家可能歸因於聖嬰現象，或是輕鬆的搭機旅行，或是資訊革命，讓一個住在紐澤西州的男人，在阿拉斯加科克灣才經過四次的潮起潮落，就能見到一種新的水鳥。柯米多卻沒有深入分析的心情。他距自己的舊大年紀錄還差十八種鳥。在回家的航程中，他幻想著找到牠們的方法。

對拉凡登來說，這是全身健康檢查的時候。這個週末，在山區繁花盛開的高峰期，他可以留在亞斯本的家裡，參加市中心的音樂節聆聽馬勒和莫札特的樂曲；或者他可以飛兩千哩到北卡羅來納州的外灘（Outer Banks），在另一趟的出海賞鳥之旅大吐特吐。

他打包行李時帶了暈海寧。

拉凡登心想，他回家時，音樂節仍舊持續，海鳥卻不等人。在墨西灣流處還有四、五種容易的鳥等他去看。他的海路戰略受到撼動，但完好未損。如果他打算追上柯米多，他得看到那些鳥。他的頭腦知道這一點。他的心知道這一點。只要他的胃能捱過去。

吃了暈船藥昏沉沉的拉凡登在早上五點半腳步蹣跚地走上碼頭。他不喜歡眼前所見。持續颳著二十節強風，偶有超過三十節的陣風。甚至海灣也白浪翻飛。俄勒岡入海口的大西洋海面——一想到這，拉凡登又啃起另一片小麥薄餅。

這一次，他的恐懼不再孤單。碼頭上幾十位鳥迷高聲討論波浪的大小；有人的帽子被風吹走。拉凡登抓起另一片餅乾。

早上六點十五分宣布：今天不出海。風浪過大。

從來沒有人花這麼少錢飛這麼遠的距離，這時又感到如釋重負。

他坐在長椅上收起小麥餅乾袋，一邊聽其他人抱怨行程取消的事。有人昨晚開了六小時車，黎明才抵達這裡。那個傢伙真的喋喋不休。他已經盼望這趟出海好幾個月，真的希望看到基本的大西洋海鳥——大鸌（greater shearwater）、猛鸌（Cory's shearwater）、黑頂圓尾鸌（black-capped petrel）、哈氏叉尾海燕（band-rumped storm-petrel）。

拉凡登表示同情。他也希望看到那些鳥。

坐在長椅上的男人不停地東拉西扯。他不知道現在該怎麼辦。他為了遠洋鳥才來這裡。他今年已經看完這個地區所有其他的鳥。

他看完了？

他看完了。長椅上的男人正在角逐觀鳥大年競賽。

拉凡登的五臟六腑彷彿要被吐到海裡。除了柯米多以外，還有人在挑戰觀鳥大年？拉凡登完全不知情。他的腦子快速轉動。這個傢伙是誰？他從哪裡來？拉凡登不曾料到這個。他回頭看長椅上的男人，竭盡所能板起一張撲克臉。

「觀鳥大年？一定很了不起，」拉凡登虛情假意地說，「你看過多少鳥了？」

「六百六十六種。」

這個傢伙叫葛雷格．米勒，他來自馬里蘭州的盧斯比，在核電廠擔任軟體工程師，星期一得返回工作崗位。

他落後拉凡登兩種鳥。

兩種鳥而已。

男人繼續滔滔不絕。既然出海行程取消了，或許他會到附近的豕島（Pea Island）試著找彎嘴濱鷸（curlew sandpiper）。拉凡登聽而不聞。他恭喜男人看了六百六十六種鳥，接著舉步離開。

拉凡登首度面臨深沉的恐懼。他可能不會是亞軍。他有可能排名第三。
他還有時間。他還有錢。他還有亞斯本音樂節的門票，但是它們已經用不上了。

第十四章
叉尾
Forked

恐懼是強大的動力。拉凡登絕對不想在觀鳥大年競賽抱回第三名，所以他開始旋風式的賞鳥。到西維吉尼亞州看各種鶯鳥；到哈特拉斯角搭船看各種大西洋海鳥（他吐了）；在蒙特利灣搭船看各種太平洋海鳥（他又吐了）；到科羅拉多州的一萬四千呎海拔高山看北美最小的鳥（三吋大的星蜂鳥〔calliope hummingbird〕）；在林肯總統的故鄉看一隻麻雀（Eurasian tree sparrow）。

但沒有任何一種比得上叉尾王霸鶲帶給他的喜悅。

當這種熱帶迷鳥首次在波士頓北方一處海岸沙嘴梅島（Plum Island）被目擊，拉凡登立刻拋下手邊一切趕過去。這種鳥向來以一兩天的到訪而聞名，他得盡快看到牠。那個週末不聽演奏會；他搖身成為賞鳥狂人。雖然入口處車陣大排長龍，拉凡登毫不擔心。這些度假者的目的地是梅島的白沙海灘。他則是前往地獄貓沼澤（Hellcat Swamp）。

他碰巧在停車場遇見三位當地鳥迷，他們直接帶他去看叉尾王霸鶲。正是這隻鳥：黑、白色，有一個比身體長兩倍的奇特叉尾——牠停在池塘中央的柱子。

突如其來的勝利讓拉凡登非常高興，他做了件不尋常的事。他把觀鳥大年的經歷告訴這三位鳥迷。他們聽得入迷。拉凡登說得愈多，他們想聽得更多。起初他覺得跟別的鳥迷暢談自己的偉大冒險很奇怪——這是他第一次跟陌生人談鳥經——卻也讓他興奮。他現在公開跟同路人談論自己的癡迷。他得承認：相當有意思。

就在幾個星期之前，拉凡登跟一位對手並肩坐在長椅上，而他甚至沒有表明身分。現在，他跟陌生人大談觀鳥大年。有什麼改變了嗎？

關鍵在於柯米多沒有叉尾王霸鶲。

米勒沒有叉尾王霸鶲。

而拉凡登看到了叉尾王霸鶲，他第一個看見。這種感覺真好。

米勒生病了。從阿圖島回來後，他白天頻頻濕咳，晚上畏寒得發抖。他任何時候都覺得不舒服，還好這種病有藥可醫。他擔心的是另一個更嚴重的病。

過去三天，他染上叉尾王霸鶲鳥熱，病得奄奄一息。他想治好它——啊，他真想治癒——但他待在辦公小隔間動彈不得。當一隻真正罕見的鳥出現在短程線飛機可到的麻州，要繼續工作並不是容易的事。不過米勒還得再工作兩天，解決幾千行程式，才能有所行動。

在這期間，他查了又查。他撥打麻州的珍稀鳥類警報熱線，以確保鳥還在那裡。牠還在。他查看麻州珍稀鳥類通報網網頁，以得知最新目擊地點的確切位置。有人在停車場附近發現鳥，有人在堤防邊看到牠，另一個人見到牠停在池塘的柱子上。

報告最後的一小段話下的短線讓米勒的體溫上升。

叉尾王霸鶲在池塘柱子被目擊的那一天，見到牠的是一位千里迢迢前來只為看這隻鳥的陌生人。

這位陌生人來自西岸。他正在競逐觀鳥大年。

北美地區觀鳥大年。

驚人的是，貼出訊息的人說，這名觀鳥大年參賽者已經看了六百七十五種鳥。

米勒不需要焦特可樂提神也能明白這個數字的意義。

有另外一個人也在角逐觀鳥大年，那人不是柯米多。

那人是誰？

米勒改忙連上travelocity.com網站。不管觀鳥大年的第三位競逐者是誰，米勒不打算因為一隻叉尾王霸鶲而落後。

唯一比打擾柯米多睡眠更糟的事，就是在他錯過了一隻鳥後打擾他的睡眠。

搜索叉尾王霸鶲無果之後，柯米多回到汽車旅館房間休息，準備隔天早上再次出擊。凌晨兩點，他被隔壁房間響亮的講電話聲音驚醒。柯米多試著再度入睡，凌晨兩點半，他再次被講另一通電話的同樣聲音驚醒。聲音在凌晨三點又響起，過了半小時又來一次。

柯米多滿腔怒火。

第二天早上六點一起床，柯米多決心要報復。他拿起電話，打給已經寂靜無聲的隔壁房間。

「哈囉，查理？」柯米多對著話筒大喊。
一個虛弱的聲音回答：「什麼？」
「嗨，查理！」柯米多大吼。
「我不是查理，你把我吵醒了！」聲音回答說，現在帶著怒氣。
「哦，我很抱歉。」柯米多說，然後掛斷電話。
太遜了。他可以做得更好。
吃過早餐，柯米多拿起汽車旅館大廳的電話，再次打到那個房間。
「早安！」他再次高聲喊。「我是你的鄰居。你昨晚好像打給了所有人嘛，就是漏了我。為什麼？」
「你是誰？」
「我告訴你，我住在大廳對門的房間；我聽到你整夜大聲講電話，你害我們睡不著覺。」
對方使用擴音功能，他才不在乎柯米多睡得好不好。他飆起髒話，連珠炮一樣罵得愈來愈大聲，最後砰地掛斷電話。
柯米多坐上車，全速駛向梅島，他在那裡看見路標上停著一隻叉尾王霸鶲。他對著鳥的尾巴拍了幾張照片，決定汽車旅館裡的那個傢伙還是該被修理一下。
上午九點，柯米多回到汽車旅館大廳，假裝是客人，要求櫃台人員打電話到他的房間——事實是那個聲音查理的房間——設定在一小時之後的起床服務電話。櫃台人員答應之後，柯米多走向大廳電話，按完房間號碼就離開，任憑那個房間的電話鈴聲持續響下去。

他看到了鳥，也完成報復。復仇是更有趣的事。

米勒的燒退了。他的望遠鏡捕捉到叉尾王霸鶲的身影。第六百八十二種鳥讓米勒這樣興奮，這樣的如釋重負，他忍不住跟地獄貓沼澤裡的每個人訴說心情。

一位鳥迷特別表現出興趣。他聽到米勒的名字時愣了一下，並要求他再說一遍。他問米勒是不是在競逐觀鳥大年的那個人。聽到米勒承認，這位鳥迷說要給他一個特殊的口信：

「山迪·柯米多跟你問好。」

離家五百哩，身在一片沼澤地裡，米勒何德何能得到柯米多的問候？這是怎麼回事？柯米多怎麼知道他會來這裡？有人幫忙柯米多監看嗎？柯米多也來過了嗎？他看到鳥了嗎？

柯米多也看了六百八十二種鳥嗎？

第十五章
征服
Conquest

米勒曉得跟柯米多的距離拉近了，他感覺得到。他在加州這頭五天狀況好到不能再好。連失望也轉為勝利。因為兇猛巨浪，蒙特利灣的出海行程取消，謝爾沃特親自帶米勒到內華達山區看一隻加州金翅雀（Lawrence's goldfinch）（遠洋皇后難得踏入內陸，她肯定很厭惡柯米多）。米勒現在再次打敗他們——在洛杉磯聖加百利山（San Gabriel Mountains）看到一隻山翎鶉（mountain quail）和白頭啄木鳥（white-headed woodpecker）（第六九二號和六九三號），到聖塔巴巴拉（Santa Barbara）北邊海拔八千八百呎高的皮諾山（Mount Pinos）峰頂，看一隻黃臉林鶯（hermit warbler）（第六九四號）。

他見到所需的每一種西海岸山地鳥。然而在麥基爾營地（McGill Campground）的松樹林，他碰上完全出乎意料的東西，一輛載著紐澤西州賞鳥客的廂型車。

車上有個人傳遞一句口信：「山迪．柯米多跟你問好。」

這是柯米多為米勒放的第三顆定時煙霧彈（除了麻州的叉尾王霸鶲，柯米多確保米勒在紐澤西州五月岬追逐黑腹燕鷗〔whiskered tern〕時也收到問候，雖然那次追逐無功而返）。米勒不會再錯過機會。他問起柯米多的觀鳥大年。

據車上所有人最後一次聽到的，柯米多差不多看了七百一十二、七百一十三種。

七百一十二種！米勒**快**追上柯米多了。只要蒙特利灣出海行程能出發，只要他能多看幾種落磯山鳥類，只要他的錢能撐下去。米勒確實可能擊敗柯米多。幾週來頭一次，他的鼻子暢通無比。

紐澤西州的賞鳥客祝他好運後離去。米勒獨自坐在租來的車子裡。「山迪・柯米多跟你問好。」柯米多能想到米勒真是體貼。也許米勒可以回敬柯米多一點什麼。

米勒在蒙特利灣剛踏上船，謝爾沃特隨即拉住他。她準備好了。他準備好了。他們有同伴。紐澤西州的賞鳥客也在船上，再次帶來柯米多慣常的問候。

船離岸還沒有多遠，甲板上人聲開始沸騰，討論起這次出海的奇景異象。只見海面的兩道濃霧間，幾百隻黑腹鸌（black-vented shearwater）成群飛翔，這種鳥相當常見，但是以數量而言並不尋常。伊西絲（Isis）颶風在兩天前襲擊墨西哥。雖然這場颶風殘暴——造成十人死亡，兩千三百人無家可歸——強大的太平洋風暴確實將鳥類推上岸。米勒希望不只有常見鳥種。

船首有人高喊「兩點鐘方向」，兩隻克氏海雀（Craveri's murrelet），擁有黑色後翅的潛水高手低掠而過。牠們是第六九七號。幾分鐘後，南極洲的海盜，柯米多林肯車車牌的鳥，一隻南極賊鷗從船尾飛過。如果這不是徵兆，那是什麼？牠也是他今年的第六九八號鳥。米勒處於最佳狀態。他感覺到了。

米勒在船上閒晃。他們離岸數哩遠，太平洋奇異的溫暖和平靜。回航時，霧已經散去。現在視野更廣。

海面上一隻肉足鸌上下翻飛。這種鳥在紐西蘭築巢。牠在這裡幹什麼？這是第六九九號，他在不到兩小時內看到的第三種新鳥。這隻不是普通的遠洋鳥。船頭那一邊的海上，一隻藍鯨噴起二十呎高的水柱。米勒和紐澤西州男孩正在爭搶最佳的賞鯨位置，有人大喊，「水上有一隻白鳥！」

百噸重的鯨魚像明日黃花般被徹底遺忘。米勒盡全力跑向右舷。啊，矮子搭船賞鳥的詛咒——前方的每個人都足足比米勒高四吋。「前面的人請低頭！」他吼道。沒有人移動。他瘋狂撞開肚子、肩膀、手臂、頭、任何東西，好擠出一條路。視野仍然不清楚。謝爾沃特在前方高喊，「紅嘴熱帶鳥（red-billed tropicbird）！」

絕望。

在哪裡？

驚慌。

需要牠。想要它。非要不可。

逮到了。

謝爾沃特衝過來給米勒一個有力的熊抱，力道之強足以讓米勒得砸大錢看整脊師。

「這不是個人北美生涯鳥種紀錄的第七百號！」謝爾沃特對全船的人大喊，「這是今年的北美第七百號！」

接受過大家的擁抱、擊掌、握手和歡呼，米勒走近紐澤西賞鳥客，請他們轉達他的一句口信：

「請告訴柯米多，米勒跟他問好。」

在這裡，柯米多沒有跟任何人問好。

在白令海峽的一座光禿禿島嶼，柯米多死命握住本田沙灘車（Honda ATV）把手，從橫掃的大雨中殺出一條路。即便是愛斯基摩人，今天早上也都留在家裡。離西伯利亞四十哩，離家四千哩遠的柯米多正在尋找迷路的亞洲鳥種。他找到的鳥比預期的還多。

天氣惡劣是原因之一。北極圈的雨水像飛叉一樣。紐澤西州目前氣溫攝氏三十三度。在這裡，颳進他眼裡的風冰寒刺骨。

至少沒有陷入泥淖的危險。這裡幾乎不見泥土。聖勞倫斯島（Saint Lawrence Island）是一百哩的深色砂礫堆，柯米多每次踩上，它們就像滾珠一樣滾動。他有一百萬次差點跌倒。他花錢租了一台沙灘車，如果不介意遭石礫飛擊，開起來倒是有趣。一個輪胎突然爆裂。他給付一個愛斯基摩少年五塊錢修輪胎，但是不斷抱怨孩子打氣的速度比女孩還慢。這個少年——出乎意料，出乎意料——棄柯米多而去，害他浪費兩個小時去找租他車子的傢伙。對方慢慢修理輪胎。即使颳著三十節強風，當地人還是可以聞到絕望的氣味。

這裡的居民點是一個叫甘貝爾（Gambell）的自給自足村落，聚集了六百六十位人口。在好年景的時候，這些尤皮克（Yupik）人殺死一隻弓頭鯨；在壞年景，他們吃海豹和海鳥維生。唯一可觀的外來收入來自觀光客，愛斯基摩人吃的野生動物正是他們想看的。

放眼北美，沒有比這裡更詭異的賞鳥地點了。想看鳴禽的優先位置是一處三百年歷史的墳場，極北柳鶯（arctic warbler）棲息在鬚鯨肋骨，穗鵰停駐在海豹脊椎骨。每天上午十點左右，愛斯基摩男人從甘貝爾長途跋涉到墳場挖壕溝；三百年歷史的海象牙是珍貴的象牙來源，可用來雕刻，售出的價格可用來買三個月的沙灘車汽油。

另一個好地點是村子垃圾場。柯米多是垃圾掩埋場鑑賞專家，但甘貝爾這座著實讓人難忘——三十呎高，兩百呎長，火焰慢慢悶燒整個夏季。當地人每天魚貫前來傾倒前一晚裝滿的糞桶，日日源源不絕供應五加侖的燃料。這地方比炸海象肝還臭氣薰人。但是鶺鴒（wagtail）喜歡。

六百一十四呎高的塞巫庫克山（Sevuokuk Mountain）可怖地巍然聳立。數量可觀的海鳥在這座山的面海懸崖築巢，數十萬隻海雀（auklet）、海鸚（puffin）、海鴉遮蔽島嶼西端的天空。柯米多倒是不斷撞見更陰森可怖的景象。由於當地是凍土地帶，甘貝爾居民不埋葬死者。山坡上滿是純木棺材，一些完好無缺，一些已經腐朽，是這裡世世代代的死者。這個景象讓柯米多毛骨悚然。

在甘貝爾的六天，柯米多遭受風吹雨淋和冰雹襲擊，筋疲力盡。他只發現一種新鳥，一隻黃足鷸，不過還算滿意。是一個賞鳥團發現了牠，就為了來甘貝爾村遊覽，團員每人付三千美元費用。柯米多走到領隊的望遠鏡前，湊上眼睛，看到了他的黃足鷸——花費只及團費的九牛一毛。墳場、糞便垃圾場和腐爛的棺材或許讓柯米多覺得噁心，但他仍然無法抗拒次等珍稀鳥的誘惑。

其他旅程更有斬獲。三個星期期間，柯米多知道了大陸航空公司（Continental Airlines）大半登機門地勤人員的名字，且在哈特拉斯角看到南極賊鷗，在加拿大新斯科舍省外海見到刀嘴海雀（razor-bill），在蒙特利灣出海行程將更多種海鳥納入紀錄，在阿留申群島見到一隻腮鬚海雀。

不過最棒的收穫是一種陸地鳥。

堅韌、兇狠的牠很少有天敵。牠羽色豔麗，對鳥有興趣的人都能輕易辨認出來。牠大膽到會偷取其他鳥兒的辛勞成果。牠機智到懂得儲備多天的糧食。牠聲音嘹亮到讓鄰人在夜間緊閉門窗。

柯米多在加州中部丹麥城（Solvang）附近發現一隻停在樹梢的黃嘴喜鵲（yellow-billed magpie），這隻鳥讓他打破自己的一九八七年觀鳥大年紀錄。

第十六章
哈特拉斯角的決定
Cape Hatteras Clincher

如果將觀鳥大年類比為大多數人理解的一個競賽——足球賽——或者更重要的，好比棒球延長賽，那麼米勒就知道該怎麼形容他的情況。進入最後兩分鐘的哨音響起。他面臨背水一戰。這是世界盃賽第七場殊死戰的九局下半，他的克利夫蘭印第安人隊面臨兩出局。

他得趕上柯米多。

他得看到還沒見過的鳥類。

他得出海去。

可悲的實情是，米勒耗費幾星期在灌木叢裡尋找迷路候鳥，每每空手而返。現在是十月，已經沒多少陸地鳥可看。此外，他手頭已經拮据。他又跟老爹銀行貸了三千美元。不可能再借第三次。

甚至連北卡羅來納州外灘哈特拉斯角的出海行程也是希望渺茫。秋季遷徙鳥已經上路。大多數鳥迷蝸居在家。雖然米勒報名了週六、週日兩趟的出海行程，船公司卻因為人數不夠取消了週日那班船。

米勒決心讓這一趟出海值回票價。事實上，決心滿滿的他，早上五點四十分即抵達碼頭。這是他一整年頭一遭早到二十分鐘。絕望總是能讓一個人在鬧鐘響起前就醒來。

他登上七十二呎長的「哈特拉斯小姐號」，直衝到船頭。他這下取得最佳的觀賞位置。這可能是他第一次靠快速移動爭得黃金位置而非淪落到墊底。脖子上掛著望遠鏡，他準備就緒。他等待著。他坐立難安。什麼事也沒發生。古代的人究竟怎麼打發額外的時間？

他走回船艙找點事做。其他鳥迷陸續抵達。米勒無意中聽見一位外表出眾的灰髮男子談到麻州的叉尾王霸鶲。米勒追過同一隻鳥，他湊耳傾聽。這個男子奇怪得有些熟悉。他該不會是觀鳥大年的神祕第三位競逐者？米勒再也忍不住了。

「對不起，」米勒打斷對方，「我叫葛雷格．米勒，正在挑戰觀鳥大年。叉尾王霸鶲為你的第六百七十五種鳥是嗎？你也在角逐觀鳥大年嗎？」

對方看著米勒，露出微笑。

「是的，我是。」拉凡登說。

花了十個月時間，不過他們終於見面了（之前在另一個外灘碼頭的比鄰而坐不算；當時拉凡登並未跟米勒坦承自己是敵人）。兩人都迫不及待想較量彼此的成績——多久才有一次機會和陷入相同癡迷的陌生人萍水相逢呢？——但是他們首先以一個簡單問題總結這十個月的生活。

「你看了多少。」米勒問。

「六百九十一種。」拉凡登說。

「我看了七百零五種。」米勒回應道。

拉凡登的臉頰紅暈刷地變白。他想說些什麼，腦子卻一片空白。他花了這麼多時間擔憂會位居亞軍。現在，他面臨落到第三名的可能性。

他腦裡想的是：第三名？第三名？這一切努力只有第三名？

他開口說的是：「我還有一些容易的鳥要看。」這個說法千真萬確——他這趟出海需要看到一種海燕，再去看幾種麻雀，那隻該死的斑點鴞還在亞利桑那州。

哇，米勒露出微笑。

第三名。第三名。拉凡登無法停止這個念頭。他得改變話題。

「柯米多看了多少？」

「就我上次聽說，七百三十一或七百三十二種。那是一個月前的事。」米勒說。現在米勒也收起笑容。距年底還有兩個半月，柯米多遙遙領先至少二十幾種鳥。米勒全身發冷。這個船艙有通風口嗎？或者有人剛打開門？

一個聲音突然讓船艙為之晃動——那個深沉粗啞的聲音。米勒和拉凡登掃視四周。是柯米多。

三劍客終於會合。

「艾爾，」柯米多說，「你到哪裡了？」

拉凡登看著這個折磨者，露出狡猾的笑容。

「哈特拉斯角。」他說。

米勒笑了起來。拉凡登毫不畏縮。柯米多轉向米勒。

「葛雷格你呢？今年進行得怎麼樣了？」

「山迪，很不錯。我看了七百零五種。」米勒說。

「葛雷格，恭喜你突破七百種，」柯米多用叔叔對侄子的語氣說，「只有極少數人曾經達到這個成績。」

柯米多笑了笑，接著轉向拉凡登。

「嘿，艾爾。你今年看了多少鳥了？」

拉凡登直視柯米多。「七百三十七種。」

「哇！」柯米多脫口叫出來。

柯米多後退一步。腦子還來不及控制，這聲驚叫已經衝口而出。他的聲音一向響亮，但是這回所有人都對他行注目禮。七百三十七種？天啊，拉凡登怎麼看到七百三十七種？柯米多的兩道眉糾結得幾乎可以碰到耳朵，甚至有皺得更高的傾向。柯米多努力鎮靜下來。

「嗯，艾爾，」柯米多吞吞吐吐地說，「我看了七百三十六種。」

柯米多盯著拉凡登，表情委屈。

拉凡登盯著柯米多，神色剛毅。

米勒看著兩人，面露讚歎。拉凡登剛撒了一個厚顏無恥的謊言，而他的心臟甚至沒有漏跳一拍。

柯米多卻心慌意亂。他的眼睛睜得這麼大，眼白都多過了藍眼珠。他看來像要昏過去一樣。

拉凡登板著臉回看他。

看著就要昏厥的柯米多和堅定扮演羅斯摩爾山總統巨石（Mount Rushmore）的拉凡登，米勒再也忍不住。他爆出大笑，笑得肆無忌憚，引來船上其他人側目。

「山迪，他騙到你了。」米勒笑得直喘氣。

先是拉凡登，然後是柯米多，一起笑了起來。

玩家被耍了。

到墨西哥灣流的兩小時航程很快就過去了。風浪高得誇張，但是故事更誇張，三位鳥迷像操場上的小學生嬉鬧。拉凡登和米勒想知道柯米多如何如此遙遙領先。然而他們一問起，免不了無法擺脫山迪另一個曲折迂迴的故事。他們能夠不經過這些阿諛奉承就從領先者身上學到什麼嗎？根本不可能。

此外，柯米多的一些故事相當瘋狂。他今年夏天甚至在內華達州包了一架直升機去看暗腹雪雞。拉凡登和米勒早已把這個鳥種視為是遙不可及的奇物。

柯米多夠聰明，懂得討好聽眾。所謂同病相憐，沒有人比拉凡登和米勒更理解錯過一隻鳥的痛苦。

所以柯米多說起找烏林鴞卻幾次無功而返的旅行。

米勒說起幾次去找白眉食蟲鶯（swainson's warbler）卻未果的經歷。

拉凡登說起幾次想看斑點鴞卻鎩羽而歸。如此等等。

大家的閒談這麼有趣，拉凡登建議他們當晚一起吃晚餐，米勒立即附和，但是柯米多婉拒，喃喃咕噥說已經有一些計畫。

柯米多和米勒轉移陣地到船頭右舷的長椅。

拉凡登溜到船尾往海裡嘔吐。

當天晚餐的時候，拉凡登和米勒免不了對柯米多品頭論足，語帶挖苦——**他超前我們三十種鳥，竟然連和我們上餐廳的時間都沒有！**——也討論彼此今天的成績。

這一天的八小時航程，拉凡登是唯一一個為紀錄新添鳥種的人（溫暖墨西哥灣流的黑頂圓尾鸌，今年的第六九二號）。雖然還有些遠洋鳥能看，可他已經受夠了暈船。幸運的是，他還得看的容易鳥類多數在亞利桑那沙漠。

米勒的目標主要是在佛羅里達州。拉凡登早在二月就看過那些熱帶鳥類，他很樂意提供米勒一些建議。「去沼澤地國家公園（Everglades National Park）看美洲紅鸛（flamingo）的話，」他告訴米勒，「當心蚊子。」

他們哈哈笑著，開著玩笑，互相揶揄。雖然話題總難免繞回柯米多。

目前而言，柯米多的成績毫無疑問地不可撼動，有太多的人已經目擊他追過太多的鳥類，絕無作假。惱人的是他的態度，他不只是打敗他們——他還反覆提醒他們這一點：到窮鄉僻野晃蕩，一些善意的人轉告他們「柯米多向你問好」。不過今早在船上，柯米多終於有機會親自問好，他卻毫無行動，他只是問起他們的成績。在一項講究優雅、禮貌的運動中，柯米多向來是賞鳥機器——一輛不可阻擋的坦克，轟轟然掃蕩北美的鳥類。遲早會輪到拉凡登和米勒，也只有拉凡登和米勒能抓到柯米多的弱點。差距很大，但並非不可能拉近。

那晚在餐廳點主餐以前，拉凡登和米勒同意他們面臨一個共同的敵人。

他們決定走出去趕上他——兩人齊心協力。

第十七章
樹叢雙雄
Two in the Bush

或許這是柯米多的復仇。畢竟柯米多在哈特拉斯角告訴大家，說這趟行程猶如探囊取物。拉凡登和米勒遵照領先者的建議，來到內華達州沙漠的不毛之地租直升機看暗腹雪雞，每個人都知道柯米多喜歡把事情講得比實際情況慘。如果他說看暗腹雪雞輕而易舉，那麼肯定很容易，不是嗎？

但是，紅寶石山（Ruby Mountains）昨天整夜大雪紛飛。拉凡登和米勒醒來時，甚至已經看不到峰頂；海拔一千五百呎以上的山頭——雪雞所居住的地方——全被吞沒在雲霧裡。

兩個鳥迷並肩站在停機坪，他們的駕駛員打量著紅寶石山可見的部分。拉凡登和米勒只能隱約辨識出繚繞雲海和山峰的交會處。兩人大失所望：雪雞在山上，但是賞鳥人在山下。他們跟目標的距離，就跟待在家裡的床上撕掉白花花的鈔票沒有兩樣。又是一趟白花錢的旅行。

就在兩人準備死心、接受行程取消時，陰霾天空露出像甜甜圈洞的一小塊藍。

「我認為應該出發。」駕駛員宣布。

兩位鳥迷愣住了。去哪裡？根本看不見山頂。

「我是經驗豐富的駕駛員，」他對他們說，「我已經飛上去許多次。」

駕駛員開始用拉車將他的貝爾二〇六噴射遊騎兵型直升機（Bell 206 Jet Ranger）拖出機棚，他是認真的。不管如何，他都要飛。

安全嗎？

瘋狂嗎？

這是柯米多的殘酷玩笑嗎？

拉凡登不發一言，所以米勒保持沉默。

米勒不發一語，所以拉凡登保持沉默。

駕駛啟動螺旋槳。

兩個人都知道這趟飛行近乎瘋狂。拉凡登和米勒在這趟探險以前，只共處過五小時（原本還會更長一點，不過拉凡登暈船時會暫時離開）。現在完全陌生又是強大競爭對手的兩個男人被困在內華達州艾爾科（Elko）的荒涼沙漠。拉凡登也好，米勒也好，都不曾做過這種事。

依靠其他鳥迷的幫助讓拉凡登疑慮不安。

投入的金錢讓米勒疑慮不安。

直升機的螺旋槳愈轉愈快，他們的不安轉為恐懼——在風雪中搭直升機上山看暗腹雪雞，這也不是兩人想要的報紙訃聞內容。

駕駛員示意兩人登機。

兩人注意對方是否稍有停頓、遲疑或露出考慮的眼神。一方會讓另一方贏嗎？

拉凡登和米勒都登上直升機。

來不及有任何懷疑：他們飛上天空。

如果搭直升機追鳥似乎很古怪，那麼，鳥會到那裡的故事還更古怪。

在五〇年代末期，內華達州漁獵委員會擔心一個惱人的問題：他們有數千方哩的遼闊土地，但沒有可供狩獵的動物。內華達州氣候太過乾燥，多數可供獵殺的動物無法存活。州內大部分地區年降雨量少於九吋，而得有三十六吋的年降雨量才能讓草地生長——唯一強健到可在這種環境下存活、可供射獵的鳥是艾草松雞。艾草松雞嘗起來像山艾。沒有人想獵殺一種嘗來像多瘤節灌木的雞。

偉大的白人職業狩獵手登場。一九六一年，他的戰利品房間已掛滿北美每種綿羊的標本頭：大角羊、沙漠大角羊、白大角羊、英屬哥倫比亞野羊。住在雷諾（Reno）的林肯水星（Lincoln-Mercury）汽車經銷商漢姆．麥考基（Ham McCaughey），把獵槍瞄準到家鄉以外——世界上最大的野生羊類，生長於中亞山區的馬可波羅羊。而馬可波羅羊正好和另一種特大生物一起生長在世界之巔，也就是暗腹雪雞。麥考基東征到喜馬拉雅山獵取下一個戰利品時，雇用了當地捕獸人活抓六隻暗腹雪雞。他好意想帶回家鄉送給狩獵監督官。但是，當他試著將鳥運回雷諾時，美國農業部官員擔心外來野生動物散播疾病到北美大陸。麥考基得讓這六隻雪雞留在檀香山隔離檢疫三十天。有生以來第一次活在熱帶天堂的雪雞，其中五隻不幸死亡。而僅存的一隻如此雄壯——比松雞大，但是有雉雞的鮮美白肉——內華達州的野生動物局官員一見傾心。他們命令一位州政府的生物學家格倫・克里斯汀森（Glen Christensen）立即和喜馬拉雅山罕薩（Hunza）地區的酋長展開談判，以輸入更多的雪雞到內華達州。

在一九六四年春天，中印邊境戰爭休戰期間，克里斯汀森飛往罕薩，亦即現今的喀什米爾。這處長型山谷由頂峰終年積雪的兩萬三千呎高山環繞，是他畢生見過的最壯麗景色。克里斯汀森不論去哪裡，都有印度、巴基斯坦特務一路尾隨，他們懷疑這位蒼白的外來闖入者是間諜。克里斯汀森對這些人說他只關心當地的鳥，他們更確信他是間諜，更加強了對他的盯梢。

儘管遭到嚴密跟監，克里斯汀森還是捉到九十五隻雪雞。而最大的挑戰是把牠們帶回家。從罕薩飛出的唯一定期航班是一架舊福克（Fokker）戰機，人和牲畜都載。所以他把九十五隻雪雞裝進籠子，塞到機上通道，和其他也飛往巴基斯坦拉瓦爾品第（Rawalpindi）的山羊、雞隻和罕薩居民比鄰為伍（軍事指揮官恐怕從未料想過的福克戰機用途）。這一次雪雞在紐約隔離檢疫，四十八隻存活下來。在一位加州大學生物家和一位普瑞納（Purina）公司野生動物營養學家的協助下，克里斯汀森在內華達州的耶寧頓（Yerington）成立了一間有空調系統的外來鳥種養殖室。他開始繁殖這些雪雞。到了一九七〇年，印度和巴基斯坦結束嚴重的喀什米爾衝突，又準備展開下一場印巴戰爭之際，克里斯汀森意識到前往喜馬拉雅山抓更多的野生雪雞過於危險。他開始將繁殖出的雪雞後代放歸到美國荒野。到了一九七九年，總計有一千五百六十九隻暗腹雪雞被放入內華達州東北部的紅寶石山。

這個花費納稅人七十五萬美元的移民計畫算不上成功。現今只有不到八百隻暗腹雪雞存活在北美，在氣候惡劣的一些年，數量更驟降到兩百隻。漁獵局官員夢想將這種雞變成戶外運動者趨之若鶩的獵物，但每年只有約莫一百位獵人賞光，嘗試獵殺這些雪雞；牠們居住的地方太高，而且大多數人認為這些山太危險。每年的狩獵季節只有十隻雪雞被射殺，七十五萬美元投資的回收慘淡。

暗腹雪雞雖不受獵人青睞，卻在鳥迷圈身價暴漲。由於紅寶石山不像雪雞的家鄉喀什米爾、巴基斯坦一樣戰火頻仍，內華達州東部迅速成為全球賞鳥客觀看雪雞的首選地點。到了一九九八年，已有數百名鳥迷來過艾爾科，其中包括數十位歐洲人。鎮上只有一家叫愛爾艾諾（El Aero）的直升機包租公司，它在不知不覺中遭到雪雞熱感染。直升機駕駛員泰德．麥布萊德（Ted McBride）第一次為了雪雞升空時，他很擔心客人，一位退休醫生是不是要心臟病發作。別擔心，他只是陷入狂喜狀態。「從來沒有女人能讓我達到那一半的興奮程度。」麥布萊德說，也從來沒有女人會付每小時五百五十美元搭他的飛機。拜雪雞之賜，鳥迷讓麥布萊德和他的夥伴戴爾．科爾曼（Dale Coleman）賺飽荷包。

唉啊！

米勒的肋骨猛然撞上胸前的安全帶。拉凡登使盡全力端坐在位置上。從直升機擋風玻璃望出去，地平線已經傾斜。

兩人默默地吐露相同的願望：希望這位駕駛員知道自己在做什麼。紅寶石山在東南方二十哩處，駕駛員戴爾．科爾曼很熟悉路線。就算又是載客去賞鳥，不代表他不能樂在其中，所以他轉彎時大幅度傾斜機身，螺旋槳猛烈發出轟鳴。賞鳥客包租直升機上山找雪雞既是以時計費，駕駛員也不會浪費時間慢吞吞低空飛行。

三人在駕駛艙裡以耳機通話。在螺旋槳急速的旋轉聲中，駕駛員宣布這次尋寶之旅的策略：經過昨晚的風雪，紅寶石山的雪線位於四千五百呎。雲層在一萬呎高度。運氣好的話，雪雞不是在懸崖下方就是在峰頂。

拉凡登和米勒都沒有表示意見，兩人倒是清楚知道，山頭仍然籠罩在雲裡。如果峰頂的雪雞安然捱過暴風雪，這趟飛行將是價值五百五十美元的歡宴。

為了分心不去想可能看不到雪雞，米勒拿攝影機拍攝半哩下方的牛隻。他笨拙地調整攝影機。肯定哪裡有問題。對不了焦。攝影機壞了嗎？駕駛員一看笑開了。米勒過於緊張，呼出的氣讓他那邊的窗子蒙上一層水氣。除霜器將霧氣清除一空，但是鏡頭依舊模糊不清。米勒檢查了紅外線LED燈泡。今天拍不了了，他昨晚忘了幫攝影機的電池充電。

後方的拉凡登頂著一張最嚴峻的撲克臉。他不發一語。他的外表看起來平靜，但內心完全是另一回事。拉凡登拚命克制著不要嘔吐，他今年已經在八趟出海航程中吐掉早餐，他可不想在直升機艙裡再經歷一次慘劇。他以前曾經成功捱過一次直升機之旅，雖然那次是飛越巴黎上空的輕鬆商務旅行。也許，說不定，他的胃在空中的表現會比在海上好。他緊盯著地平線。直升機疾飛過連綿的荒漠和牧場。儀表板顯示時速九十哩。拉凡登希望駕駛員別再做傾斜機身的轉彎了。

直升機愈接近，紅寶石山看起來愈巍峨。陡峭、嶙峋、雄偉，和阿帕拉契山脈大異其趣。雲層散去，清晨的陽光照亮一道窄谷入口。直升機直驅而入。

米勒想開口讚歎這一切未經琢磨的原始美景——下方白雪皚皚，兩側由懸崖絕壁環伺，上方浮雲飄動——然而轟隆隆螺旋槳聲迴盪在岩壁之間，讓人無法交談。直升機減慢速度往上爬升。

直升機呼呼飛近山脊線，接著加快速度，突然間，咻！地面消失。赫然出現一個巨大的深淵。米勒忘了緊張：感覺肚子裡像有一隻活生生的蝙蝠四處飛竄。後座的拉凡登不發一語。

越過山脊後，駕駛員降低飛行高度，往右轉循著崖頂飛行以尋找雪雞蹤影。下方一隻雪羊在昨夜降雪後齊頸高的積雪裡奮力跋涉。牠能安然無恙嗎？另一個獵物才是這趟飛行的唯一焦點，他們的直升機再次鑽入另一道峽谷。

「那裡有一隻！」

終究關心獵物的拉凡登，對著耳機大喊。

「在那邊！在那邊！」

就在下方，落在直升機後方，一隻鐵鏽般深褐色的鳥兒狂亂地拍動雙翅。

「雪雞！是雪雞！」

峽谷極窄。直升機能不能來個大迴旋，掉頭讓他們看得再清楚一點呢？無關緊要。雖然儀表板顯示六十節，或說時速大約七十哩，暗腹雪雞已經迎頭趕上。這場比賽的輸贏無庸置疑：雪雞的速度比直升機快，甚至比牠的天敵金鷹更快更強健。當這隻五磅重的生物疾衝到下一道山脊，直升機不得不暫時減緩速度以爬升高度。已經看不見鳥了。直升機終於上升到山脊高度。它往前飛。

「如果不跟上，我們會失去這隻鳥！」駕駛員吼道。

咻！直升機又來一個直降，繼續追逐。暗腹雪雞就在前方四分之一哩處。直升機沿著懸崖邊緣急速前進。拉凡登和米勒都嚇壞了。為了追一隻鳥，直升機以七十哩時速沿著岩壁一路疾飛？太瘋狂了。螺旋槳轉動的回聲震耳欲聾，而前座的米勒害怕得不敢瞧一眼岩壁和直升機槳片相隔的距離。

在他們下方一百呎，雪雞往下衝入山崖邊的碎石地。直升機在空中盤旋。真不走運。和家鄉喜馬拉雅山隔著半個地球，這雪雞的羽色恰巧跟紅寶石山的灰褐色岩塊如出一轍。

牠已經消失不見。

米勒歡呼出聲，一方面出於喜悅，一方面是如釋重負。四十五秒的一瞥，為個人紀錄再添一種鳥！他一旁的窗戶再次蒙上水氣。

在後座，拉凡登的撲克臉總算露出一抹微笑，他沒有大聲叫嚷以表慶祝，但顯然是這架飛機上最快樂的人，他今天的早餐安然無恙。

回到艾爾科的地面，拉凡登和米勒付清直升機包租帳單，並大力感謝他們的駕駛員。「我很高興你像自稱的一樣優秀。」米勒對他說。

暗腹雪雞是米勒的第七百零八種鳥。對拉凡登則是第七百種——因此值得慶祝。史上只有極少數人曾經達到這個里程碑。拉凡登想打電話給妻子，不過知道她不在家。

拉凡登和米勒對看一眼。兩個男人一起在沙漠裡，目前成績相差八種鳥，比賽還剩下八週時間。下一步該做什麼？

拉凡登打破沉默。「你可知道，我還沒看過灰山鶉（gray partridge）。」

米勒已經看過。但是，他預訂的返家班機在明天——為了到艾爾科看暗腹雪雞，他排出兩天時間，以防直升機行程受天候影響取消——他得靠拉凡登開兩個半小時的車載他回鹽湖城機場。米勒知道灰山鶉棲息在哪裡。他三個月前去過。

「想去波伊西（Boise）嗎？」米勒問。

四小時兩百二十哩車程，順便見到六隻金鷹以後，拉凡登和米勒來到波伊西，駛進霍里尼大道（HolliLynn Drive）的獨棟別墅區。龐大的方形建築在地面投下長影；只剩半小時的日照了。

米勒希望他們來得夠早。拉凡登舉起望遠鏡察看四周，尋找有鐵鏽色臉的灰棕色雞隻。

透過他的徠卡望遠鏡，拉凡登發現在街上第三和第四棟屋子之間有東西在動。牠們是霍里尼大道的庭院鳥，共計十一隻的灰山鶉，拉凡登這一年的第七百零一種鳥。

第二天，驅車回鹽湖城機場的路上，兩個男人開始思考。

米勒駕著拉凡登的車，有電加熱裝置真皮座椅的凌志車（Lexus SUV）。光這輛車就比米勒擁有的任何東西值錢。米勒發現他不知道拉凡登做什麼工作謀生。開口問也不免唐突。不過從這輛豪華房車看來，拉凡登想必是有錢人。他從來沒提過。拉凡登謙虛，但也懂得不動聲色達到目的。到波伊西看完灰山鶉，米勒只領先七種鳥。米勒知道他應該瞄準領先者柯米多，但他就是辦不到。只落後他幾種鳥的對手所擁有的儲備金遠遠超過他的老爹銀行。

第三名，米勒煩惱著。第三名。

拉凡登坐在乘客座位，意識到自己對手握方向盤的這個人所知不多。優秀的賞鳥人，有了不起的耳力和過人的熱情，可是米勒確實能花這麼多時間工作又期望再看到更多的鳥嗎？拉凡登只落後七種鳥。他還有容易目擊的鳥可看，他還有時間去找到牠們。

第二名，拉凡登想著。第二名。

米勒在午夜後回到馬里蘭州的家，早上九點鐘重回核電廠工作崗位。他當天工作九個半小時。千禧年即將到來。他還得到佛羅里達州看鳥。他已經跟老爹銀行借貸八千美元。他真的想去佛羅里達。他這週接下來上班七十六個小時。他要存旅費前往佛羅里達州。

拉凡登開車回到科羅拉多州，迎接他的是一個空蕩蕩的房子。他在內華達州追逐暗腹雪雞之時，他的妻子正到不丹和尼泊爾探險，騎大象、追蹤白犀牛，在尼泊爾奇旺國家公園著名的虎丘叢林旅館（Tiger Tops Jungle Lodge）享受奢華的遊獵之旅。她的花費可能不及艾爾在觀鳥大年的支出，但她也如願完成畢生夢想。她和兩位女性朋友出國四個星期。拉凡登很想念她。人們說追求自己的興趣能讓婚姻保持新鮮，聽起來有道理，不過實行起來也可能頗寂寞。拉凡登想慶祝他的七百種鳥。他希望妻子在家裡幫他慶祝。

他打電話給八個朋友，邀請他們過來吃牛排，由拉凡登親自烹調。他們說笑。他們暢飲。他們為暗腹雪雞乾杯。拉凡登更加想念妻子了。

當艾瑟兒終於回家，拉凡登告訴她看到第七百種鳥的經過。她很高興他達成觀鳥大年的里程碑，知道他為自己辦了晚餐派對，更讓她嘖嘖稱奇。

第十八章
復仇女神
Nemesis

拉凡登展開觀鳥大年競逐時，曾發誓不會這樣做。他並不想這樣做，也盡全力去避免，這場比賽理應是個人的偉大冒險。既然是冒險，就表示不需依靠任何人的幫助。

這一切太過於理想主義。拉凡登迫切地需要一種鳥，而他沒剩多少時間。他盯著手機。這是最後的機會了；雖然覺得不舒服，但是不得不這麼做。他得雇用嚮導為他找一種鳥。

拉凡登現在認得白鎢礦峽谷（Scheelite Canyon）每棵樹木的每根樹枝。亞利桑那州瓦丘卡堡（Fort Huachuca）軍事基地的皺褶山脈，應該是全球最容易看到斑點鴞的地方。他在二月花了五小時，七月又花了五小時到那裡搜索。步道登山口的健行者日誌持續彙報說斑點鴞就在上頭。所有賞鳥指南也眾口一辭。據專家估計，在野外看過斑點鴞的人，其中百分之八十是在白鎢礦峽谷目擊。這些專家從來沒有跟拉凡登談過話。

他知道他們所有的建議。斑點鴞棲息處離地面高度不超過二十呎。在大橡樹上，牠們停在遠離樹幹的枝頭；在松樹上，牠們偏愛緊密連結的粗大樹枝。無論斑點鴞是停在哪一種樹上，要看見牠並非易事——這隻十八吋大小的鳥身上有三或四種深淺棕色調，點綴著白色斑點，輕易就融入陽光下斑駁的樹影。

拉凡登甚至攜帶標明斑點鴞特定棲息點的地圖。成堆的資訊最終宣告無用，讓拉凡登覺得自己像買了精美電梯通行證的高一生。斑點鴞真的在白鎢礦峽谷嗎？說不定這只是一場惡作劇。

拉凡登終於恍然大悟時，為時已晚。唯一能帶他看斑點鴞的人已經去世。

羅伯特．T．史密斯（Robert T. Smith）——眾多鳥迷口中的史密堤——在六〇年代是軍隊繪圖員，他一時心血來潮，在占地七萬三千英畝的軍事基地裡，披荊斬棘爬上一個少被使用的角落。白鎢礦峽谷的巨石、清涼岩壁和高聳松樹讓他屏息無法呼吸。二十度斜坡也是。

從峽谷往上走半哩路，在海拔六千呎處，史密堤第一次發現斑點鴞。他呆若木雞站著。在這次健行之前，他對鳥類不曾有太大興趣，但是這些斑點鴞——美麗，沉靜，稀有——令他大為感動。一九七三年從軍隊退役後，這位纖瘦硬朗的男人每週五天都到白鎢礦峽谷查看這些斑點鴞，每次訪查都寫下詳細紀錄。他知道牠們在那裡棲息，何時會棲息。他甚至為牠們棲息的大部分樹木命名。這些貓頭鷹，這位終身未娶的單身漢開玩笑說，已經成為他的孫子。

史密堤幾乎是單槍匹馬開闢出一條通往白鎢礦峽谷的步道，並且基於講究精確的軍人習性，以八分之一哩為度量單位。多年來，他本人帶領超過六千位的鳥迷去看斑點鴞。

哦，拉凡登現在多希望他是六千人之一。但是就在兩個月前，史密堤以七十九歲高齡去世，所幸史密堤沒有將斑點鴞地圖帶進墳墓。史密堤去世以前，在瓦丘卡奧杜邦分會認識了一位身材矮小的男子，他認為夠格讓他傾囊相授斑點鴞的一切知識。毫不搭軋的兩人成為拍檔——史密堤是曾在東南亞叢林出生入死的老兵，他的新朋友來自英國的曼徹斯特，收藏了早逝拉丁巨星席琳娜（Selena）的許多音樂、音樂帶作品，數量之豐在北美境內應是名列前茅。拜史密堤所賜，斑點鴞知識的資源寶庫現在由史都華．希利持有，他正是今年花了許多時間陪伴米勒的賞鳥嚮導。

在觀鳥大年之役，希利不會選邊站。對於付費的客人，他倒是來者不拒。

拉凡登敲定早上七點和希利在瓦丘卡堡的東邊閘門碰面。拉凡登現在熟知方向。像墨西哥邊境沿線的很多地方一樣，基地在沙漠兩哩高的空中安置了一個兩百呎長的飛艇，作為空中的眼睛，以查緝空降毒品的走私者。要是這雙監控的眼睛能幫他找到斑點鴞就好了。

不過他沒什麼可抱怨的。軍事基地正是斑點鴞會出現在這裡的原因。建造於一八七七年作為前哨，以追捕傑羅尼莫和阿帕契族人，瓦丘卡堡現今是一萬一千名美國軍事情報人員的據點。這個基地是西南部山區少數幾個嚴禁砍伐的林地。

斑點鴞以厭惡電鋸而聞名。北部地區鳥迷對這種鳥的追逐，更掀起二十世紀最激烈的一場環境戰役：伐木人對上西北太平洋地區怒火燎原的保育呼聲。[67]老橡木最好是被當作棲息地或貨品，人類終究沒有定論，不過斑點鴞顯然偏愛未受砍伐的樹木。白鴿礦峽谷有這種樹，以及更多的優點——沒有道路，少有人類，以及數量穩定的田鼠、老鼠和蝙蝠。

拉凡登得承認，跟另一個人一起上白鴿礦峽谷登山口很奇怪。但是，如果希利可以讓拉凡登看到斑點鴞，他的陪伴將是值得的。拉凡登忖度，這位每小時收費十美元的嚮導會花費他多少錢。

結果拉凡登甚至不需要希利的幫忙。一隻斑點鴞就棲息在步道前方的大橡樹枝頭上。如果拉凡登繼續往前走，他會用額頭撞上牠。拉凡登和嚮導在不到一小時內進出峽谷。

嚴格來說，拉凡登以一張十美元鈔票獲得第七百零四號鳥。心理成本則沒有估算在內。

離開大沼澤碼頭已經兩小時，米勒從高中時代參加的四健會（4-H Club）[68]以來第一次划獨木舟，他強忍著恐慌。他在鋸齒草海裡迷失方向，划槳的動作變得不穩定，沒搽防曬的脖子被烤得發燙。雖然風從北方吹來，龐大的烏雲正自南方逐漸逼近。他陷在鱷魚出沒的沼澤地。雷雨將要來臨，他唯一的掩護是一艘鋁製小船。

都是美洲紅鸛害的。米勒早在數個月前就該逮住牠們。但是他春天前往佛羅里達州時毫無所獲，所以他在感恩節拋下家人，搭機前往邁阿密，在英語淪為第二語言的伯尼根（Bennigan's）連鎖餐廳，獨自吃了一頓所謂的感恩節大餐。

早知道就走蛇灣步道（Snake Bight Trail）。那是所有人看到美洲紅鸛的方式。只要開進大沼澤國家公園大門，把車就近停好，接著尋找棕色的步道入口標示，開始步行。步道盡頭立了一支單筒望遠鏡，然後開始尋找粉紅色的鳥兒。簡單得很。

67 一九八〇年代，因為美國西北部的斑點鴞亞種數量稀少，而且僅棲息於老熟森林內，環保人士與森林砍伐業有非常大的衝突。美國西南部的斑點鴞亞種數量則相對較多。

68 四健會是美國農業部所管理的一個非營利性青年組織，創立於一九〇二年。使命是「讓年輕人在青春期盡可能地發展其潛力」。四健（分別對應英文的四個「H」字母），代表健全頭腦（Head）、健全心胸（Heart）、健全雙手（Hands）、與健全身體（Health）。是美國農業部地區教育農村青年的重要組織。

其實有複雜之處。米勒討厭蛇灣步道。不是因為蛇的緣故——他從來沒在步道上見過，雖說他很擔憂會碰上。不，蛇灣步道的問題在於蚊蟲叮咬。

這一年征戰維吉尼亞州的迪斯默爾沼澤（Great Dismal Swamp）、阿拉斯加的春天沼澤、萬湖之州明尼蘇達州追逐鳥類，米勒自認為是蚊子專家。蚊子也喜歡他。他大噴特噴一些驅蚊液、防蚊液，蚊子以為是滷汁。雅芳濕紙巾可能對某些人有效，但是搽在米勒身上就產生一種新的香氣，讓蚊子更有如餓狼撲羊。

蛇灣步道是最糟糕的。他上一次在那裡健行時，把自己裹得像酋長一樣。他回家時帶著更多傷痕——但沒有美洲紅鸛。「下不為例，」他當時對自己說，他是認真的。

對於這一趟行程，他做了一些規畫。就在海灣步道入口處有一家出租小船的店。他覺得摩托艇不妥當，而租一艘獨木舟能有多麻煩？最重要的是櫃檯那傢伙信誓旦旦地承諾：一旦你離開海岸線，蚊子就消失無蹤。半天的租金是二十二美元；還船時間是下午兩點半。米勒不可能需要用上四小時，只消一個半小時就能到步道盡頭。於是，他買了瓶一點五升的水和一包椒鹽脆餅，前往碼頭。他躊躇滿志。

概念上的獨木舟卻是和作為運輸工具的獨木舟截然不同。米勒一踏上船，船向左傾斜。為了平衡，他急忙往右偏——船也跟著偏。哎喲！他的脛骨碰到鋁船邊緣擦破了皮。

保持穩定，保持穩定，他告訴自己。一隻蚊子落在他的膝蓋上，他本能地打死牠。船向前移動，沒有搖擺；他鬆口氣笑了，開始划了幾下槳。到目前為止，一切很好。船離開碼頭，他划得稍用力點，船移動得稍快一點。水是茶水般的褐色，但透明到能夠望見水底部的螃蟹。一隻巨翅鵟（broad-winged hawk）在他的頭頂上方翱翔。

他握槳的手終於放鬆休息。這艘獨木舟前進的速度讓他大為驚奇。當他擱下槳改拿望遠鏡時，它甚至不偏不倚保持直線前進。他是天生的獨木舟手。

一看到蛇灣步道，他變得非常興奮。他想知道有多少可憐的笨蛋被蚊子大軍生吞活剝[69]，而他輕鬆、快樂地在水上航行，並且帶著前所未見的優雅姿態。他自信地擱下船槳，拿起可靠的蔡司10x42雙筒望遠鏡。他看到遠處有他夢想中的顏色。

粉紅色在佛羅里達灣那裡。

牠們的距離仍然過於遙遠，米勒無法做出明確辨別。沒有問題。划船很有趣。讓別人在蛇灣步道為了看美洲紅鸛獻出鮮血。米勒比他們聰明。他是哈克·芬（Huck Finn，馬克·吐溫《頑童流浪記》主角）。

在一處鋸齒草周圍展開一條通向粉紅色的水道。他划舟通過，水面噴出銀色的魚。這片水裡聚集著大量鯔魚。數百隻雪鷺散布在淺灘。一隻魚鷹（osprey）翱翔。鵜鶘俯衝入水捕魚。一隻棕頸鷺（reddish egret）就在離米勒的獨木舟只有五十呎處覓食。令人難以置信。

69 佛羅里達州大沼澤國家公園的蚊子數量非常多而且非常恐怖，而且不怕任何防蚊液。在水邊樹林內靜止停留數分鐘，身上所有裸露的皮膚都會被黑褐色的蚊子完全蓋滿，蚊子也會鑽進衣服及頭髮內。

然而，米勒漸漸地注意到不同的地方。一開始四呎深的水，成為十八吋深，現在則是接近一呎深。幸好獨木舟引來極少量的水。也幸好，微風往粉紅色方向吹拂。他掏出椒鹽脆餅，讓風為他服務一段時間。

最後，他總算靠得夠近，足以看出是許多粉紅色斑點，而不是一個粉紅色大點。他再次舉起望遠鏡。

近白色的頭……灰喙……身體更偏粉紅色而不是橙色……

他追的不是美洲紅鸛。他追的是粉紅琵鷺（roseate spoonbill）。哦，不！他幾個月前就看過粉紅琵鷺了。

現在是下午一點，這趟行程以失敗告終。他得趕快回去。

他掉轉船頭，然而逆風毫不留情的襲來。划槳稍有不慎，船就像手表秒針一樣在原地打轉。優雅轉為手忙腳亂。他使勁划槳返回鋸齒草水道。

這是正確的水道嗎？似乎比他印象裡淺很多；每一槳下去攪起的泥土和水花不相上下。也許碼頭確實在另一道淺灘盡頭。

他掉轉船頭，小舟觸到水底；他再次掉轉方向，小舟又觸到水底。他現在明白划向粉紅色鳥群的過程為什麼如此輕鬆——他順著退潮一起漂流。不再是這樣。他和水流奮戰，而水位下降到只有四吋深。他奮力划槳，獨木舟前進兩呎。然而一鬆開槳，船往後退一呎。他再划。前進兩呎，倒退一呎。

汗珠淌落在他的眉毛。他試著用T恤抹掉，但是衣服也濕漉漉了。他拿起水瓶長飲一口，慶幸自己位於涼蔭處。

涼蔭？

在大沼澤國家公園？

米勒抬起頭，看見醞釀中的雷雨。

在他的肚子深處，感恩節晚餐的火雞在鼓動。

不要驚慌，不要驚慌，不要驚慌，他告訴自己。這是一座國家公園，肯定會有人來幫忙。

沒有人來。

曾是海灣的地方，現在是一個廣闊泥灘。在兩百碼外的遠處岸邊，兩個少年釣客笑了。

「你不妨從這邊回去。」其中一人喊道。

他們在說笑話嗎？少年前方的海灣看起來也像泥漿而不是水。

但是，過度絕望的米勒無法反唇相稽。如果少年在嘲笑他呢？如果能讓獨木舟靠岸，他可以步行回碼頭。雷雨在成形嗎？

他第一次在獨木舟裡站起身。以四吋深的水位，船並沒有那麼容易傾斜。他彎腰抓著船緣。然後，慢慢地，將一腳舉過船緣，踏入沼澤地，泥漿隨即吞噬了他。他深深陷入麻煩——達到大腿高度，噁心、軟爛、黏糊糊的麻煩。

釣魚少年笑得厲害，米勒除了自己的心跳聲還能聽到他們的喘氣。他的T恤和牛仔褲沾著棕色的愚蠢徽章。

他依靠獨木舟作為平衡木和休息站，開始跋涉前進。在沼澤的泥濘裡，每一踏步聽起來就像是不斷擠壓的馬桶吸盤。他的腿陷得更深了。他一個踉蹌絆倒，伸出手臂抓住另一邊船緣作為支撐；而獨木舟猛地往前衝，他得用另一隻手臂煞住它。泥巴已經達到褲襠高度，他害怕會陷得更深。

靠著來自腎上腺素的衝勁，他用力拽出髒污的身體回到獨木舟。這一次，他留在船上。他將槳插回泥漿裡，鋁製小舟成了一隻尺蠖。一位少年大叫，「你有進步了。」米勒笑了，他很訝異自己還笑得出來。

他雙臂顫抖地划回碼頭，在兩點四十分抵達，或說比還船時間遲了十分鐘。碼頭的服務員一看米勒的模樣，不收他八美元的遲滯金。

米勒在碼頭每踩一步就留下一道污穢的硫磺污垢。這一團亂讓他過意不去，於是拿了水管沖洗足印。然後，他將水管對準自己。

他將自來水噴向牛仔褲、腋下、背部——沼澤泥濘滲透的任何地方——米勒吸引了一群遊客圍觀。這個從黑色潟湖來的生物正在大庭廣眾下淋浴。

第二天，米勒回來了。他將租來的汽車停在國家公園大門那邊，走上蛇灣步道，被蚊子軍團生吞活剝。

在尋找粉紅色鳥兒的最後關頭，這次，鳥喙的尖端是黑色的。

米勒看到了他想要的美洲紅鸛。

他短時間之內不會再來佛羅里達。

今天是聖誕夜，整個杜魯斯不見任何生物在活動——除了柯米多以外。他挫折到了極點。從黎明前一小時到日落後一個小時，他開過每一條道路，用望遠鏡搜尋過薩斯星姆沼澤的每一棵樹，就是無法找到他要的烏林鴞。牠是唯一一種還逃過他追捕的北美繁殖鳥。郊狼和走鵑（Wile E. Coyote and road runner）的追逐大戰[70]遠遠及不上柯米多和他的烏林鴞。他今年有九趟旅行是為了牠——三月、六月、十一月到明尼蘇達州，十二月又兩度前往，十一月及十二月到威斯康辛州，六月到加州，十二月到俄勒岡州。今天他打電話給三位可以帶路的賞鳥嚮導，不過他們都待在家裡陪家人過節。柯米多不是篤信宗教的人，但整整一天一無所獲，而氣溫落在攝氏零下十二度的溫度計極限點，他不由得想起「約伯苦境」。

---

70 郊狼與走鵑是一部經典的美國卡通，過去也曾經在台灣放映過。每一集卡通的情節都是郊狼千方百計地想要抓到走鵑，走鵑總是會發出「嗶、嗶」的聲音跑給郊狼追。郊狼從未能追到走鵑。

他目前迫切的問題是找到一家聖誕夜還營業的餐廳吃晚餐。他第一次驅車通過杜魯斯，找不到任何開門營業的餐廳——沒有伯尼根，沒有龐德羅莎，沒有星期五餐廳。再繞第二次，他注意到甚至連麥當勞、漢堡王和溫蒂漢堡都關門了。在野外度過如此糟糕的一天，他可不想餓著肚子上床睡覺。他得找到東西吃。再繞第三次時，他發現路旁的一家中國餐廳。他不喜歡民族風味食物，少數族裔稀落的地方有民族風味食物，更讓他嫌惡。杜魯斯充滿肩寬體壯的路德會信徒，他們應該很高興為他上一客全熟肋排。但這些路德會教徒今晚全在教堂裡。柯米多不打算屈就拿7-Eleven的熱狗當晚餐，所以他到中國餐廳碰運氣。

只有另一桌有客人。他們看上去也是外來客。柯米多盡可能淡然地點菜——蛋花湯和豬肉炒飯。在千里之外的紐澤西州，他的女兒正準備與丈夫一起慶祝聖誕節。柯米多為了這個緣由想回家。他女婿的母親在兩年前的聖誕季節過世，柯米多一家人竭盡所能為假期帶來一些歡樂。如果柯米多看到了鳥，他明天飛回家時會更快樂。

通常柯米多單獨用餐的時候，會在筆記本記錄當天的活動以打發時間。今天沒有太多可寫的事。他忍不住想著過去。十一月前往明尼蘇達州艾特金郡（Aitkin County）那次，柯米多本來很可能可以看到鳥。他從路上看到一隻大貓頭鷹——是橫斑林鴞（barred owl）？美洲鵰鴞？或是烏林鴞？——從遠處的雲杉展翼飛起，在離他不遠處飛翔。不過，鳥準備降落時，柯米多聽到四聲槍響。那時是狩獵季節。柯米多本來可以追進樹林找這隻貓頭鷹，但他不想被誤認為鹿。

蛋花湯美味可口，但炒飯全是油。他舉叉吃了幾口就整盤倒掉。在這個漫長、漫長的一年期間，柯米多第一次自問為什麼離家千里追逐一隻鳥。其他客人都離開了，餐廳裡只剩他一個人。從加州的黃嘴喜鵲之後，柯米多再添的每種鳥都是破紀錄的鳥。但是他想盡可能拉大差距。他希望締造再也沒人能破得了的紀錄。他試著想還有哪個人會如此渴望看一隻鳥，渴望到願意在聖誕夜孤家寡人在杜魯斯的一家中國餐館用餐。整個想法太令人沮喪了。他不會讓自己沉溺於失敗。他明天還要去賞鳥。

柯米多在聖誕節黎明再度出門。他看到兩隻禿鷹，但是不感興趣。整個觀鳥大年期間，柯米多沒有被任何人擊敗。是一隻貓頭鷹擊敗了他。

第十九章

為榮譽而戰

Honorbound

拉凡登站在科羅拉多落磯山一處山脊，沉浸在畢生難忘的絕色美景裡。他的左右兩邊，聳立著四座高峰，它們屬於北美大陸九十二座超過一萬四千呎海拔的山峰。在他的腳下鋪展著採礦小鎮喬治城（Georgetown）重建後的美麗市容，它曾經是全球最大的銀礦生產地。不過在他身後，有一個更難理解的景象。

米勒還在山脊下方數百呎的地方。他顯然不習慣山和雪，或是在非平地走兩哩路。他臉上的紅色調極其罕見，看起來就像心臟病要發作一樣。拉凡登希望米勒沒事。他還是搞不懂自己是怎麼輸給這個傢伙。

這一年只剩十四天，拉凡登落後米勒三種鳥。如果這是一個普通的競爭，拉凡登會火力全開擊敗對手。但是，在頂尖鳥迷之間有一條榮譽規則：如果有人要求幫助，對方要傾力相助。米勒請求拉凡登提供協助。他還需要一隻白尾雷鳥（white-tailed ptarmigan），這是拉凡登十個月前就在他家州境內看過的一種鳥。為了帶米勒去看白尾雷鳥，拉凡登得從斯諾馬斯雪山的家開兩個半小時的車，再花更長時間攀登大陸分水嶺附近的山，接著再開兩個半小時車回家。當然，米勒已經帶拉凡登去鄰近的波伊西看過灰山鶉。不過灰山鶉是駕車經過就能看到的鳥。要看白尾雷鳥得付出體力勞動。

拉凡登再次查看山坡處。米勒真的在吃力掙扎。他們從一萬一千六百呎的關尼拉隘口（Guanella Pass）開始健行時，雪地已經被壓得緊實。但是愈往高處，狀況大不相同。在這裡，表層雪還足以支撐拉凡登的重量，卻完全撐不住兩百二十五磅重的米勒，他的腳不停踩破硬雪殼踏進下面的鬆雪。挖雪，他們這麼叫——小心翼翼走在被風壓實的硬雪殼，然後突然一腳踩進鬆雪裡，像是被猛然插入地面的牧場柵欄柱子。這裡是殘酷的對比：拉凡登像山羊輕巧蹦跳到山脊線，米勒則是氣喘吁吁跋涉過深及大腿高的鬆雪。挖雪意味著米勒花費兩倍的力氣，只能走上一半的距離。他在阿圖島染上的病還未痊癒。喘息、呼嚕、擤鼻聲——聲響驚人。拉凡登愛莫能助。他急匆匆前進。

此外，他有同伴。他們在隘口遇到了一位剛看完雷鳥的鳥迷。這位陌生人從他的車裡取了相機後，同意帶拉凡登和米勒去看鳥。拉凡登不想以緩慢的登山步伐冒犯一位幫手。一般來說，拉凡登盡量不得罪牙齒所剩不多的魁梧男人。

所以拉凡登和缺牙陌生人扮演引擎，米勒這節車廂在後方慢慢前進。如果靠體適能就能贏得觀鳥大年，那麼沒有比賽的必要。不管要跑、要跳、要徒步健行，拉凡登都比米勒和柯米多更勝一籌。但是，今早在上山的車程中，拉凡登發現米勒有一件事勝過他——乘船出海。米勒今年比他多看五種海鳥，足以抹去拉凡登在陸地鳥種的領先優勢。拉凡登簡直無法置信。他原本應該靠海鳥贏得優勢。而他一直暈船，一次又一次，因為他不上船就看不了最多數量的鳥。結果米勒乘船的次數比他多。僅僅是意識到這一點，就足以讓拉凡登再次反胃想吐。

離山脊還有半山腰遠的米勒，也覺得前途未卜。這裡的空氣比他的髮絲還稀薄；他吸氣吸得如此吃力，他發誓都可以嘗到肺部的味道。這隻鳥真的值得嗎？他在七〇年代來過兩次關尼拉山找雷鳥，都失敗而返，但那兩次都在夏季，也沒有徒步健行。他感覺彷彿又回到阿圖島上騎自行車的日子。

「葛雷格！在這裡！」

拉凡登站在一百碼上方的山脊大喊。米勒的第一個反應：這人可有足夠的氧氣讓他喊這麼大聲嗎？第二反應：快跑！

米勒一陣風似地衝過雪地。他不是人馬，但是他為了一隻鳥遠道而來，絕不打算錯過牠。在開始上氣不接下氣以前，他已經爬了十呎距離。慢下來，拉凡登勸他。這些鳥不會去任何地方。米勒平靜下來。這是慈父般的叮嚀，拉凡登肯定足夠年長、有足夠的智慧給予意見。

拉凡登下坡來協助米勒最終的登頂。米勒感謝他伸出援手，但更慶幸他帶來的消息。他說至少有十隻雷鳥聚集在山頂。

米勒的腎上腺素竄升。再八十碼就能抵達。他兩次踩進鬆雪，休息片刻，然後又挖雪兩次。因為海拔高度，他感到暈眩。走兩步，休息。走兩步，休息。他聽說這是登山隊征服珠穆朗瑪峰的方式。差別在於珠峰峰頂沒有鳥類。

這座科羅拉多州山有他要看的鳥。在拉凡登陪伴下，米勒終於到達峰頂，獎勵是四十呎的距離，生平首次目擊了白尾雷鳥——這種鴿子大小的鳥，終其一生住在森林線以上、空氣稀薄的高地。在冬季目擊白尾雷鳥是鳥迷們最夢寐以求的獎賞之一。除了眼睛和嘴的極小黑點，白尾雷鳥全身為象牙白色，這身冬日背景偽裝如此完美，發現鳥的最好辦法是尋找雪地裡的陰影。米勒發現一個灰色陰影，然後又是一個，接著又一個。所有十隻雷鳥都在這裡，正如拉凡登所允諾的。米勒希望能更進一步觀察。但是每次舉起雙筒望遠鏡，他的體熱便令玻璃起霧。蒸氣從他的頭皮盤旋而上。

下山的路上，米勒學到關於挖雪新的一課：心情愉快時，就會容易許多。

至於拉凡登，他沒說多少話。他剛奉送了一種鳥給米勒，他的第三名位置幾乎已經底定。拉凡登現在落後米勒四種鳥，七一〇對七一四。他已經沒有勝算。但是他的榮譽完好無缺。

第二十章

一九九八年十二月三十一日

December 31, 1998

在觀鳥大年的最後一天，米勒筋疲力盡到起不了床。他的頭和鼻子都爆炸了。雙耳遭到感染。他整整一個星期發高燒到三十八度。他把這一切歸罪到阿圖島。他想要去看雪鴞，他本來可以看到，也應該看到的一種鳥，但他能走到浴室都算萬幸。在科羅拉多州和拉凡登分別後，米勒發現了一隻褐頂嶺雀（brown-capped rosy-finch），他今年的第七百一十五號鳥。這是觀鳥大年有史以來第三高的紀錄。他飛行八萬七千哩，駕車三萬六千哩。共計花費三萬一千美元。全部六張信用卡都刷爆。他仍然欠父母錢，但父親太為他感到驕傲，壓根不在乎他還不還錢。米勒在床上坐起，以兩顆泰諾林（Tylenol）和抗生素慶祝這一年的收穫。

拉凡登那一天去滑雪，但沒帶望遠鏡。斯諾馬斯雪山積了三十八吋深的雪，半吋是剛落下的雪花。陽光耀眼。和米勒一樣，拉凡登多添了一種鳥——他在切薩皮克灣跨海隧道橋（Chesapeake Bay Bridge）看了一隻黑尾鷗（black-tailed gull），他今年的第七百一十一號鳥——但他在十二月二十三日回家，厭倦了一切追逐。這一年過得很愉快，他完成了冒險。在搭美國聯合航空公司飛了十三萬五千哩，加上較小航空公司的數千哩，花費了超過六萬美元後，他再也不想四處奔波。他回家和妻子在一起。他感覺到自由。

柯米多倒沒有。十二月二十九日，他離家前往佛羅里達州的德拉海灘。他這麼渴望這趟旅行，竟然紆尊降貴去坐經濟艙——他這一年幾乎每趟飛行都坐頭等艙——還是中間位置。坐在中央並沒有那麼糟糕，柯米多心想，直到他看到鄰座是何方神聖。是一個女人，身材龐大，非常龐大，大到當她一坐下，柯米多發誓，她的聚酯纖維衣料像雪崩一樣把他壓得差點窒息。他被嚇壞了，嚇得不敢吭聲，怕她可能回嘴。整個兩個半小時的飛行，她的身體緊挨著他。她起身時，在柯米多的高爾夫球衫肩部留下了汗水漬。觀鳥大年還剩兩天。胖女士還未演唱——一切尚未蓋棺論定。

他看了七百四十四種鳥。他不只是打破紀錄，還摧毀了它。馬怪爾（Mark McGwire）[71]和索沙（Sammy Sosa）[72]那年夏天都刷新紀錄，但彼此都有對方的持續鞭策。柯米多主要是與自己競爭。當然，他偶爾會對拉凡登和米勒品頭論足一番，不過他們從未趕上他，更別說超越他。柯米多這一整年踩在未知的賞鳥領土。從來沒有人在這麼短時間見過這麼多種鳥。從來沒有人寫下如此無可匹敵的紀錄。那麼，他何必那麼在乎到佛羅里達州多看一種鳥？

他無法回答。他就是想看。即使沒有錯過烏林鴞，他今天也會來這裡。一整年在路上，他處於最佳狀態。他在追逐。

這一次，甚至算不上追逐。在佛羅里達州南部最大的退休社區之一，他發現一隻應該飛到加勒比海的白臉針尾鴨（white-cheeked pintail），在污水處理廠灌注的潮濕土壤輕啄覓食。只有目睹一種其他人沒看過的鳥，才足以讓柯米多欣喜興奮。他想確保有目擊證人，所以他在原處兜轉，直到每個人都看到了他的第七百四十五號鳥。

71 美國職棒大聯盟全壘打王，一九九八年代表紅雀隊與芝加哥小熊隊的索沙競逐單季全壘打紀錄。

72 一九九八年以六十六支全壘打落後四支，輸給馬怪爾，但仍打破大聯盟全壘打紀錄。

兩天後的跨年夜，柯米多待在家裡電話旁等待。它沒響。熱線保持沉默。所有在北美地區被目擊的鳥，他都已經看過了。

他和妻子在家裡共度一個寧靜的夜晚。不到午夜十二點就準備就寢。

一九九八年十二月三十一日，北美觀鳥大年新紀錄保持人柯米多將鬧鐘設在凌晨五點。第二天早晨又是新的一年，他要在黎明之前起床去賞鳥。

尾聲

當美國觀鳥協會公布山迪．柯米多觀鳥大年共計七百四十五種鳥的北美觀鳥大年紀錄，競爭性賞鳥鳥迷大大喘一口氣。這個成績幾乎令人難以置信。雖然有人把它看作賞鳥的月球登陸壯舉，這麼類比並不公平。在阿姆斯壯之後，也有人也登陸月球，但是在柯米多、米勒和拉凡登的觀鳥大年以後多年，沒有人能夠看到七百種以上的鳥。柯米多的成績來自史上最強聖嬰現象和阿圖島世紀之旅的奇蹟結合。他也在截然不同、更為友善的世界完成旅行；在現今更為嚴實的邊界和機場安檢下[73]，並不容易在最後一刻才登機，最終累積飛行二十七萬哩。出於所有這些理由，許多頂尖鳥迷說柯米多締造了一個前無古人、後無來者的紀錄[74]。

---

73 在二〇〇一年的「九一一事件」前，在美國搭國內線飛機就如同搭火車一樣方便。九一一事件造成美國及全世界機場非常嚴格的安全檢查。

74 這本書提到，山迪．柯米多七百四十五種鳥的北美觀鳥大年紀錄，是前無古人、後無來者的紀錄。不！事情沒有這麼簡單。二〇一一年，一個科羅拉多州的鳥迷，約翰．凡德波（John Vanderpoel），也在追求北美觀鳥大年。他在十月就已經看超過七百種，是史上最快紀錄，很被看好會打破山迪．柯米多的紀錄。最後，約翰．凡德波的紀錄是七百四十四種。是的，七四四比七四五，只比山迪．柯米多少一種。那隻白臉針尾鴨，還真是重要啊。

觀鳥大年結束五個月以後，柯米多的妻子拿到社區大學學位。為了慶祝，柯米多帶她進行環球之旅。當她在城市裡觀光，他到鄉間野外賞鳥。他們在一天結束時碰面共進晚餐。他們度過美好的時光。回到家，他的黎明依然留給賞鳥。他還是沒見過鳥林鴞。

艾爾．拉凡登在科羅拉多州過了二十二個月的退休生活，接著再次回到企業界。當一名執行長辭職，他遞補接任CDI公司的代理總裁及執行長職位，這家公司是全球最大的研究和招聘組織，在十八個國家有一千三百二十五個辦事處，年營業額達十六億美元。他任職了一年，再次宣布退休，他的第四次退休。他說這是最後一次。他鼓起勇氣又到蒙特利灣搭船出海賞鳥，登船前六小時就先在耳朵貼防暈貼片，這回他沒有暈船就看到鳥。

葛雷格．米勒的父親在二〇〇〇年十一月因充血性心臟衰竭去世。半年後，米勒本人被診斷出急性淋巴性白血病，一種通常是兒童才會患上的癌症疾病。他住院治療四十五天。從七樓的病房窗口，他見到二十六種鳥，包括一隻遊隼。他參與家鄉俄亥俄州的大年競逐慶祝出院。最後以兩百八十五種鳥的成績位居季軍。接著參與二〇〇三年一月俄亥俄州的觀鳥大月（Big Months）角逐，以一百三十種鳥獲得亞軍。他剛開始擔任賞鳥嚮導，來試著還清一九九八年全美觀鳥大年的債款。第一門生意，他載兩位放春假的大學生走六千哩路，在九天時間內，讓他們看了三百一十一種鳥。

經過漫長的阿留申群島冬天，賴瑞．巴奇在一九九九年春天重返阿圖島，看到褲子先生仍然在主要基地的風向標位置隨風飄揚。隔年，從美國海岸防衛隊、聯邦航空管理局和聯邦漁獵暨野生動物管理局寄出的規章和信件，也明確對巴奇表明，他的阿圖島賞鳥業務將畫上句點。
當巴奇在二〇〇〇年秋天永遠離開島上，褲子先生仍然意氣風發地迎風招展，見證柯米多觀鳥大年紀錄的耐久性——以及聚酯纖維的力量。

銘謝

自承：我沒有親眼目睹一九九八年觀鳥大年的任何一天。此份紀錄以我對參賽者和證人的數百小時採訪為基礎，兼以實地考察他們去過的許多地點。我最感謝三位參賽者本人，他們提供私人日記、收據和筆記，幫助我重建他們的偉大冒險。結束這個寫作計畫時，我敬畏他們橫越北美大陸——以及回答我所有問題——的耐力。在還沒喝咖啡提神的清晨五點，柯米多屢次達成讓我哈哈大笑的驚人壯舉。拉凡登擁有鼓舞人心的非凡熱情。米勒擁有我見過最堅不可摧的樂觀精神。我感謝他們三位。

書寫這本書時，我秉持「小心求證」的老信條。如果參賽者回憶說，他在黎明前半小時，當空中還高掛半輪明月時看到一隻鳥，我會查看這一天的日出、月落時間的官方機構紀錄。目擊證人也提供許多佐證證據。我從最熟知這三位男人的女人那裡得到很多有力訊息——芭比．柯米多、艾瑟兒．拉凡登和葛雷格的母親夏琳．米勒。下列這些人的意見和故事也給予我莫大協助：麥可．奧斯汀，賴瑞．巴奇，班頓．巴沙姆，鮑伯．博曼（Bob Berman），格倫．克里斯汀森，戴爾．科爾曼，戴夫．德拉普，泰德．佛洛伊德（Ted Floyd），鮑伯．芬斯頓，丹．吉布森（Dan Gibson，全球著名的自然錄音大師），賴利．吉爾柏森（Larry Gilbertson），史都華·希利，雷羅伊·傑生（Leroy Jensen），珍妮佛·裘利（Jennifer Jolis），肯恩·考夫曼，史都華·凱思，傑夫·勒巴倫（Geoff LeBaron），辛蒂·利琵科特（Cindy Lippincott），泰德·麥布萊德，哈洛·莫林，弗洛伊德·梅鐸，瑪麗翁·佩頓（Marion Paton），杰莉和洛伊·帕特森夫婦，卡蘿·雷夫，克雷格·羅伯茨，史考特·羅賓森，比爾·瑞迪爾，黛比·謝爾沃特，麥克林·史密斯，戴夫·索恩本，喬·史衛丁斯基和吉米·瓦德曼。

這本書從構思到成書有賴可貴的監督。我感謝我的經紀人茱蒂·連恩（Jody Rein），這位擁有驚人幽默感的完美主義者，以及我的編輯萊斯利·梅勒迪斯（Leslie Meredith），她能在同一個句子說「紅腹啄木鳥」和「懸吊分詞」——奇蹟般鍾鍊出更佳的文字風格。

在這項計畫期間，沒有人比我的家人更忍辱負重。我的父母，約翰和愛麗絲·歐柏馬西克，在我最需要援手時前來施救。我的兒子，卡斯和麥克斯，他們有腕力滑下雪道，有分辨北美白眉山雀和黑頭山雀的能力，在我最糟糕的日子更能貼心的送上大擁抱。我的妻子梅琳付出的耐心，給予我的靈感無可計量，唯有愛能超過。謹將此書獻給她。

參考書目

在戶外休閒活動裡，賞鳥相關書籍可謂汗牛充棟；鳥迷到樹林賞鳥時，總要帶上一本可靠的圖鑑。我為這本書做研究時，得知多數鳥迷對於挑選圖鑑和使用圖鑑的方式都相當挑剔。要識別出鳥種，初學者和中階鳥迷主要依靠鳥的圖片；進階者主要看重提供更多細節資訊的文字描述。最受頂尖賞鳥人歡迎的賞鳥圖鑑是《國家地理北美鳥類圖鑑》。它包含詳盡的地圖，出色的描述，比其他頂尖圖鑑蒐羅更多的珍稀鳥種。缺點：使用起來略嫌複雜。在一本書裡羅列這麼多鳥種，意味得翻找許多頁，才能找到一般在野外看見的常見鳥類。就使用輕鬆這一點，特別是對新手或中級鳥迷來說，在圖片上標示箭頭指明關鍵辨識特徵的彼得森《鳥類野外圖鑑》，是歷久彌新的不敗經典，考夫曼的《北美鳥類圖鑑》，既有彼得森的箭頭標示，也有卓越的檢索系統。近年來，《史伯利鳥類圖鑑》（*The Sibley Guide to Birds*）已成為許多鳥迷的標準參考用書。雖然它蒐羅的外來鳥種極少——在本書提及的許多鳥種甚至未羅列在內——但提供了多數北美鳥種的精細插圖，諸如身體不同區域的羽色到各種動作姿態的描繪。《史伯利鳥類圖鑑》的問題在於體積龐大，我覺得攜帶一本五百四十五頁全開書到野外太累贅了。大衛·史伯利（David Allen Sibley）將圖鑑分冊為東部和西部鳥種，試圖解決此一重量問題，不過它們仍然塞不進我的褲子後袋。也許是我需要減輕體重。

以下是我參考的其他書籍和出版品：

Able, Kenneth P., editor. *Gatherings of Angels: Migrating Birds and Their Ecology*. Ithaca, New York: Comstock Books, Cornell University Press, 1999.

Audubon, John James. *John James Audubon, Writings and Drawings.* New York: Library of America, 1999.

Audubon, Maria. *Audubon and His Journals*. New York: Dover Publications, 1960.

The Birds of North America series. American Ornithologists' Union, Cornell Lab of Ornithology, and the Academy of Natural Sciences of Philadelphia.

Blaugrund, Annette. *The Essential John James Audubon*. New York: Harry N. Abrams, 1999.

Devlin, John C., and Grace Naismith. *The World of Roger Tory Peterson: An Authorized Biography*. New York: New York Times Books, 1977.

Durant, Mary, and Michael Harwood. *On the Road with John James Audubon.* New York: Dodd, Mead & Co., 1980.

Kaufman, Kenn. *Birds of North America*. New York: Houghton Mifflin, 2000.

———. *Kingbird Highway*. Boston: Houghton Mifflin, 1997.

———. *Lives of North American Birds*. Boston: Houghton Mifflin, 1996.

Komito, Sanford. *Birding's Indiana Jones*. self-published, 1990.

———. *I Came, I Saw, I Counted*. Fair Lawn, N.J.: Bergen Publishing Co., 1999.

Lane, James A. *A Birder's Guide to Southwestern Arizona*. Denver: L&P Photography, 1974.

———., and Harold R. Holt. *A Birder's Guide to Denver and Eastern Colorado*. Sacramento, California: L&P Photography, 1973.

Migration of Birds. Revised by John L. Zimmerman, U.S. Fish and Wildlife Service, 1998.

National Geographic Field Guide to the Birds of North America, 1st ed., Washington, D.C.: National Geographic Society, 1983.

Pettingill, Olin. *A Guide to Bird Finding East of the Mississippi*. New York: Oxford University Press, 1951.

———. *A Guide to Bird Finding West of the Mississippi*. New York: Oxford University Press, 1953.

Peterson, Roger Tory. *Birds Over America*. New York: Dodd, Mead & Co., 1948.

———. *A Field Guide to the Birds*. Boston: Houghton Mifflin, 1934.

———., and James Fisher. *Wild America*. Boston: Houghton Mifflin, 1955.

Rydell, William B., Jr. *A Year for the Birds*. Minneapolis: Bullfinch Press, 1995.

Sibley, David Allen. *The Sibley Guide to Birds*. New York: Alfred A. Knopf, 2000.

The Sibley Guide to Bird Life & Behavior. Illustrated by David Allen Sibley and edited by Chris Elphick, John B. Dunning Jr., and David Allen Sibley. New York: Alfred A. Knopf, 2001.

Vardaman, James A. *Call Collect, Ask for Birdman*. New York: St. Martin's Press, 1980.

Weidensaul, Scott. *Living on the Wind: Across the Hemisphere with Migratory Birds*. New York: North Point Press, 1999.

馬克・歐柏馬西克訪談

A conversation with Mark Obmascik

你如何找到這個故事呢？

我運氣不錯。身為《丹佛郵報》記者，我報導過一連串令人沮喪的新聞（從科倫拜校園大屠殺、德州七惡搜捕行動、美國環保署漠視有毒廢棄物棄置場問題到美國參議員選舉）。我需要休息。我希望寫自己的孩子也可以閱讀的故事。美國觀鳥協會總部就在我居住的科羅拉多州，我打電話過去，詢問北美歷史上成就最非凡的賞鳥人士有哪些人。我最後跟紐澤西州的一位工業建築承包商通上電話，這人的聲音低沉得像從地下三樓傳來一樣。從他口中，我第一次得知有人對鳥類癡迷到竟然會比賽賞鳥。競爭性賞鳥——多瘋狂的概念！山迪・柯米多風趣極了——跟典型的賞鳥人形象，那種簡・海瑟薇老小姐類型大異其趣——我想更了解一九九八年的觀鳥大年競賽。跟艾爾・拉凡登和葛雷格・米勒聊過他們的觀鳥大年冒險以後，我深深著迷無可自拔。

你如何選出山迪・柯米多、艾爾・拉凡登和葛雷格・米勒三人作為書寫主題？

他們挑選了自己。這是史上頭一遭，在一年內有三個人看了超過七百種鳥。雖然一九九八年觀鳥大年競逐還有其他人參與，柯米多、拉凡登和米勒如此遙遙領先，他們只需擔憂彼此的進展。我愈深入了解這三人和他們各自的人生故事，愈是喜歡他們，不論是作為現實人物或書裡的主人翁。

有多少鳥迷競逐觀鳥大年比賽？

每一年有十幾位鳥迷設法看五百種以上的鳥，但是只有少數人有時間、金錢和精力可以嘗試締造北美觀鳥大年紀錄。由於北美觀鳥大年的後勤工作如此艱巨，許多鳥迷縮小夢想，在較小的區域裡競爭。數百人在居住的州境內比賽，幾千人以居住的郡內為範圍。更常見的是二十四小時馬拉松式的觀鳥大日競賽，在德州、加州之類的大州舉辦，有時會出現包機、包直升機看鳥的狀況。一些人無法抑制參與比賽的迫切渴望。加州的雷羅伊·傑生八十一歲，身體過於虛弱無法親赴野外追逐許多鳥。所以他靠著看電視做觀鳥大年比賽，錄下並觀看了一千八百個節目，總計看了全球各地的一千一百三十六種鳥。對他來說，探索頻道的稀有鳥種比阿圖島來得更多。他畏懼家裡有衛星小耳朵的參賽者。

你是鳥迷嗎？

我開始這項計畫的時候，我對書寫迷戀這件事更感興趣。大多數人踩著煞車過生活。如果有人花一整年沉迷於他總是渴望做的一件事，那將會如何呢？我愈是花時間和柯米多、拉凡登、米勒到野外賞鳥，愈是感染到他們對鳥的熱情。《觀鳥大年》的這三位男人如此振奮人心。他們對人生的熱情深具感染力，他們堅不可摧的樂觀精神如此誘人，令我難以抗拒。我心悅誠服，入境隨俗。我成了鳥迷。

為什麼是鳥？這種動物有什麼特別之處，能激發如此不可思議、全心專一的愛？

我試過用一百萬種不同的方式問這三人這個問題。最後有一位打斷我，反問：「你為什麼愛上你的妻子？」我得出結論，那種癡迷和熱情並無法化為文字言語。就是一種感覺。鳥類是擁有精采生命故事的美麗生物。悄悄追隨牠們的芳蹤是有趣的事。賞鳥能鍛鍊你的腦子和雙腿，賞鳥是少數幾種老少咸宜的戶外活動之一，小孩子、爺爺奶奶和成人都能樂在其中。

說說作弊吧？大家怎能真的確定柯米多、拉凡登和米勒真的看過那些鳥？

我的記者生涯大半花在報導政治人物，我自然而然會對競賽參與者的說辭抱持懷疑。所以我再三查證《觀鳥大年》這些主角的話。我盡可能打給證人確認他們真的見過那些鳥（由於稀有鳥類通報網站盛行，許多珍稀鳥種有數十位目擊者）。這三位參賽者如果在田野日記寫下天氣狀況、日升日落和月升時間，我會對照美國國家氣象局的紀錄。我查看餐廳、旅館收據。我也詢問這三人對於彼此觀鳥大年紀錄的看法。經過這一番努力，我找不出任何詐欺的端倪。我倒是發現一些令人肅然起敬的誠實事例。九月前往北美大陸最北端阿拉斯加的巴羅（Barrow）時，柯米多認為可能在北極海的薄霧裡看到楔尾鷗。但是他無法肯定。過了幾個星期，他再次千里迢迢從紐澤西州飛到阿拉斯加，這才毫無疑問將這種鳥納入紀錄。騙子會做這種事嗎？拉凡登曾經告訴我，「為什麼競逐觀鳥大年呢？贏家沒有獎金、獎盃可拿，或是免費到迪士尼樂園遊玩。如果在觀鳥大年作弊，那麼是欺騙誰呢？」我最後得出結論，對這三個男人來說，觀鳥大年競賽除了攸關勝負，榮譽和誠信也同等重要。我希望也有這樣的政治選舉可以報導！

跟這三人到野外是怎麼樣的狀況？

既刺激又累人。刺激是因為他們總是在我看見或聽到任何東西以前就辨認出鳥；他們讓我覺得自己像魔術秀觀眾席上的小孩。跟他們一起賞鳥也很累人，因為他們絕不放棄。總是還有另一個樹叢、另一棵樹、另一株蘆葦要查看，那裡可能又棲息著一隻鳥。我和米勒一起駕車穿越亞利桑那州東南部時，只要進入一個郡——或是開上另一條路——他每每又開始累積新鳥種紀錄。

這些人真正喜愛自然嗎？或者對他們來說，賞鳥僅僅是遊戲？

觀鳥大年比賽並非典型的賞鳥。它是分秒必爭的野外追逐戰。雖然這三位男人都喜歡競爭性賞鳥的挑戰，但是瘋狂的爭奪戰也讓他們深感疲憊。我想他們在這一年結束時，都為自己的成就感到自豪，同時也慶幸比賽的結束。像所有熱切的鳥迷一樣，他們渴望在野外悠閒度過一天。我看過柯米多、拉凡登和米勒對一些極為常見的鳥種觀看良久。他們喜歡鳥，他們喜歡戶外活動。

索引

觀鳥大年

原著書名 The Big Year: A Tale of Man, Nature, and Fowl Obsession
作　　者 馬克・歐柏馬西克（Mark Obmascik）
譯　　者 張穎綺
校　　對 呂佳真
鳥類專有名詞協訂 吳建龍
審　　訂 丁宗蘇
封面設計 陳威伸
責任編輯 林如峰

副總編輯 陳瀅如
編輯總監 劉麗真
總 經 理 陳逸瑛
發 行 人 涂玉雲
法律顧問 台英國際商務法律事務所 羅明通律師
出　　版 麥田出版
台北市中山區104民生東路二段141號5樓
電話：(02) 2-2500-7696 傳真：(02) 2500-1966
blog：ryefield.pixnet.net/blog
發　　行 英屬蓋曼群島商家庭傳媒股份有限公司城邦分公司
台北市民生東路二段141號11樓
書虫客服服務專線：02-25007718・02-25007719
24小時傳真服務：02-25001990・02-25001991
服務時間：週一至週五09:30-12:00・13:30-17:00
郵撥帳號：19863813 戶名：書虫股份有限公司
讀者服務信箱E-mail：service@readingclub.com.tw
歡迎光臨城邦讀書花園 網址：www.cite.com.tw
香港發行所 城邦（香港）出版集團有限公司
香港灣仔駱克道193號東超商業中心1樓
電話：(852) 25086231 傳真：(852) 25789337
E-mail：hkcite@biznetvigator.com

城邦讀書花園
www.cite.com.tw

馬新發行所 城邦（馬新）出版集團【Cite (M) Sdn Bhd】
41, Jalan Radin Anum, Bandar Baru Sri Petaling,
57000 Kuala Lumpur, Malaysia.
電話：(603) 90578822 傳真：(603) 90576622
email:cite@cite.com.my

排　　版 浩瀚電腦排版股份有限公司
印　　刷 中原造像股份有限公司
總 經 銷 聯合發行股份有限公司
電話：(02)2917-8022 傳真：(02)2915-6275

二版一刷 2012年（民101）12月

定　　價 新台幣360元
I S B N 978-986-173-835-2 Printed in Taiwan

國家圖書館出版品預行編目資料

觀鳥大年：飆鳥活動＝一種極限運動？誰能料想到賞鳥能夠如此殘酷又有趣！／馬克・歐柏馬西克（Mark Obmascik）作；張穎綺譯. 一二版. 一臺北市；麥田出版，家庭傳媒城邦分公司發行，2012.12
譯自：The Big Year: A Tale of Man, Nature, and Fowl Obsession
ISBN 978-986-173-835-2（平裝）
874.57　　101021281

飆鳥活動＝一種極限運動？誰能料想到賞鳥能夠如此殘酷又有趣！